Über dieses Buch

Vor rund 150 Jahren hat Heinrich Smidt eine Sammlung von Sagen und Märchen zusammengetragen, die alles enthält, was Seeleute untereinander und den Landratten an Seemannssagen und Schiffermärchen zu erzählen hatten. Neben den Märchen, die sich bis in unsere Zeit erhalten haben, die Gemeingut auch im Binnenland wurden und in Oper oder Literatur künstlerische Ausgestaltung erhielten (wie z. B. »Der Fliegende Holländer«), enthält diese Sammlung manches, was so gut wie vergessen ist. Damit bietet der Band einen interessanten Ausflug in Neuland wie auch ein Wiedersehen mit Bekanntem.

Der Herausgeber

Rolf L. Temming, geboren am 1. 3. 1930, ist als Mitarbeiter einer großen Druckerei dem Buch beruflich eng verbunden. Sein Hobby ist die Beschäftigung mit der Geschichte des Verkehrswesens im allgemeinen und des Reisens im besonderen. So entstanden eine Reihe von Anthologien und, am Rande einer größeren Arbeit, dieses Bändchen.

Seemanns-Sagen
und Schiffer-Märchen

Gesammelt von Heinrich Smidt

Herausgegeben
von Rolf L. Temming

Mit Aquatinta-Radierungen
von B. Miller

Fischer
Taschenbuch
Verlag

Originalausgabe
Fischer Taschenbuch Verlag
1.–20. Tausend: Juli 1973
21.–25. Tausend: März 1975
26.–32. Tausend: Januar 1976

Umschlagentwurf: Jan Buchholz/Reni Hinsch

Fischer Taschenbuch Verlag GmbH, Frankfurt am Main

Gesamtherstellung: Hanseatische Druckanstalt GmbH, Hamburg
Printed in Germany
380-ISBN 3 436 01718 3

Inhalt

Einführung

Es sind gut einhundertfünfunddreißig Jahre vergangen, seit Heinrich Smidt – sein Name riecht geradezu nach Salz und Teer – seine Sammlung von Seemanns-Sagen und Schiffer-Märchen veröffentlicht hat; mit gutem Erfolg, denn 1849 erschien eine zweite »vollständige« Ausgabe, die hier mit einigen unbedeutenden Änderungen nachgedruckt wurde. Vollständige Ausgabe, damit will Smidt sagen, er habe alles das zusammengetragen, was Seeleute untereinander und den Landratten an Märchen und Sagen zu erzählen pflegten; alles, was er erfahren konnte. Und das ist schon eine ganze Menge, denn neben Märchen, die sich bis in unsere Zeit erhalten haben, Gemeingut auch im Binnenland wurden und in Oper und Literatur künstlerische Ausbildung erhielten, birgt die Sammlung manches, was inzwischen so gut wie vergessen ist.

Es bedeutet also einen interessanten Ausflug in Neuland, genauso wie Wiedersehen mit alten Bekannten, heute die Sammlung des Herrn Smidt zu durchstöbern.

Sollen nun diese Märchen und Sagen erläutert werden, dann geht es dabei um drei Komplexe: Um das Wesen von Märchen und Sage und um die Tatsache, daß gerade Seeleute im Gegensatz zu den meisten anderen Berufsständen ganz bestimmte Überlieferungen hatten, um die Gegebenheiten der Seefahrt in der ersten Hälfte des 19. Jahrhunderts, als diese Märchen gesammelt und niedergeschrieben wurden, und um die soziale Lage der Seeleute, sprich Matrosen.

Wilhelm Hauff hat in einer Einleitung einige schöne Sätze über Märchen geschrieben: »In einem schönen, fernen Reiche, von welchem die Sage lebt, daß die Sonne in seinen ewig grünen Gärten niemals untergehe, herrschte von Anfang an bis heute die Königin Phantasie. Mit vollen Händen spendete diese, seit vielen Jahrhunderten, die Fülle des Segens über die Ihrigen, und war geliebt, verehrt von allen, die sie kannten. Das Herz der Königin war aber zu groß, als daß sie mit ihren Wohltaten bei ihrem Lande stehengeblieben wäre; sie selbst im königlichen Schmuck ihrer ewigen Jugend und Schönheit, stieg herab auf die Erde; denn sie hatte gehört, daß dort Menschen wohnen, die ihr Leben in traurigem Ernst, unter Mühe und Arbeit hinbringen. Diesen hatte sie die schönsten Gaben aus ihrem Reiche mitgebracht, und seit die schöne Königin durch die Fluren der Erde gegangen war, waren die Menschen fröhlich bei der Arbeit, heiter in ihrem Ernst. Auch ihre Kinder, nicht minder schön und lieblich als die königliche Mutter, sandte sie aus, um die Menschen zu beglücken.« Eins dieser Kinder, die älteste Tochter der Königin, hatte den Namen Märchen und sie hatte, so Hauff, die ganz besondere Aufgabe, zu den Menschen zu gehen und sich auch mit den ärmsten vor ihre Hütte zu setzen, um nach der Arbeit ein Stündchen zu verplaudern. –

Es gibt zwei Berufe, die einen ganz speziellen Schatz an Märchen und Sagen, eine berufsspezifische Überlieferung haben: die Bergleute und die Seeleute. Knappen und Matrosen haben weiterhin gemeinsam, daß bis vor relativ kurzer Zeit ihre Existenz von Naturkräften abhing, die sie immer wieder bedrohten, ohne daß sie die damit zusammenhängenden Gesetze kannten und damit auch nicht in der Lage waren, den Gefahren wirksam zu begegnen. So mußten die Betroffenen unausbleiblich dem Aberglauben verfallen.

Märchen und Sagen siedelten sich im Bereich der Unkenntnis an, geschaffen, Antwort auf Fragen zu geben, die nicht auf der Basis wissenschaftlicher Erkenntnisse erklärt werden konnten. Da hören wir, daß der Seemann seine Umgebung mit Geistern und Hexen, Nixen und Klabautermännern bevölkerte, daß er die Naturgewalten personifizierte, und versuchte, in deren Walten und Wüten Sinn und Schuld, Belohnung und Sühne zu finden, weil ihm die Kenntnis der Naturgesetze fehlte.

Da hören wir, daß er die Tiefe des Meeres mit vernünftigen, menschenähnlichen Wesen bevölkerte, um der grenzenlosen Einsamkeit des weiten Ozeans, dem Verlorensein zu entgehen in der Illusion, gleich unter dem Wasserspiegel, deshalb unsichtbar, aber doch ganz in der Nähe, von verwandten Wesen umgeben zu sein! Und was dem Landbewohner der Himmel, die Gefilde der Seligen, mit Petrus und Engelschören war, mußte dem Seemann das Meer ersetzen, in das er dereinst in einem Sack und mit einem Stein an den Füßen geworfen wurde, wenn es überhaupt zu dieser Form eines christlichen Begräbnisses kam.

Die Herrscher der Wasserwelt aber pflegten die schönsten Mädchen der benachbarten Landstriche zur Frau zu begehren und Schwierigkeiten zu machen, wenn ihnen diese verweigert wurden.

Wiederholt erscheinende Motive und Situationen verdienen Beachtung, weil sie bezeichnende Lichter auf das Leben und Denken der Märchenerzähler werfen. So erscheint es der Landratte sonderbar, daß Königinnen über Länder und Inseln herrschen, daß sie ihren Mann stehen und Töchter allein erziehen und schützen müssen; eine atypische Situation. Doch ist das das selbstverständliche Los der Seemannsfrau, solange es Seefahrt gibt – der Erzähler hat das, was er in seiner Familie gefunden hat, als selbstverständlich in seine Märchenwelt und dort auch in die nicht seefahrenden Teile der Gesellschaft übertragen. Beinahe ebenso oft werden glückliche Landstriche oder Inseln beschworen, deren Frieden die Zivilisation zerstörte, in Amerika jenseits des großen Wassers genauso wie mitten im Ozean gelegen, als Erinnerung an das große Zeitalter der Entdeckungen, das, als Heinrich Smidt schrieb, schon vor zweiundeinemhalben Jahrhundert vorübergegangen war. Auch Erinnerungen an Erlebnisse mit Delphinen, wie sie schon aus der Antike berichtet werden, sind in den Sagenschatz eingegangen.

Als Smidt die Schiffermärchen aufschrieb, war die große Zeit der Segelschiffe. Das Dampfschiff war zwar erfunden, der Raddampfer »Savannah« hatte bereits 1819 in 26 Tagen den Nordatlantik überquert, aber das Segelschiff beherrschte doch noch ganz eindeutig die Meere. »Schwimmende Höllen« nennt sie Dirks Paulun, und Bern Hardy dichtete:

> Wenn ihr bei stürmischem Nordwest
> homebound vom Südatlantik
> Die Woche dreimal Salzfleisch freßt,
> dann leiden Stuhlgang und Romantik.
> Das Meer ist groß, die Heuer klein,
> Sehnsucht und Durst tun weh.
> Wir nennen jeden Landjob fein,
> schimpfen auf Reeder und Kaptein
> und fahren doch zur See.

Nichts war zu mühselig, gefährlich und unbequem, um nicht das Fernweh der Jungen und Junggebliebenen anzufachen. Und so erhielt die »christliche Seefahrt«, in der sich mehr Aberglauben erhalten hatte als irgendwo an Land, immer wieder frisches Blut. Söhne wohlbetuchter Eltern aus dem Binnenland brannten zu Hause durch oder brachten ihre Eltern dazu, auch noch Geld dazuzugeben, daß sie als Moses, als jüngster Schiffsjunge, auf See gehen konnten. Joachim Ringelnatz war einer von ihnen und erzählt in seinen Erinnerungen amüsant und farbenfroh von diesen Jahren.

Die gesellschaftlichen Verhältnisse an Bord waren immer ein Spiegel derer zu Lande. Auf griechischen Galeeren gab es bis zu sieben Verpflegungsklassen: Unter den Freien waren Kapitän, Offiziere, Unteroffiziere fein säuberlich voneinander geschieden, wie sie sich auch aus verschiedenen sozialen Schichten rekrutierten. Das ist nicht weiter erwähnenswert. Erstaunlich erscheint uns aber, daß die Rudersklaven, die an die Bänke geschmiedeten Sklaven, Kriegsgefangenen und Sträflinge, sich wiederum, nach Leistung, Erfahrung und Ruderplatz, in drei Kategorien teilten.

Immer aber war die Organisation auf See um einen Grad autoritärer als an Land, handelte es sich ja um eine reine Männergesellschaft, oft aus dem Abschaum der Hafenstädte, aus Entlaufenen und Gestrandeten zusammengesetzt. Unbedingte Unterordnung, so sagt man, war zur Zeit der Windjammer die Voraussetzung, eine Seefahrt erfolgreich zu bestehen, weil alle Kräfte eines jeden Mannes gebraucht wurden, um den Elementen zu trotzen. So war dem Kapitän eine praktisch unbeschränkte Macht auf See gegeben. Der Hafen war weit, die Behörden auch, und die Gerichte verhielten sich den Mächtigen gegenüber nachsichtig.

Alexander Selkirk, Vorbild des berühmten Robinson aus dem Roman von Daniel Defoe, war mitnichten aus einem Schiffbruch errettet, sondern hatte sich, um einem tyrannischen Kapitän zu entgehen, auf die Insel Juan Fernandez geflüchtet, lieber mutterseelenallein als unter der Knute des Schiffsherrn.

Es ist sicher oft zum Mißbrauch der Macht auf See gekommen. Traven berichtet in seinem Roman »Das Totenschiff« von dem Dampfer »Yorikke«, dem Waffenschmuggler, der am Ende einer festen Versicherungsprämie zuliebe mit Mann und Maus in die Luft gejagt werden soll:

Es war niemand auf der »Yorikke«, der behaupten konnte, er sei je in dem Raum gewesen, den man Schreckenskammer nannte oder habe je einen Blick hineingeworfen. Sie war immer fest verschlossen. Als einmal aus irgendeinem Grunde – ich weiß nicht mehr zu sagen, welches dieser unerhörte Grund war – nach dem Schlüssel für die Schreckenskammer gefragt wurde, stellte sich heraus, daß niemand wußte, wo der Schlüssel sei und daß die Offiziere behaupteten, der Skipper habe den Schlüssel. Der Skipper aber verschwor seine Seele und seine noch ungeborenen Kinder, daß er den Schlüssel nicht habe und daß er strengstens verbiete, die Kammer zu öffnen oder gar hineinzugehen. Jeder Skipper hat seine Schrullen. Dieser hatte viele, unter andern jene, nie die Quartiere der Mannschaft zu inspizieren, was er jede Woche einmal laut Vorschrift zu tun verpflichtet war. Er begründete die Schrulle damit, daß er es nächste Woche ja tun könne, weil er sich gerade heute nicht den Appetit verderben wolle und auch das Besteck noch nicht gesetzt habe, was er jetzt zuerst einmal tun müsse.

Es waren aber doch einmal Leute in jener Schreckenskammer gewesen und hatten sich alles angesehen, was drin war. Diese Leute waren jetzt nicht mehr auf der »Yorikke«, sie waren sofort runtergefeuert worden, als es herauskam, daß sie es gewagt hatten, in jene Kammer einzudringen. Aber ihre Erzählung hatte sich auf der »Yorikke« erhalten. Solche Erzählungen erhalten sich immer, auch wenn die gesamte Mannschaft auf einen Ruck entlassen wird, besonders in jenen Fällen, wenn der Eimer auf einige Monate ins Trockendock muß.
Die Mannschaft mag das Schiff verlassen. Die Erzählungen verlassen ein Schiff nie. Wenn das Schiff die Erzählung einmal gehört hat, bleibt die Erzählung auch drauf. Sie dringt in das Eisen, in das Holz, in die Bunks, in die Ladeschächte, in die Kohlenbunker, in den Kesselraum. Und dort erzählt das Schiff in den Nachtstunden seinen Kameraden, den Mannschaften, die Geschichte wieder, Wort für Wort, genauer, als wenn die Geschichten gedruckt wären.
So waren auch diese Geschichten über die Schreckenskammer erhalten geblieben. In der Kammer hatten die beiden Eindringlinge mehrere menschliche Skelette gesehen. Wie viele es waren, vermochten sie in ihrem grausigen Schreck nicht zu zählen. Es wäre auch schwer möglich gewesen, weil die Skelette auseinandergefallen und durcheinandergeschüttelt worden waren. Es war aber eine gute Anzahl. Es wurde auch bald festgestellt, wer die Skelette waren, oder richtiger, wem sie ursprünglich gehörten: Die Skelette waren die Überreste ehemaliger Mitglieder der »Yorikke«-Mannschaft, die von Ratten aufgefressen worden waren, die die Größe sehr großer Katzen hatten. Diese überlebensgroßen Ratten waren wiederholt gesehen worden, wenn sie aus irgendwelchen Löchern der Schreckenskammer herauswischten. Warum diese bedauernswerten Opfer den Ratten zum Fraße vorgeworfen worden waren, stand zuerst nicht zweifelsfrei fest. Es kamen Gerüchte in Umlauf, die sich schließlich aber auf eines kristallisierten. Diese armen Männer waren geopfert worden, um die Fahrtkosten für die »Yorikke« niedrig zu halten und die Dividenden der Kompanie oder des Einzelbesitzers der »Yorikke« hoch zu halten. Wenn nämlich in einem Hafen ein Mann abmusterte und er es wagte, die Bezahlung der Überstunden zu verlangen, wie es laut Vereinbarung getan werden soll, so wurde er kurzerhand in die Schreckenskammer gebracht.
Dem Skipper blieb ja kein anderer Ausweg. Die Bezahlung der Heuer und die Abmusterung wurden im Hafen vorgenommen. Dort konnte der Skipper den Mann, der seine

Überstunden bezahlt haben wollte, nicht gut über Bord werfen; denn das hätten die Hafenbehörden sehen können und den Skipper wegen Hafenverunreinigung mit Geldstrafe belegen. Was er mit seinem Manne tat, darum hatten sich die Behörden nicht zu kümmern, nur was er mit dem Hafen und dem Hafenwasser tat. Hätte der Skipper nun den Mann einfach vom Boot gehen lassen, so wäre der Mann zur Polizei gegangen oder zum Konsul oder zu einer Seemannsgewerkschaft, und der Skipper hätte die Überstunden bezahlen müssen. Um das zu vermeiden, wurde der Mann kurz entschlossen in die Schreckenskammer eingeschlossen.

War das Schiff einmal auf hoher See, so ging der Skipper runter, um den Mann wieder rauszulassen, denn nun war er ja nicht mehr gefährlich. Aber die Ratten wollten den Mann jetzt nicht mehr hergeben, sie hatten schon angefangen, an ihm zu essen, und eine Anzahl von Paaren wartete bereits mit Heiratslizenzen, weil die Gelegenheit so günstig war, ein ganz ausgezeichnetes Hochzeitsessen geben zu können. Der Skipper brauchte den Mann bitter notwendig zum Arbeiten, und er mußte sich in einen Kampf mit den Ratten einlassen. Bei diesem Kampfe aber zog der Skipper jedesmal den kürzeren und mußte endlich, um sein eigenes Leben zu retten, die Kammer verlassen, ohne den Mann mitzukriegen. Hilfe konnte der Skipper ja nicht herbeirufen, dann wäre das alles herausgekommen, und er hätte von nun an die Überstunden bezahlen müssen.

Seitdem ich auf der »Yorikke« gewesen bin und sie gefahren habe, glaube ich nicht mehr an die herzzerreißenden Geschichten der Sklaven und der Sklavenschiffe. So dicht, wie wir gepackt waren, sind Sklaven nie gepackt worden. So hart, wie wir arbeiten mußten, haben Sklaven nie zu arbeiten brauchen. So müde und so hungrig, wie wir immer waren, sind Sklaven nie gewesen. Sklaven waren Handelsware, für die bezahlt worden war und für die man hohe Bezahlung erwartete. Diese Ware mußte sorgfältig behandelt werden. Für abgerackerte, ausgehungerte und übermüdete Sklaven bezahlte niemand auch nur die Transportkosten, geschweige denn einen Preis, daß der Händler noch tüchtig daran verdienen konnte.

Aber Seeleute sind keine Sklaven, für die bezahlt worden ist, und die als kostbare Handelsware hoch versichert sind. Seeleute sind freie Menschen. Sie sind frei, verhungert, verlumpt, übermüdet, arbeitslos und darum gezwungen zu tun, was von ihnen verlangt wird, und zu arbeiten, bis sie zusammenfallen. Dann werden sie über Bord geworfen, weil sie das Futter nicht mehr wert sind.

Und der Seemann hat zu essen, was ihm vorgesetzt wird, ganz gleich ob der Koch gestern noch Schneider war, weil ein richtiger Koch für die Heuer nicht zu haben ist, oder der Skipper an der Mannschaftskost so viel zu ersparen trachtet, daß die Mannschaft nie satt wird. –

Selbst Traven, dessen Roman in den 20er Jahren unseres Jahrhunderts spielt und weitgehend selbstbiographische Züge trägt, spricht dem Schiff eine Persönlichkeit zu und gibt damit einen späten Beweis krausen seemännischen Denkens, Ergebnis einer über lange Jahre, ja oft ein ganzes Leben hindurch währenden unnatürlichen Lebensweise: Der ständige Trott wechselnder Wachen zwischen Deck, Takelage und Logis, auf engstem Raum und in qualvoller Enge in einer rauhen Männergesellschaft, nach Monaten unterbrochen vom Landgang, auf dem alle so lang entbehrten Vorgänge konzentriert nachgeholt werden sollen und nur als Surrogat erreichbar sind.

Dieser »Höllencharakter« der Schiffe konnte ihrer Besatzung natürlich erst nach Erreichung einer bestimmten Bildungsstufe klarwerden und dann haben Gesetzgebung, Gewerkschaften und technische Entwicklung innerhalb einiger Jahrzehnte durchweg menschenwürdige Verhältnisse schaffen können. Doch auf den Windjammern war der Anteil der Analphabeten, derer, die nur zu arbeiten verstanden, wahrscheinlich größer als an Land. Und damit hatten Märchen und Sagen, die heute, wo sie nicht völkerkundliches oder kulturhistorisches Studienobjekt sind, den Kindern vorbehalten bleiben, einen ganz anderen Konsumentenkreis: wie einst in den dörflichen Spinnstuben und den orientalischen Basaren, als Harun al Raschid noch inkognito durch Bagdad wanderte, wurden sie von Erwachsenen an Erwachsene weitergegeben. Man hatte Zeit, wenn die Segel gesetzt waren, oder wenn das Schiff unter dem Äquator wochenlang in der Flaute dümpelte. Und so besann man sich während der Freiwache der alten Geschichten.

Wie alle anderen, haben auch die Schiffermärchen durchweg einen belehrenden Wert und einen durchaus moralischen Charakter. Sie sind von dem Glauben, daß gute Taten belohnt werden und Böses letztendlich nicht ungesühnt bleiben kann, zutiefst durchdrungen. Sie beinhalten die Hoffnung des ewig genasführten kleinen Mannes, daß er die Belohnung für sein Wohlverhalten eines Tages bekommen werde.

Heinrich Heine hatte schon 1826 anläßlich seiner Reise zur Nordsee auf der Insel Norderney geschrieben:

Die Eingeborenen sind meistens blutarm und leben vom Fischfang, der erst im nächsten Monat, im Oktober, bei stürmischem Wetter, seinen Anfang nimmt. Viele dieser Insulaner dienen auch als Matrosen auf fremden Kauffahrteischiffen und bleiben jahrelang vom Hause entfernt, ohne ihren Angehörigen irgendeine Nachricht von sich zukommen zu lassen. Nicht selten finden sie den Tod auf dem Wasser. Ich habe einige arme Weiber auf der Insel gefunden, deren ganze männliche Familie solcherweise umgekommen; was sich leicht ereignet, da der Vater mit seinen Söhnen gewöhnlich auf demselben Schiffe zur See fährt. –

Und er hatte dort auch mit dem Aberglauben der Küstenbevölkerung Bekanntschaft gemacht:

Es geht ein starker Nordostwind, und die Hexen haben wieder viel Unheil im Sinne. Man hegt hier nämlich wunderliche Sagen von Hexen, die den Sturm zu beschwören wissen; wie es denn überhaupt auf allen nordischen Meeren viel Aberglauben gibt. Die Seeleute behaupten, manche Insel stehe unter der geheimen Herrschaft ganz besonderer Hexen, und dem bösen Willen derselben sei es zuzuschreiben, wenn den vorbeifahrenden Schiffen allerlei Widerwärtigkeiten begegnen. Als ich voriges Jahr einige Zeit auf der See lag, erzählte mir der Steuermann unseres Schiffes: die Hexen wären besonders mächtig auf der Insel Wight und suchten jedes Schiff, das bei Tag dort vorbeifahren wolle, bis zur Nachtzeit aufzuhalten, um es alsdann an Klippen oder an die Insel selbst zu treiben. In solchen Fällen höre man diese Hexen so laut durch die Luft sausen und um das Schiff herumheulen, daß der Klabotermann ihnen nur mit vieler Mühe widerstehen könnte. Als ich nun fragte: wer der Klabotermann sei? antwortete der Erzähler sehr ernsthaft: »Das ist der gute, unsichtbare Schutzpatron der Schiffe, der da verhütet, daß den treuen und ordentlichen Schiffern Unglück begegne, der da überall selbst nachsieht, und sowohl für die Ordnung wie für die gute Fahrt sorgt.« Der wackere Steuermann versicherte mit etwas heimlicherer Stimme: ich könne ihn selber sehr gut im Schiffsraume hören, wo er die Waren gern noch besser nachstaue, daher das Knarren der Fässer und Kisten, wenn das Meer hochgehe, daher bisweilen das Dröhnen unserer Balken und Bretter; oft hämmere der Klabotermann auch außen am Schiffe, und das gelte dann dem Zimmermanne, der dadurch gemahnt werde, eine schadhafte Stelle ungesäumt auszubessern; am liebsten aber setze er sich auf das Bramsegel, zum Zeichen, daß guter Wind wehe oder sich nahe. Auf meine Frage: ob man ihn nicht sehen könne? erhielt ich zur Antwort: Nein, man sähe ihn nicht, auch wünsche keiner ihn zu sehen, da er sich nur dann zeige, wenn keine Rettung mehr vorhanden ist. Einen solchen Fall hatte zwar der gute Steuermann noch nicht selbst erlebt, aber von anderen wollte er

wissen: den Klabotermann höre man alsdann vom Bramsegel herab mit den Geistern sprechen, die ihm untertan sind; doch wenn der Sturm zu stark und das Scheitern unvermeidlich würde, setze er sich auf das Steuer, zeige sich da zum erstenmal und verschwinde, indem er das Steuer zerbräche – diejenigen aber, die ihn in diesem furchtbaren Augenblick sähen, fänden unmittelbar darauf den Tod in den Wellen.
Der Schiffskapitän, der dieser Erzählung mit zugehört hatte, lächelte so fein, wie ich seinem rauhen, wind- und wetterdienenden Gesichte nicht zugetraut hätte, und nachher versicherte er mir: vor fünfzig oder gar hundert Jahren sei auf dem Meere der Glaube an den Klabotermann so stark gewesen, daß man bei Tische immer auch ein Gedeck für denselben aufgelegt, und von jeder Speise, etwa das Beste, auf seinen Teller gelegt habe, ja, auf einigen Schiffen geschähe das noch jetzt. –

Einzelne der Geschichten existieren in verschiedenen Versionen und haben ihrerseits eine Geschichte – bei den Märchen, die vom Leben der Unterseeischen erzählen, ist der gemeinsame Ursprung immer wieder festzustellen. Am weitesten verbreitet aber ist wohl die Sage vom Fliegenden Holländer. Heinrich Heine erzählte sie in den 1831 erschienenen »Memoiren des Herrn von Schnabelewopski« und bemerkt in Ergänzung der in diesem Buch verzeichneten Fassung der Geschichte, man müsse die vom Fliegenden Holländer übergebenen Postsachen »an den Mastbaum festnageln, sonst widerfährt dem Schiffe ein Unglück, besonders wenn keine Bibel an Bord oder kein Hufeisen (!) am Fockmaste befindlich ist.« In diesem Zusammenhang berichtet er dann auch von einem auf derselben Fabel aufbauenden Theaterstück, das er in Amsterdam gesehen habe: »... er muß bis zum jüngsten Tage auf dem Meere herumirren, es sei denn, daß er durch die Treue eines Weibes erlöst werde. Der Teufel, dumm wie er ist, glaubt nicht an Weibertreue, und erlaubt daher dem verwünschten Kapitän, alle sieben Jahr einmal an Land zu steigen und zu heiraten und bei dieser Gelegenheit seine Erlösung zu betreiben.

Es sind wieder sieben Jahre verflossen, der arme Holländer ist des endlosen Umherirrens müder als jemals, steigt ans Land, schließt Freundschaft mit einem schottischen Kaufmann, dem er begegnet, verkauft ihm Diamanten zu wohlfeilem Preise, und als er hört, daß sein Kunde eine schöne Tochter (namens Katharina) besitzt, verlangt er sie zur Gemahlin. Auch dieser Handel wird abgeschlossen. Nun sehen wir das Haus des Schotten. Das Mädchen erwartet den Bräutigam zagen Herzens. Sie schaut oft mit Wehmut nach einem gro-

ßen verwitterten Gemälde, das in der Stube hängt und einen schönen Mann in spanisch-niederländischer Tracht darstellt; es ist ein altes Erbstück, nach der Aussage der Großmutter ist es ein getreues Konterfei des Fliegenden Holländers, wie man ihn vor hundert Jahren in Schottland gesehen. Auch ist mit diesem Gemälde eine überlieferte Warnung verknüpft, daß die Frauen der Familie sich vor dem Originale hüten sollten. Eben deshalb hat das Mädchen von Kind auf sich die Züge des gefährlichen Mannes ins Herz geprägt. Wenn nun der wirkliche Fliegende Holländer leibhaftig hereintritt, erschrickt das Mädchen; aber nicht aus Furcht. Aber jeder ist betroffen bei dem Anblick des Portraits. Als man ihm bedeutet, wen es vorstelle, weist er jedoch jeden Argwohn von sich; er lacht über den Aberglauben, er spöttelt selbst über den Fliegenden Holländer, den ewigen Juden des Ozeans: jedoch unwillkürlich in einen wehmütigen Ton übergehend, schildert er, wie Mijnheer auf der unermeßlichen Wasserwüste die unerhörtesten Leiden erdulden müsse, wie sein Leib nichts anderes sei als ein Sarg von Fleisch, worin seine Seele sich langweilt, wie das Leben ihn von sich stößt und auch der Tod ihn abweist; sein Schiff sei ohne Anker und sein Herz ohne Hoffnung. Die Braut betrachtet ihn ernsthaft und wirft manchmal Seitenblicke nach seinem Konterfei. Es ist, als ob sie sein Geheimnis erraten habe und wenn er nachher fragt: Katharina, willst du mir treu sein? antwortet sie entschlossen: Treu bis in den Tod.«
Nach einer Unterbrechung erfahren wir nun den Inhalt der letzten Szene. Da steht auf einer hohen Klippe über dem Meer Katharina, die in der Zwischenzeit die Frau des Fliegenden Holländers geworden ist, und ringt verzweiflungsvoll die Hände, »während auf dem Meere, auf dem Verdeck seines unheimlichen Schiffes, ihr unglücklicher Gemahl zu schauen ist. Er liebt sie und will sie verlassen, um sie nicht ins Verderben zu ziehen, und er gesteht ihr sein grauenhaftes Schicksal und den schrecklichen Fluch, der auf ihm lastet. Sie aber ruft mit lauter Stimme: ich war dir treu bis zu dieser Stunde, und ich weiß ein sicheres Mittel, wodurch ich dir meine Treue erhalte bis in den Tod! Bei diesen Worten stürzt sich das treue Weib ins Meer, und nun ist auch die Verwünschung des Fliegenden Holländers zu Ende, er ist erlöst, und wir sehen, wie das gespenstische Schiff in den Abgrund des Meeres versinkt.«
Das kam im Jahre 1838 Richard Wagner, der damals Kapellmeister in Riga war, unter die Augen, und wurde die Basis für dessen gleichnamige Oper, die am 2. Januar 1843 in Dresden zum ersten Mal aufgeführt wurde. Für das Finale befahl

die Partitur: »Das Meer schwillt hoch auf und sinkt in einem Wirbel wieder zurück. Im Glührot der aufgehenden Sonne sieht man über den Trümmern des Schiffes die verklärten Gestalten Sentas (bei Heine Katharina) und des Holländers sich umschlungen haltend dem Meer entsteigen und aufwärts schweben.«

Ähnlich geht es in Hauffs Märchen »Die Geschichte von dem Gespensterschiff« zu. Auch dort segelte ein geheimnisvolles Schiff, allerdings lag die Mannschaft tot auf Deck und der Kapitän war mit einem Nagel durch den Kopf am Mast befestigt, doch erwachte jeweils um Mitternacht die ganze Gesellschaft für eine Stunde zum Leben und befuhr so fünfzig Jahre ruhelos die See, weil sie einen Derwisch ermordet hatte, der sie mit letztem Atem verwünschte, nicht leben und nicht sterben zu können. Die Angelegenheit regelte sich dann auch nicht durch einen Sprung ins Meer, denn die Leichen waren an den Decksplanken wie festgewachsen. Vielmehr mußte man die Planken absägen und die Leichen wie Planken an Land bringen, wo die Leichname bei der Berührung mit der Erde zu Staub zerfielen. Mit dem angenagelten Kapitän war es schwieriger, war doch der Mast nicht einfach abzusägen. Doch Erde, auf das Schiff und auf des Kapitäns Kopf gebracht, löste auch das Problem. –

»Die Menschen sind kultivierter geworden und schämen sich der Einfalt ihrer Altvordern,« klagte vor gut 135 Jahren der Märchensammler Smidt. Märchen waren, zumindest bei Erwachsenen oder sich erwachsen Fühlenden, also schon damals nicht mehr up to date. Ob das aber mit Kultur zu tun hat? Vielmehr mit der Zivilisation, die dann aber doch nicht, selbst über mehr als ein Jahrhundert Distanz, die wundersamen alten Geschichten auslöschen konnte. Smidt berichtet von dem Wahlspruch: Was nicht dem Leben nützt, ist Spielerei! Wir haben den Sinn des Spiels entdeckt und damit auch Smidts Geschichten.

R. L. Temming

Die in diesem Buch verwendeten seemännischen Fachausdrücke sind im Anhang (S. 183 ff) erläutert.

Der fliegende Holländer

Hoch auf den Wellen bewegte sich still und unheimlich der mächtige Rumpf eines Ostindien-Fahrers, der sich der Tafelbai[1] gegenüber befand.
Seit drei Tagen kämpfte er vergebens mit einer Windstille. Die kaum gefüllten Obersegel brachten ihn nur wenig von der Stelle, und die heftige Strömung des Meeres trieb ihn unwiderstehlich seitwärts.
Hundert Augen hingen an der blauen Himmelsdecke, ob nicht irgendwo ein Wölkchen zu erspähen sei, von dem man die Rettung aus der stets wachsenden Gefahr erhoffen könne; aber die war klar und durchsichtig und spiegelte sich in dem glatten Meer wider.
Ein trüber Geist des Unmuts, der noch eine verborgenere Ursache als den der Windstille hatte, beherrschte das Schiff, das den stolzen Namen ›Gelderland‹ führte und der Stolz der holländisch-ostindischen Handelsflotte[2] war. Der böse Geist, der den Frieden aus seinen *Kajüten* und von seinem *Verdeck* verjagt hatte, war der Kapitän desselben, Mynheer Claas van Belem, ein stolzer, herrschsüchtiger Mann mit einem versteinerten Herzen und einem belasteten Gewissen. Die *Offiziere* gingen lautlos auf und ab und warfen verstohlene Blicke nach dem Eingang der *Kajüte*, fürchtend, daß ihr Oberhaupt erscheinen werde. Die Matrosen ließen sich gar nicht sehen; sie hockten hinter den Booten, dem *Spill* und den Wasserfässern und flüsterten sich scheu und verstohlen ihre Bemerkungen und Befürchtungen zu.
Ein alter, bärtiger Matrose, der dreimal sieben Jahre auf Ostindien gefahren war, lag auf dem *Bugspriet* in dem Netz des *Stagsegels* und schaute auf einen jüngeren Genossen, der dicht unter ihm auf der *blinden Rah* saß.
»Wir gehen hier vielem Unglück aus dem Wege«, sprach der junge Seemann von unten herauf. »Der Dienst auf dem *Bugspriet* hat sein Gutes. Das *auswehende Jacksegel* macht, daß wir vom *Deck* aus nicht gesehen werden können, und das

[1] Hafenbucht von Kapstadt an der Südspitze Afrikas.
[2] Die »Niederländisch-Ostindische Kompagnie« wurde 1602 mit einem Aktienkapital von 6 500 000 Gulden in Batavia (heute Djakarta) zur Ausbeutung der neuen Kolonien gegründet. Es war die erste moderne Aktiengesellschaft, der 1621 die Westindische Kompagnie folgte. Die Gewinnausschüttungen betrugen bis 1790 im Mittel 20 bis 25 Prozent jährlich. Die »Kompagnie« hatte politische Vorrechte und verfügte über ein eigenes Heer, trat also wie ein Landesherr auf.

Rauschen vor dem *Bug* übertönt unsere Worte. Wir können ohne Scheu miteinander reden.«

»Bis uns einer über den Hals kommt, der stark genug ist, uns das Maul zu stopfen: uns hier vorne und denen auf dem *Quarterdeck*. Hier in der Tafelbai ist nimmer etwas Gutes für einen Seemann zu hoffen und der soll seinen Gott preisen, der sie mit leicht *gerefften* Segeln rasch durchschneidet. Wir liegen nun schon drei Tage darin, ohne von der Stelle zu kommen, und wenn der erscheint, dessen Namen ein frommer Seemann nicht aussprechen soll, ohne ein Gebet herzusagen —«

»Ich weiß schon«, unterbrach ihn jener. »Ihr meint Vanderdecken, den Fliegenden Holländer.«

»Still, du Unglücksbursche!«

»Nun? Ich werde doch wohl von ihm reden können? Ist sein Name so gefährlich, daß er Euch vergiftet, wenn Ihr ihn in den Mund nehmt? Alles Glück mit Hollands Flagge! Sie wird ebenso ungestört von unserer *Gaffel* wehen, wenn Kapitän Vanderdecken sich tausend Meilen[3] von uns befindet, als wenn er auf Kanonen-Schußweite in unser *Kielwasser* steuert; denn, mein guter *Schiffsmaat*, ich muß Euch nur sagen, daß ich von der Geschichte nicht sonderlich viel glaube und sie eher für altes Weibergeklatsche als für Wahrheit halte.«

Der bärtige Matrose ward blutrot vor Zorn und richtete sich halb auf: »Die Pest auf deinen Leib, du Hund! Noch einmal stoße solche Lästerung aus, und ich gebe dir einen Fußtritt, daß du rücklings in die See fällst!«

Der junge Seemann eilte mit großer Schnelle nach dem Außenende der *Rah* und rief: »Seht zu, ob Ihr mich hier mit Eurem Fuß zu erreichen vermögt!« Er hielt einige Augenblicke in seiner gefährlichen Stellung aus, dann aber schwang er sich wieder einwärts und sagte: »Meine Ration Genever[4] sollt Ihr zwei Tage hintereinander haben, wenn Ihr mir sagt, ob etwas an dieser Geschichte mit dem Fliegenden Holländer ist, und was Ihr von der Geschichte eigentlich wißt. Denkt nur, zwei Rationen!«

Dieser Versuchung konnte jener nicht widerstehen; er überwand seine Furcht vor dem Gespensterschiff und begann:

»War der Kapitän eines großes und mächtigen Schiffes, dieser Vanderdecken; reiches Gut im *Raum* und böses Volk in seinen *Kojen*. Er selbst war der Ärgste an Bord und raste und tobte während einer ganzen Reise mit und ohne Ursache. Wenn er aber in seine *Kajüte* hinabstieg, schloß er sich ein.

[3] Meile, altes Längenmaß in verschiedenen Ländern. Hier ist die englische oder Seemeile gemeint = 1852 m.

[4] Niederländisch, Trinkbranntwein mit Wacholderaroma.

Kein Mensch durfte versuchen, herein zu kommen, wenn ihm sein Leben lieb war, und dann gingen die Greuel erst recht an. Er lärmte und tobte, stampfte mit den Füßen und sprach laut vor sich hin, doch so undeutlich, daß man nicht eine Silbe verstehen konnte. Oft erhielt er auch Antwort von einem Dritten, dessen Gegenwart niemand bemerkte, und wenn dieser sprach, war es ein Lärmen, als ob alle Geister der Hölle zugleich losgelassen würden. Manche wollen sogar gespürt haben, daß es nach höllischem Feuer roch. Gewiß ist es, daß nach einem solchen Versuch jedesmal ein heftiger Sturm folgte, der das Schiff in die größte Gefahr brachte. Ging nun Kapitän Vanderdecken nach einer solchen, vom Teufel unterstützten, Reise vor Anker, dann begab er sich sogleich ans Land und brachte dort alle Teufeleien an, die er unterwegs von dem alten Höllenburschen gelernt hatte.«

»So trieb er es wohl nicht besonders in Zucht und Ehren«, fragte der junge Matrose, »und es ist am Ende wahr, daß er dem Weibsvolk absonderlich mitgespielt haben soll?«

»Der Teufel lasse ihm seine Niederträchtigkeiten wohl bekommen«, brummte jener. »Er büßt sie jetzt ab und wird büßen müssen bis an das Ende aller Tage. Hoch auf den Dünen der Nordsee und fern von jedem bewohnten Ort hatte er ein großes Haus zum Eigentum, darin trieb er sein Unwesen. Innerhalb der wohlverschlossenen Pforte saß ein altes Hexenweib als Wächterin, die war ihm treu ergeben und mit allen boshaften Ratschlägen schnell bei der Hand. Brachte ihm sein Gevatter Pferdefuß[5] aus den Töchtern des Landes einen fetten Bissen zur Büßung seiner bösen Lust, dann nahm die Alte sie erst vor und richtete sie gehörig ab, damit der gestrenge Gebieter keinen Anlaß zur Klage haben sollte. Dafür soll der Teufel dieser Alten besonders geneigt gewesen sein und hat versprochen, ihr den ganzen reichen Nachlaß des Gebieters zuzuwenden, wenn er diesem eines Tages den Hals umdrehen werde.«

»Und hat die Hexe diese Erbschaft bekommen?«

»Nichts hat sie bekommen. Der Teufel sagte, sie solle erben, sobald er dem Vanderdecken den Hals umgedreht habe; aber dieser lebt gewissermaßen heute noch, und das ist ja eben die Teufelei, daß der Teufel seine eigene Base bei dieser Gelegenheit betrogen hat. Sie ging leer aus und er braucht das erbeutete Gold nun dazu, um unschuldiges Blut in seinen Schlingen zu fangen. Alle Goldstücke, welche die ostindische Compagnie uns zeigt, sind solche Teufels-Lockspeise, und das ehrliche Seemannsblut geht richtig in die Falle. Ich für mein

[5] In mittelalterlichen Darstellungen erscheint der Teufel mit Pferdefuß oder Bocksfuß.

Teil bin nun schon viermal hineingeplumst, denn eine Reise nach Batavia[6] ist nichts anderes als ein Kreuzzug nach der Hölle, von dem Ihr mit leeren Taschen heimkehrt, und der ärgste Streich, den Euch der Teufel spielt, ist der, daß bei der Abrechnung jedesmal Null mit Null aufgeht und Ihr von Glück sagen könnt, wenn Ihr eine Handvoll Silbergulden[7] kriegt. Aber um wieder auf den Vanderdecken zu kommen und damit ich meinen Genever ehrlich verdiene: Es wurden in dem alten Hause arge Dinge angestellt und die Mädel waren dir so gelehrig, daß sie das tollste Zeug trieben, was nur von ihnen verlangt wurde. Nun dauerte aber eine solche Freude nicht lange, und wenn er einer Dirne satt war, gab er ihr nicht etwa eine Handvoll Gold und schickte sie fort; nein, er drehte ihr den Hals um, damit sie nicht ausplaudern sollte, wie es bei ihm zugehe. Brach dann die Nacht herein, so steckte er, mit Hilfe seiner Hexe, die Leiche in einen großen Sack; sie schleppten diesen an den Strand und warfen ihn in die See. Wenn nun der Sack hineinplumpste, und die See darüber zusammenschlug, lachten die beiden Bösewichter laut auf, und der Teufel antwortete ihnen von ferne.
Einstmals aber nahm das Ding ein unerwartetes Ende. Der Teufel hatte wieder ein kostbares Stück für seinen Freund ausgesucht und brachte es ihm. Es war ein Mädchen wie Milch und Blut und das Schönste, was Vanderdecken bisher gesehen hatte. Der Teufel hatte sie geraubt, als sie aus der heiligen Messe kam, in demselben Augenblick, als sie dem harrenden Diener das Meßbuch zu tragen gab, denn vorher hatte er keine Macht über sie. Man sagt, die Jungfrau habe in jenem Augenblick an ein großes Kirmesfest gedacht, wo sie ihren Herzallerliebsten treffen sollte; darüber sei ihr Gemüt in weltliche Dinge versenkt und die Messe vergessen worden. Dies benutzte der Teufel und führte sie ungesehen nach dem Hause Vanderdeckens. Die alte Hexe gab sich mit dem schönen Kind die allererdenklichste Mühe, aber es wollte ihr nicht gelingen. Alles war vergebens, und wenn die Alte ihr das Sündenleben in den schönsten Farben malte, fiel die Jungfrau auf die Knie und betete um Erlösung aus diesem Elend. Da erwachte der Zorn der Alten und brach maßlos über das arme Kind herein. Sie schlug es und eilte zu Vanderdecken, die widerspenstige Dirne bei ihm zu verklagen. Dieser geriet ebenfalls in Wut und rannte nach dem Flur, wo sich das fomme Mägdelein befand, um sie auch zu züchtigen. Als er ihrer jedoch ansichtig ward und den Heiligenschein be-

[6] Hauptstadt des ehemaligen Niederländisch-Indien, heute Indonesien; heutiger Name Djakarta.
[7] Seit 1601 wurde der Niederländische (Silber-)Gulden zu 28 Stüver geprägt.

merkte, der von ihr ausging, bemächtigte sich seiner ein sanfteres Gefühl, und er suchte sie durch freundliche Worte zu kirren[8]. Aber welche Künste er auch versuchen mochte, alles blieb fruchtlos, denn lieber wollte sie ihren Leib mit ihren Nägeln zerfleischen, als zugeben, daß er ihn mit seinen unheiligen Händen berühre. Da wurde Vanderdecken noch dreimal zorniger und außer sich rief er: ›Wenn du der Bitte eines Mannes widerstehst, der sich zum ersten Male zu solcher Feigheit erniedrigte, so wollen wir sehen, was die Gewalt über dich vermag. Steh mir bei, Hexenweib! Wir wollen ihr zeigen, wie dem geschieht, der sich dem Willen Vanderdeckens widersetzt!‹ Und kaum hatte er diese Worte gesprochen, als beide über das arme Geschöpf herfielen und sie jämmerlich schlugen. Lange ertrug sie diese barbarische Behandlung nicht, sondern sank tot zu den Füßen ihrer Peiniger nieder. Darüber verzehrte sich Vanderdecken fast vor Zorn und goß all seine Wut auf den Nacken seiner Hexe aus; dann aber nähten sie auch dies Mägdelein in einen Sack und trugen es zum Meer.«
»Das ist eine grauenhafte Geschichte, *Schiffsmaat*«, sprach der junge Matrose, sich schüttelnd; »wie ward es denn weiter?«
Der Bärtige fuhr fort: »Ich will es zu Ende bringen. Sie schleppten also den Leichnam nach dem Strand und stürzten ihn in die See. Diemal lachten sie nicht dabei, aber desto lauter lachte der Teufel: denn das ist ein feiner Bursche und er mochte wohl merken, daß er seinen Freund Vanderdecken jetzt beim Schopf habe. Kaum aber war das Gelächter des Teufels verhallt, als man ein helles Klingen vernahm, und obgleich der Himmel von düsteren Wolken eingehüllt war, verbreitete sich doch ein so heller Schein auf dem Meer, als ob es vom Mond beschienen würde. Und in diesem Augenblick tauchte auch die Leiche der frommen Jungfrau aus den Wellen auf, das bleiche Antlitz zu Vanderdecken gewendet und ihm unaufhörlich die Worte zurufend: ›Folge mir! Folge mir!‹ Das brachte ihn so sehr außer sich, daß er sich kopfüber in die See gestürzt hätte, wenn ihn die Hexe nicht mit Gewalt zurückgehalten hätte, wobei sie vom Teufel tüchtig unterstützt wurde, denn der hatte ihm ein weit schlimmeres Ende zugedacht. Darum flüsterte er dem halb besinnungslosen Kapitän zu, die Jungfrau sei gar nicht tot, und er könne sie für seine Lust retten, wenn er nur wolle.
Kaum hatte der Teufel das gesagt, als auch ein großes Schiff sichtbar wurde, das Vanderdecken bis dahin nicht gesehen hatte, und als er genauer hinsah, entdeckte er, daß es sein

[8] Auch »kirre machen« = sich gefügig machen.

eigenes war. Jetzt trieb es ihn an Bord und kaum war er über das *Fallreep*, so stiegen alle Segel am Mast wie von selbst in die Höhe. Er aber befahl, dem hellen Schein nachzusteuern, der um das Haupt des jungen Mädchens strahle, und den nur er ganz allein erblickte. So trieb er durch die Nordsee, durch den Kanal[9], am Pic von Teneriffa vorüber, durch den weiten Atlantischen Ozean. Die Mannschaft war nicht wenig über eine so schnelle Abreise verwundert gewesen, und die Offiziere wagten es, bescheiden darum zu fragen. Sie aber erhielten keine andere Antwort als Verwünschungen und daß ein Mädchenhaupt vor ihnen auf der See herumtanze, das von einem Heiligenschein umgeben sei und das er haben müsse. Wenn die Männer solche Äußerungen vernahmen, zuckten sie die Achseln und gingen auf die Seite, denn sie konnten nicht anders glauben, als daß ihr Kapitän um seinen Verstand gekommen sei, und dachten schon daran, ihn abzusetzen.[10] So erreichten sie nun die Tafelbai, eben den Punkt, wo wir uns befinden und wo –«

Die Furcht übermannte den Erzähler abermals; er hielt inne und blickte nach allen Seiten um sich.

»Die Sonne sinkt immer tiefer und bald wird es stockfinster sein; dann ist die Zeit, wo der böse Vanderdecken sich sehen läßt, darum laß uns rasch enden. Er erreichte nun die Tafelbai und hier ging das Ungemach erst recht an; der Wind blies ihm heftig entgegen. Wochen und Monate vergingen, ohne daß er die Bai zu durchschneiden vermochte; bald lag das Schiff über *Steuerbords-*, bald über *Backbords-Halsen*, aber immer trieb es während des einen *Ganges* ebensoviel rückwärts, wie es im vorigen gewonnen hatte, und alle Mühe und Arbeit war vergebens gewesen. Da ergriff den Vanderdecken eine ungeheure Wut. Er lästerte den Namen Gottes und rief: ›Nun will ich hier segeln bis an das Ende aller Tage! Soll ich mir selbst ein Schrecken und Grauen sein, will ich es auch für alle diejenigen werden, die in mein *Kielwasser* steuern, so lange der Wind weht und der Hahn kräht!‹ Und kaum hatte er diese Worte gesprochen, als der Hahn, der sich in den *Hühnerhocken* befand, überlaut zu krähen anfing. In demselben Augenblick brach ein heftiger Sturm aus und das Schiff raste, fast auf die Seite geworfen, mit einer solchen Schnelligkeit dahin, wie es noch jetzt die Unglückskinder sehen, die das Schicksal haben, sein *Kielwasser* zu schneiden.«

[9] Gemeint ist der »Kanal« zwischen Großbritannien und Frankreich.

[10] Nach dem Seerecht dürfen Offiziere und Mannschaften eines Schiffes den Kapitän auf See seines Amtes entheben, wenn dieser nicht mehr in der Lage ist, seinen Obliegenheiten nachzukommen. In der Praxis dürfte dieses Recht nur bei geistigen Störungen in Anspruch genommen werden. Die sich dabei ergebende Problematik schildert Herman Wouks Buch »Die Caine war ihr Schicksal«.

Der junge Seemann, der ein sehr aufmerksamer Zuhörer gewesen war, schüttelte sich vor Furcht, denn er hatte schon anderswo gehört, daß derjenige, der des Fliegenden Holländers *Kielwasser* kreuzt, sich selbst den Lebensfaden durchschneidet und leise wiederholte er sich die Worte Vanderdeckens:

»So lange der Wind weht,
Und der Hahn kräht.«

Die Pfeife des *Bootsmanns* unterbrach das Gespräch der beiden *Maaten*. Der Wind hatte etwas *geraumt*, und die *Rahen* wurden *aufgebraßt*. Kaum war die Ordnung wieder hergestellt, als Kapitän Claas van Belem das *Deck* der ›Gelderland‹ betrat. Er grüßte seine *Offiziere* mit einem mürrischen Kopfnicken und begann dann nach seiner Gewohnheit das *Quarterdeck* auf- und abzuschreiten. Überall war sein Auge und überall fand er etwas zu tadeln. Die *Offiziere* erhielten entweder offene Verweise oder ironische Lobsprüche, und die Matrosen wurden bis in die höchsten *Toppe* geschickt, um die Launen des Kapitäns auszuführen. Die rascheste Befolgung der Befehle reichte nicht aus, den Unmut des Gebieters zu besiegen, sondern dieser wuchs, und wer in seine Nähe kam, war gewiß, die nachdrücklichsten Beweise seiner Unzufriedenheit zu empfangen.

Auf der *Bramsahling* des *Fockmastes* trafen zwei junge *Toppgasten* zusammen, die hierher auf den *Udkiek* geschickt waren.

»Hörst das Donnerwetter unter uns, *Jantje*?«

»Höre es. Ist gerade so, als ob du auf einem Berg stehst; da blitzt und donnert es auch unter dir.«

»Mag sein. Bin niemals auf einem Berg gewesen, außer auf dem Hamburger[11], da hat es aber nicht gedonnert und geblitzt, wohl aber gepaukt und trompetet. Was, zum Teufel, ist denn wieder los?«

»Weißt es nicht? Der Kapitän trägt in seiner Brust eine Art Ding, das man Gewissen nennt. So groß er auch ist, so ist das kleine Ding doch größer und will subtil[12] behandelt sein, darum hat er es am liebsten, wenn es ruhig schläft. Nun aber wacht das unverschämte Ding mitunter auf und dann soll es ihn unbarmherzig zwicken und zwacken. Sage mir doch, was tat deine Mutter, als du ein kleines Kind warst, und sie dich in den Schlaf bringen wollte?«

»Sie sang mir etwas vor vom weißen Gänschen.«

»So macht's der da unten auch. Er singt seinen Leuten so viel

[11] Volksfest in Hamburg.
[12] Sorgsam, vorsichtig.

vom Teufelholen und vom Donnerwetter vor, bis das Gewissen die Kneifzange ruhen läßt.«

»Was hat es denn mit dem bösen Gewissen auf sich? Ist es wahr, daß er eine hübsche Frau hatte?«

»So ist es, *Backsmaat*! Sie war so schön, daß man sie das Auge von Brabant nannte, denn sie war in Brabant[13] geboren. Sie trug auch ihren Mann auf Händen, aber der hat sich nicht sonderlich um sie gekümmert und sie stets rauh und kurz behandelt. Darüber hat sich das arme Weib gegrämt und ist ihm aus dem Wege gegangen. Eines Tages, als der Kapitän unverhofft in den Garten tritt, sieht er seine Frau in einer Laube sitzen und ihr zur Seite einen Mann, der sein Angesicht an der Brust des schönen Weibchens verbirgt. Er soll sehr aufgebracht gewesen sein von Galle und Wein, sonst hätte er doch wohl erst ein wenig näher hingesehen, aber der Teufel hatte ihn schon in den Krallen, darum zog er den Degen und stach beide durch und durch.«

»Alle Wetter!»

»Durch und durch, sage ich dir! Und die Folge davon war, daß er ein paar Tage darauf seine Frau samt ihrem Vater begraben mußte.«

»Halt ein mit deiner Geschichte, mich packt der Schwindel!«

»Sei kein Narr, Bursche! Es ist auch schon aus. Weißt du nun, warum ihn sein Gewissen wie das höllische Feuer brennt? Das ist kein Brand, den man so leicht löschen kann.«

»Haben sie ihn denn nicht für seine Untat gestraft?«

»Hat sich was! Mynheer Claas van Belem ist ein reicher, angesehener Mann, und reiche, angesehene Leute haben immer recht. Er wurde zwar in Gewahrsam gebracht, aber die Doktoren steckten sich dazwischen und sagten – gib acht, Junge, du sollst hören, daß ich durch die hohe Schule gelaufen bin, und sollst Respekt vor mir kriegen! – sie sagten, er leide an momentanem Wahnsinn und da könne ihm keiner etwas anhaben.«

»Ein Segel! Ein Segel!« rief der *Udkiekmann* vom *großen Topp*.

Die beiden *Vortopp-Männer* fuhren bei diesem Ruf erschrokken von ihrer *Sahling* auf; ihr Blick schweifte über den Horizont hin und gleich darauf schrien auch sie: »Ein Segel!«

Es dämmerte schon. Die Nebel brauten auf dem Meere und machten den Blick in die Ferne unsicher. Man sah hoch im *Luv* etwas Weißes auf den Wellen zittern, es konnte ein Segel, aber auch irgendeine Luftspiegelung sein. In wenigen Minuten war es ganz und gar verschwunden. Die Mannschaft

[13] Aus dem fränkischen Gau Brachantum hervorgegangenes Herzogtum (1191). Heute die Landschaft zwischen Maas und Schelde, also der Norden und Osten Belgiens und der Süden der Niederlande. Brabant war im 15. und 16. Jahrhundert Mittelpunkt der niederländischen Kultur.

war in Aufruhr. Der Ruf: »Ein Segel!« war den Matrosen durch Mark und Bein gedrungen, sie sahen schon den verdammten Vanderdecken sich ihnen nähern und sie in den Abgrund ziehen. Überall steckte man die Köpfe zusammen, überall war ein unheimliches Flüstern: »Wenn er es ist, haben wir ihn in einer Stunde längsseits.«

»Und dann setzt er ein Boot aus.«

»Das tut er immer. Und gnade uns Gott, wenn er an Bord kommt; dann bringt er Briefe, über deren Bestellung uns der Atem ausgehen kann.«

»Verdammt sei mein Eifer, an Bord dieses heillosen Schiffes zu gehen! Nun muß ich doch in den Rachen dieses Teufels fahren und kann nicht mit meiner Gesche Hochzeit machen.«

Auch auf dem *Halbdeck* herrschte einige Aufregung; die *Offiziere* warfen sich bedeutungsvolle Blicke zu.

Der Kapitän trat zu ihnen: »Wollen die *Offiziere* den Matrosen nachäffen, die schon alle den Verstand verloren haben und nach einem Gespenst Ausschau halten, das nirgends als in ihrem Gehirn spukt?«

»Doch, Kapitän!« entgegnete der erste *Offizier*, ein alter, sturmfester Seemann. »Der Mord hat den Fliegenden Holländer auf das flüchtige Element gebannt, und leicht wittert er Blut. Ich gehöre nicht zu den starken Geistern, die alles hinwegleugnen wollen, was über ihren Horizont geht, und nie werde ich es mir einfallen lassen, das Dasein jenes unheilvollen Schiffes zu leugnen. Mag er immerhin kommen; fest und ruhig will ich ihm entgegensehen, denn ich habe ein unbelastetes Gewissen.«

Der Kapitän biß sich auf die Lippen und ging hastig auf und nieder; die *Offiziere* erwarteten mit kalter Resignation den Zornesausbruch ihres Gebieters.

»Ein Segel! Ein Segel!« schrie es wieder, und derselbe gespenstische weiße Streifen flog in *Luv* hin.

»*Bootsmann*!« rief der Kapitän überlaut. »Achtet auf die Leute! Der erste, der wieder ruft: Ein Segel! soll an den Mast gebunden und gepeitscht werden, bis ihm der Atem ausgeht. Ruhe überall! – Für jedes Wort, das aus dem ungewaschenen Maul eines Matrosen geht, ein Dutzend Hiebe mit der Katze[14].«

Grabesstille herrschte an Bord des Ostindien-Fahrers; stumm und scheuen Blickes schlichen die Leute aneinander vorüber.

Düstere Nebel schaukelten sich auf den Wellen, die Nacht brach unheilverkündend herein.

[14] Peitsche. Man denke in diesem Zusammenhang an die »neungeschwänzte Katze«. Auspeitschen war als Disziplinarstrafe auf Segelschiffen bis in das 19. Jahrhundert an der Tagesordnung.

Ein junger *Offizier*, ein Verwandter des Kapitäns, wagte es endlich, diesen anzureden. Er erhielt eine kurze, beleidigende Antwort. Jener erwiderte lebhaft. Der Wortwechsel wurde heftiger und außer sich schrie der Kapitän: »Schlagt den Rebellen in *Ketten*[15].«
Der junge *Offizier* trat ganz nahe an ihn heran: »Mich wunderts, daß Ihr das Richteramt nicht stehenden Fußes ausübt, und mich dahin sendet, wohin Ihr meinen Oheim und Euer Weib gesendet habt, sollte es auch abermals in momentanem Wahnsinn geschehen.«
Da wich alles Blut aus dem Gesicht des Kapitäns, seine Hände ballten sich krampfhaft, und der Schaum trat ihm vor den Mund. Er griff nach dem Dolch, ein Stoß, und der junge Mann lag röchelnd am Boden.
Ein Schrei des Entsetzens entfuhr den *Offizieren*, die ihrem sterbenden Kameraden zu Hilfe eilten.
»Jesus Maria und Joseph!« schrie ein junger Portugiese, der hoch auf dem *Spill* stand und deutete mit der Hand vor sich hin.
Durch die Finsternis wurde die unförmige Gestalt eines riesenhaften Schiffes sichtbar und schwankte geräuschlos vor dem *Bug* der ›Gelderland‹ vorüber.
Es war der Fliegende Holländer!
Mit stillem Grauen starrten die Matrosen die unheilvolle Erscheinung an, die sich langsam fortbewegte und endlich im Nebel verschwand.
Der Kapitän zog sich in seine *Kajüte* zurück. Die *Offiziere* standen auf einem Haufen zusammengedrängt und berieten miteinander, während einige unerschrockene *Toppmänner*, unter Anleitung des *Bootsmanns*, die Leiche des jungen Mannes unter *Deck* trugen. Die Leute rannten in großer Unordnung durcheinander. Keine Ermahnung, kein Befehl der *Backsoffiziere* vermochte sie zur Ruhe zu verweisen; sie verweigerten den Gehorsam und schickten sich an, Gewalt mit Gewalt zu beantworten.
So ging die Nacht vorüber und der anbrechende Morgen fand den Aufruhr im vollen Gange. Aber als der erste Strahl des Tages über das *Deck* hinflog, wich der Zorn von den erbleichenden Gesichtern, denn das gespenstische Schiff des entsetzlichen Vanderdecken dehnte sich vor ihnen auf den Wogen und seine *Schaluppe* stieß von Bord.
Mit Entsetzen sahen *Offiziere* und Matrosen diesem Schauspiel regungslos zu. Nur der Kapitän blickte trotzig um sich; auf seinem Gesicht sah man keine Furcht und halb drohend,

[15] »In Ketten legen« oder »in Ketten schlagen« bedeutet im Sprachgebrauch ganz einfach die Inhaftierung auf dem Schiff auch ohne eine Fesselung durch Ketten.

halb spottend rief er über das *Deck* hin: »Haltet ein starkes Tauende bereit, um es diesem Burschen zuzuwerfen. Wir wollen hören, was er uns zu sagen hat.«
Dieser Befehl ward nicht befolgt, denn alle starrten nach der *Schaluppe,* die ohne *Ruder* über die Wellen glitt und gerade auf die ›Gelderland‹ zuhielt. Nur ein Mann befand sich darin und starrte das Schiff unverwandten Blickes an.
Zum ersten Mal beschlich jetzt ein Gefühl der Furcht das Herz des Kapitäns und er unterließ es, seinem Befehl den gehörigen Nachdruck zu geben. Auch sein Auge haftete auf der *Schaluppe,* die jetzt den *Bug* streifte und darauf am *Fallreep* des *Steuerbords* wie gefesselt lag. Der Seemann, der sich darin befand, stieg das Deck hinan, ging gerade auf den Kapitän zu, der sich an die Spitze seiner *Offiziere* gestellt hatte und fragte mit einer hohlen Grabesstimme: »Wer seid Ihr und woher kommt Ihr?«
»Wir kommen von Amsterdam. Dies ist das Schiff ›Gelderland‹, und ich bin Claas van Belem, der Befehlshaber desselben.«
»Claas van Belem, Ihr wollt so gut sein, diese Briefe, die Euch mein Kapitän, Mynheer Vanderdecken sendet, mit nach Holland zu nehmen und sie gewissenhaft zu besorgen.«
»Was fällt Euch ein? Wann soll ich diese Briefe besorgen? Jetzt segle ich nach Batavia und erst in sieben Jahren kehre ich nach Amsterdam zurück.«
»Eine kurze Frist! Ihr kehrt immer noch früher zurück als wir, denn wir kreuzen hier in der Tafelbai und finden nimmer das Ende. Nehmt die Briefe!«
Der Ton des gespenstischen Seemannes war so dringend, so Mitleid erregend und furchtbar zugleich; der Blick, den er auf den Kapitän warf, verwirrte diesen so sehr, daß er die Hand ausstreckte und zum großen Entsetzen aller die Briefe annahm.
In diesem Augenblick hob sich eine hohe Gestalt über die *Galerie* des Gespensterschiffes empor; sie breitete die Arme aus, wie zum Gruße, dann brachte sie das Sprachrohr an den Mund und rief über das Meer hin: »Grüßt die Heimat!« Und gleich darauf war sie wieder verschwunden.
»Das ist Vanderdecken!« sprach der gespenstische Seemann. »Er sendet nur dem einen Gruß, den er dieser Ehre besonders wert hält.«
Und als er das gesagt hatte, war er vom *Deck* und seine *Schaluppe* vom *Fallreep* verschwunden, das Gespensterschiff aber schien vor den Augen der ganzen Mannschaft in den Abgrund zu sinken.
Der Kapitän hielt noch immer die Briefe vor sich hin und las:

»An den ehrenwerten Kaufmann, Mynheer Berend van den Stagen, wohnhaft Stubenhuik 3.«
Der erste *Offizier* unterbrach ihn: »Das Haus Berend van Stagen ist bereits verschollen und Stubenhuik seit länger als hundert Jahren niedergerissen, um an dieser Stelle eine neue Kirche zu bauen. Ihr seht, der Fliegende Holländer ist nun doch bei uns an Bord gewesen und wir sind verloren.«
Der ausbrechende Sturm verschlang seine Worte und brachte die Tafelbai in solche Aufregung, daß das Schiff binnen wenigen Minuten in die äußerste Gefahr geriet. Schwere Gewitterwolken senkten sich immer tiefer herab und umleuchteten es mit ihren Blitzen. Der Notschrei der Mannschaft verhallte ungehört im Brausen des Sturmes.
Das Schiff ›Gelderland‹ ist nie in Batavia angekommen.

Die fliehende Insel

Das Schiff steuerte auf der glatten Fläche des Ozeans unter den südlichen Breiten[1], fern von jeder Küste. Ganz außer allem *Kurse* liegend, irrte es umher in der unendlichen Wasserwüste. Die Mannschaft ging ernst und gottergeben nebeneinander hin, dem Augenblick mit Entsetzen entgegensehend, der ihnen das Ende der Vorräte ankündigen würde.
Die Sonne fiel in glühenden Strahlen lotrecht auf das *Deck* herab und kochte das Pech und das Harz aus den klaffenden Fugen; die Farben, welche die Seitenborde, die *Masten* und *Galerien* zierten, bröckelten ab, und die Hitze spaltete die *Rundhölzer*. Das Verderben drohte immer unvermeidlicher.
Ein leichter Wind schwellte kaum die *Obersegel*, und das Schiff brach sich nur zögernd Bahn durch die kristallhelle Flut. Man hörte vor dem *Bug* nicht das dumpfe Rauschen der auseinanderbrechenden Wellen, die lieblichste Musik für das Ohr des Seemanns. Lässig trieben einige Schaumblasen zu beiden Seiten vorüber und ehe sie an der *Hacke* des Steuers zusammentreffen konnten, waren sie schon zerplatzt.
Auf dem *Steuerbord* des *Quarterdecks* lag auf einem Ruhebett ein junger Mann in halbaufgerichteter Stellung und blickte forschend in die Ferne. Es war der Kapitän, der, von einer langen Krankheit genesen, neuen Lebensmut unter dieser tropischen Sonne schöpfte. Aber mit der wiederkehrenden Kraft erwachte auch in ihm die Erinnerung an die große Gefahr, worin er mit seinem Schiff schwebte, und ein tiefer Seufzer entrang sich seiner Brust.
»Der günstige Wind hat uns verlassen für lange Zeit, ich fürchte, für immer«, sprach der *Steuermann*, der neben dem Lager des Kapitäns stand. Es war ein sturmkalter Seemann mit einer durchwetterten Physiognomie[2] und grauem Scheitel, der die meiste Zeit seines Lebens unter diesen tropischen Breiten hingebracht hatte.
»Dann lebe ich der Hoffnung«, antwortete mit schwacher Stimme der Kapitän, »daß ein sonst unheilvolles Ereignis rettend über uns hereinbricht und uns in den Abgrund zieht, ehe die Plage der Hungersnot oder die noch schlimmere des Verdurstens uns heimsucht.«

[1] Zur Ortsangabe ist der Globus eingeteilt in Längengrade (ost-westlich) und Breitengrade (nördlich und südlich des Äquators). »Südliche Breiten(grade)« bedeuten also einen Ort südlich des Äquators.
[2] Gesichtsausdruck.

»Das möge geschehen nach der Einsicht und dem Willen dessen, der von allen lebenden Wesen verehrt wird, den aber der Seemann am meisten in seiner furchtbaren Größe und Herrlichkeit sieht und erkennt. Der Ozean birgt in seinem Wellengrabe gar viel geheime Wunder. Bis wir aber dahin gelangen, will es uns geziemen, die irdischen Dinge, die unserer Obhut anvertraut sind, mit dem größten Ernst zu behüten. Unser Wasservorrat neigt sich seinem Ende, und wenn wir den Leuten auch schon die Rationen verkürzten, so muß doch eine neue Beschränkung eintreten.«

»Nein!« rief der Kapitän in fiebriger Anstrengung und richtete sich von seinem Lager auf. »Ihr bleibt ein Eisberg, selbst unter Indiens Sonne und habt kein Mitleid mit den Verschmachtenden. Hättet Ihr, wie ich, wochenlang in steigender Fieberglut gelegen, Ihr wüßtet, welche Wonne ein Wassertropfen gewährt, der unsere brennende Zunge kühlt. Nein! die Leute sollen trinken! Trinken, bis der letzte Wassertropfen versiegt. Dann wollen wir miteinander sterben!«

Er sank erschöpft auf sein Lager zurück, schloß die Augen und träumte von der jüngsten Vergangenheit. Er sah sich, den man weit und breit den schönen Robert nannte, unter den hohen Palmen wandeln, womit die Plantagen Südamerikas geschmückt sind, und ergötzte sich, wenn die Augen der lieblichsten Mädchen verstohlen auf ihm ruhten. Manches Herz brach in Liebe und Verlangen und flehte zur Heiligen Mutter[3], den Jüngling ihrer Wahl ihr in die Arme zu führen. Die glühende Tochter Mexikos und die frühreife Jungfrau des paradiesischen Brasiliens taten Gelübde auf Gelübde, aber keine fand jemals Veranlassung, es einzulösen. Robert ging kalt an ihnen vorüber, denn Herz und Sinn waren ausschließlich einem Mädchen zugewendet, das auf einer kleinen Insel, inmitten des Ozeans, in dem Haus eines durch sie beglückten Vaters lebte. Mit lautem Jubel hatte er ihr das Geständnis der Liebe abgerungen und sie in seine Arme geschlossen, als seine Braut. Der Vater gab seine Einwilligung, doch nur unter der einzigen Bedingung, daß Robert nie die Insel verlassen solle, so lange er lebte, da er nicht die Kraft besaß, sich von seinem Kind oder seiner Heimat zu trennen. Robert weigerte sich. Sein Ehrgeiz strebte mächtig in die Ferne. Der Vater versagte ihm die Tochter; er aber blieb beharrlich bei seinem Werben. Die Liebe war willig gegen die Sprache der Verführung, und er entführte Elise heimlich aus dem Hause ihres Vaters. Als dieser die Flucht entdeckte, waren die Segel von Roberts *Brigantine* kaum noch am fernen Horizont sichtbar. Sein Fluch donnerte den Flüchtigen nach.

[3] Maria, Muttergottes.

Lange schwammen sie auf der Flut des Ozeans umher, ohne die Küste eines befreundeten Landes zu erreichen. Der Bund der Herzen war nicht durch den Segen der Kirche geheiligt. Robert versuchte die Angst der Geliebten hinwegzuspotten, aber sie brach in Tränen aus und flehte mit den Tönen der Verzweiflung, Mitleid zu haben mit ihrer Qual. Vor ihr erschien in stets drohender Haltung die Gestalt ihres Vaters und nicht eher glaubte sie der Vergebung des Himmels würdig zu sein, bis sie zu seinen Füßen ihre Schuld gebüßt habe und von ihm entsündigt worden sei. Robert ward von ihren Klagen gerührt und versprach, die Insel aufzusuchen, wo der Vater wohnte. Ein günstiger Wind, der sich erhob, schien die Versöhnung beschleunigen zu wollen, und an einem Abend lag die Insel, vom Gold der Sonne bestrahlt, vor ihnen. Ein Boot ward bereitgehalten, und Elise fuhr dem Lande zu; sie wollte dem Zorn ihres Vaters zuerst allein begegnen. Kaum hatte ihr Fuß das Land betreten, als die Sonne niedertauchte und tiefe Nacht den weiten Ozean umhüllte. Ein wilder Sturm brach aus und gebot den Schiffen, auf ihrer Hut zu sein. Es gelang ihnen, den mächtig eindringenden Wogen, die hoch aus der Tiefe wuchsen und sich über das Schiff hinstürzten, Trotz zu bieten. Aber was waren die Schrecken der augenlosen Nacht gegen diejenigen, die der junge Morgen den Seefahrern brachte? Rings um sie brauste der Ozean in seiner wildesten Aufregung, und die Insel war verschwunden. Anfangs hielten sie es für eine Täuschung der Sinne, aber man überzeugte sich nur zu bald von der Wahrheit; die wilde Flut hatte nach und nach die Grundfesten der Insel untergraben und sie während der Nacht für immer in die Tiefe des Meeres versenkt. Wie sinnlos raste Robert durch das Schiff und konnte nur mit der größten Anstrengung von einem Selbstmord zurückgehalten werden. Er wütete gegen sich und seine Umgebung, und erst dann war Hoffnung, ihn zu beruhigen, als die Gewalt des Fiebers ihn zu Boden warf und seiner Tobsucht ein Ende setzte.
Das war die Geschichte des unglücklichen Kapitäns, der, in Tränen versunken, sich auf seinem Ruhebett umherwarf.
»Ein verdammtes Gespenst hat seinen Kopf berückt«, brummte der alte *Steuermann* vor sich hin, der ganz allein auf dem *Deck* hin und her ging, denn die *Brise* hatte ganz aufgehört. Die Segel hingen schlaff am *Mast*, und die *Pinne* des Steuers war am *Backbord* festgebunden. Die Matrosen lagen schlafend im Schatten der Boote.
»Ich sage es nochmals, ein verdammtes Gespenst hat ihn bezaubert«, brummte der Alte, »und jene Insel, wo er es gefunden, war kein wirkliches Eiland, sondern die irrende In-

sel, wovon sie in den Liedern singen, daß sie unstet durch den Ozean schwimmt und nur denen sichtbar wird, die ihre Königin verderben will. Fluch dieser Hexe, denn sie hat unseren Kapitän aus einem braven Seemann zu einem trübseligen Mannweib gemacht, das Verse girrt und sein Auge mit Tränen netzt.«

Der Tag war unterdessen längst hinabgesunken in die Flut, und einzelne Sterne blitzten mit südlichem Feuer an der tiefblauen Himmelsdecke. Der Mond stieg aus den Wellen auf und hüllte das Meer in einen feenhaften Lichtmantel. Die Wunder des Ozeans tauchten auf. Strahlend in den sieben Farben des Regenbogens schwamm eine ganze Flotte der leichtbeschwingten men of war[4] heran, geschaukelt von der *Dünung* des Meeres und sich badend im Mondlicht; jetzt rannten sie gegen den riesigen Rumpf eines Hais, der sich schlafend von den Wellen wiegen ließ, und sanken lautlos in die Tiefe hinab; plötzlich erschien ein großer Teil des Meeres mit Schlingpflanzen bedeckt; in diesem schwimmenden Wald ruhten die trägen Schildkröten und ließen sich forttragen der unbekannten Ferne zu. Weiter gen Westen ruderten zwei sprühende Delphine mit ihren farbenreichen Flossen durch die Flut, gleich leidenschaftlich erregten Jägern und ängstlich vor ihnen herfliehend, tauchte plötzlich eine Schar von fliegenden Fischen aus den Wogen auf, die feuchten Schwingen im Strahl des Mondes spiegelnd. Am äußersten Horizont erhoben sich einzelne Wellen, sie brachen mit dumpfem Geräusch auseinander und besäten das weite Meer mit Millionen blitzender Sterne, die in dem Moment des Entstehens auch wieder vergingen.

Das Auge des *Steuermanns* weilte mit finsterem Blick auf allen diesen Erscheinungen des Tropenmeeres; sein Verstand wollte die Wunder hinwegleugnen, aber seine Phantasie trug den Sieg davon; sie nahm die kalte Überlegung gefangen und rollte die seltsamen Erscheinungen der Geisterwelt vor ihm auf.

Da fuhr er plötzlich zusammen, als hätte ein Blitzstrahl, der aus heiterer Höhe herabfährt, ihn vernichtend berührt. Die Augen drängten sich fast aus ihren Höhlen und stierten in die Zaubernacht hinein. Er sah, wie in weiter Ferne sich eine bläuliche Masse aus dem Ozean hob und sich im Mondlicht badete; sie stieg immer höher und grenzte scharf gegen den klaren durchsichtigen Himmel. In demselben Augenblick, da diese neue Erscheinung den einzigen wachen Mann an Bord des Schiffes mit tausend Ängsten erfüllte, flog ein seliges Lächeln über das Gesicht des Kapitäns, und seine Arme brei-

[4] Siehe Seite 50.

teten sich weit aus; aber die Augen blieben geschlossen, nur im Traum hatte er sein Weib, seine Elise, wiedergefunden.
Kein Lüftchen kräuselte die weite Fläche des Meeres. Das Schiff lag wie angefesselt auf der Flut und dennoch näherte es sich mehr und mehr der Insel, die immer deutlicher aus der Nacht hervortrat.
Plötzlich vernahm man ein lautes Krachen, als ob die *Brigantine* mit furchtbarer Eile auf den Strand jagte; sie bebte vom *Kiel* bis zum höchsten *Topp*. Der Kapitän erwachte nicht aus seinem tiefen Schlaf, der *Steuermann* lehnte an der *Reling*, das Auge auf die Insel gerichtet, außerstande sich zu bewegen. Aber die Mannschaft sprang auf und rieb sich schlaftrunken die Augen.
»Was ist das? Sind wir der Küste nahe und jagen wir unsere *Brigantine* auf den Strand?« riefen einzelne.
»Albernes Zeug!« schrie der *Bootsmann* dazwischen; »das Schiff liegt wie angenagelt und hascht nach *Brise*. Ein Hai rannte mit dem Kopf gegen unseren *Backbord*. Das ist alles!«
Die Matrosen legten sich beruhigt wieder hin. Der *Steuermann*, vom Fieberfrost geschüttelt, nicht wagend, das Auge noch einmal auf die Zauberinsel zu richten, warf sich neben dem Lager des Kapitäns auf das *Deck* und schloß die Augen.
Aufs neue flammte der Morgen über das Meer hin, aber ein Schrei des Erstaunens begrüßte ihn aus allen Teilen des Schiffes. Vor ihnen lag eine Insel in allem Schmuck des tropischen Himmels, dieselbe, auf der Kapitän Robert seine Geliebte gefunden und wo er sie gelandet hatte, um die Vergebung ihres Vaters zu erflehen.
Kapitän Robert fuhr von seinem Lager auf, und als er die Insel vor sich sah, erschien ihm alles, was von dem Augenblick an vorgegangen war, als er seine Frau ans Land geschickt hatte, bis zu dem gegenwärtigen, nichts als ein langer wüster Traum.
»Unser Boot bleibt über Gebühr aus«, rief er dem *Steuermann* zu. »Es könnte schon längst zurück sein. Die Nacht war lang genug zu einer Unterredung mit ihrem Vater.«
»Mehr als lang«, war die unwillkürliche Antwort.
»Boot über Bord!« befahl der Kapitän. »Am Ende macht der Alte noch Schwierigkeiten. Verdammt sei er!«
Die Leute machten sich sogleich ans Werk, der *Steuermann* aber flüsterte dem Kapitän zu: »Geht nicht! Es ist Hexenwerk!«
»Einfalt! Soll ich nicht mehr wissen, was gestern abend geschehen ist, oder bin ich am hellen Morgen betrunken?«
»Und das Fieber, das in Eurem Blute rast?«
»Fieber! Ja, wahrhaftig! Es träumte mir über Nacht, ich irrte

auf der See umher und hatte heftiges Fieber. Sonderbar! Ihr müßt denselben Traum gehabt haben.«

»Ihr träumtet nicht. Es war die Wahrheit!«

»Ha! ha! ha! Und jetzt auf einmal alles vorüber. Mein Kopf ist klar und hell, und meine Arme und Beine sind Eisen und Stahl! Bringt Eure Narreteien anderswo an und laßt mich nach meinem Weibe sehen.«

»Dann begleite ich Euch.«

»Und das Schiff bliebe ohne Aufsicht? Ihr bleibt an Bord und gebt wohl acht auf Wind und Wetter.«

Er sprang ins Boot und es flog dem Lande zu. Deutlich sah der *Steuermann*, wie es hinter einen Felsvorsprung glitt und nicht wieder zum Vorschein kam. Der Kapitän wurde am Ufer sichtbar, doch nur für wenige Augenblicke. Kaum war er hinter einer blühenden Baumhecke verschwunden, als man bemerkte, daß die Distanz zwischen Insel und Schiff sich erweiterte.

Der *Steuermann* fuhr bestürzt zurück. Als wollte er seinen Augen nicht trauen, wandte er sie ab, aber als er zögernd wieder nach der Insel ausschaute, war diese noch weiter entfernt. Er schrie laut auf: »Seht Ihr den grauenvollen Spuk? Zum zweiten Male läuft diese Zauberinsel uns davon. Gebt acht, ob wir sie vielleicht wiedergewinnen können. – Mich dünkt, der Wind frischt auf! – Stellt euch zu *Fall* und *Brassen*!«

Die Segel lagen fest und unbeweglich an den Mast gedrückt. Der Steuermann löste die *Pinne* des Steuers und riß sie mit einem gewaltigen Stoß auf die entgegengesetzte Seite. Durch die plötzliche Aufregung im Wasser bewegte sich der Vorderteil des Schiffes seitwärts; dann aber lag es wieder wie angefesselt.

Die Insel war indessen aus dem Gesichtskreis der entsetzten Schiffsmannschaft gerückt. Als die Sonne unterging, war sie völlig verschwunden.

Die *Brigantine* schwebte zwischen Himmel und Wasser; kein Lüftchen kühlte die sengende Glut der Sonne. Seit dem Verschwinden des Kapitäns war geraume Zeit verstrichen, und die Verhältnisse hatten sich auf eine grauenvolle Weise geändert.

An Bord herrschte Mangel, und jeder suchte die armseligen Reste für sich zu erbeuten. Es war ein steter Kampf in den unteren Räumen und auf dem *Deck*. Bereits war Blut geflossen und die Mörder jauchzten auf, wenn einer unter ihren Messern fiel, denn nun reichte der Vorrat länger.

Der *Steuermann* hatte die *Vorderdecks-Offiziere* zu sich gerufen. Er wollte sie anreden, aber die Kraft mangelte ihm, und er deutete nur auf seine weißen Locken. Der *Bootsmann* sah ihn mit seinen dunkelglühenden Augen an, in denen die Wut des Tigers lauerte, und der Zimmermann lächelte, abwesenden Geistes, vor sich hin, mit seinen abgemagerten Fingern die Schärfe der Axt prüfend.

»Einen Schlag auf den Kopf dieses Graubarts!« sagte der *Bootsmann* zu seinem wohlbewaffneten Genossen, »dann sind wir ein unerträgliches Großmaul los und können unseren Durst mit seinem Blut löschen.«

Der Zimmermann starrte ihn an, als hätte er ihn nicht verstanden, dann aber lachte er laut, sprang auf, und getroffen von der scharfen Axt lag der *Bootsmann* leblos am Boden.

»Was hast du getan, Gottfried?« schrie der *Steuermann* auf; aber mit diesen Worten brach seine Kraft; er sank auf das *Deck* nieder und murmelte in längeren Zwischenräumen vor sich hin: »Der Teufel ist wach und holt sich die Seelen der sündigen Menschen. Er hat unsern Kapitän geholt, weil er einem redlichen Manne seine schuldlose Tochter stahl; er wird uns holen, weil wir Hand an unsere Brüder legen und unser *Deck* mit ihrem Blut färben. Komm bald, Teufel, damit der unnatürliche Kampf hier unten ende.«

Eine laute Bewegung durchzitterte das Schiff. Hoch auf dem *Spill* stand der wahnsinnige Zimmermann, die Axt um den Kopf schwingend, und schrie: »Land! Land!«

»Wo? wo?« riefen die Matrosen von allen Seiten, sich mühsam zu ihm hinschleppend.

Er deutete in die unabsehbare Ferne: »Da liegts! Gerade vor dem *Bugspriet*. Gebt mir eine starke *Trosse!* Ich will damit ans Land schwimmen und sie an den nächsten Baum festknüpfen, wir können uns dann leicht hinziehen. Seht da, drei frische Quellen und ein grüner Baum! Da steht auch der *Bootsmann!* Er hält den abgeschlagenen Kopf unter dem Arm und winkt mir! Wer schwimmt mit?«

Er machte einen Satz vom *Spill* nach dem *Bugspriet* und sprang mit hochgeschwungener Axt über Bord. In der nächsten Minute tauchte er wieder aus der Salzflut auf, in der folgenden ward er das Opfer eines Hais.

Eine dumpfe Stille herrschte nach diesem furchtbaren Ereignis; aber nicht lange darauf tönte abermals der Ruf: »Land!«

Diesmal wußte keiner, wer gerufen hatte. Der Ton schien von einer übermenschlichen Stimme aus der Luft zu kommen und dem schwarzen Vogel anzugehören, der mit rauschendem Flügelschlag die Spitzen der *Masten* umkreiste. Aber aus den Fluten tauchte zum dritten Male die Insel vor den Blicken der Seeleute auf und kam der *Brigantine* mit fliegender Hast näher.

»Land! Land! Land!« tönte es jetzt aus allen Teilen des Schiffes zugleich. Der *Steuermann* hatte sich aufgerichtet und starrte die spukhafte Erscheinung an. »Endlich! Erlösung!« flüsterte er, und die Knie brachen ihm zusammen.
Die Leute achteten nicht auf die Todesstunde ihres letzten *Offiziers;* sie standen dicht gedrängt auf der *Back*, denn jeder wollte der erste sein, der das Land vom Schiff aus springend erreichte. Als sie endlich ganz im Schutz des Landes lagen, riefen sie ein heiseres Hurra und verschwanden hinter einem hohen Felsenvorsprung.
Weit ab von diesem Schauplatz des Entsetzens flog ein stolzer Dreimaster durch die Wellen. Ein munterer Knabe sprang vom *Bugspriet* nach dem *Quarterdeck* und schmiegte sich an den Kapitän: »Lieber Vater! Jakob hat mir schon wieder ein schönes Märchen erzählt.«
»Der Träumer! Er erzählt so lange von Gespenstern, bis er selbst ein Gespenst wird. Sollst nicht darauf hören.«
»Es ist aber doch gar so hübsch und vor allem heute das von der fliehenden Insel.«
»Was ist das für eine Insel, die auf keiner Karte verzeichnet ist?«
»Sie ist nirgends und überall. Ein mächtiger Zauberer wohnt darauf; für die redlichen Seefahrer hüllt er sie in einen Nebel, wo aber böse Menschen an Bord sind, da schwimmt er mit seiner Insel heran, und es hilft nichts, sie müssen zu ihm kommen. Wenn sie nun aber das Land betreten und meinen, zwischen Gras und Blumen umher zu gehen, versinken sie plötzlich in einen höllischen Pfuhl und müssen sterben.«
»Ein Schiff! Ein Schiff!« rief es vom *Udkiek* her. In der Tat erblickte man eine *Brigantine* auf den Wogen schwanken, die sich aber kaum noch über Wasser zu halten vermochte; die furchtbarste Zerstörung hatte dort gehaust, und kein lebendes Wesen war an Bord. Der Knabe war wieder zu seinem Freund Jakob gegangen. Dieser, ein bleicher Jüngling, mit einer edlen Stirn und hellfunkelnden Augen, sah fest auf die *Brigantine* und sagte: »Die Unglücklichen haben die fliehende Insel betreten. Gott sei ihrer Seele gnädig.«
»Woher weißt du das?«
»Siehst du nicht die langen grünen Fäden, die sich rund um seine Wasserlinie gesetzt haben? Das ist das Gras, das auf jener unglücklichen Insel abgemäht ist. Bete für die Unglücklichen, damit sich Gott ihrer erbarme.«
Der Knabe faltete gehorsam die Hände und sprach ein Gebet.
In demselben Augenblick *briste* der Wind frischer auf, und die *Brigantine* ward von den Fluten verschlungen.

Fata Morgana

Die *Offiziere* des Schiffes standen mit ernsten Gesichtern auf dem *Quarterdeck*. Vor ihnen der Kapitän mit der Miene des Zorns. Die Mannschaft reihte sich um den großen *Mast*, bleich, mit klopfendem Herzen und verhaltenem Atem.
Die Stunde des Gerichts hatte geschlagen.
Vor dem Kapitän lag ein junger Seemann auf den Knien und hielt die Hände flehend empor. Feierlich beteuerte er seine Unschuld, aber der Kapitän schüttelte ungläubig das Haupt.
»Du bist ein Sohn Uli Maströms, des Finnen, der den Wind beschwören und Verderben über das Schiff bringen kann, zwischen dessen Planken er weilt. Du hast die verfluchte Kunst deines Vaters geerbt –.«
»Ich beschwöre Euch, Kapitän!« schluchzte der Unglückliche.
»Da hört Ihr es! Er beschwört schon wieder! Sollen wir ihn länger unter uns dulden?«
»Fort mit ihm!« riefen die *Offiziere*, wie aus einem Munde.
»Fort mit ihm!« hallte es am großen *Mast* wider.
»Weh mir Armen! Das ist nun meine Strafe, daß ich nicht zufrieden sein wollte in der Beschränktheit des väterlichen Hauses, sondern in die weite Welt hinaus trachtete, wo ich das Glück in aller Pracht und Herrlichkeit erhaschen wollte.«
»Du bist gescholten worden um eines Vergehens willen, gescholten und gezüchtigt«, sprach der Kapitän. »Damals sprachst du auch, du seiest schuldlos und es werde uns übel bekommen. Das ist eingetroffen. Der Sturm brach aus, er machte unser Schiff einem *Wrack* ähnlich und verschlug es weit von seinem *Kurs*. Empfange jetzt den Lohn deiner Taten.«
»Ich sterbe schuldlos!«
»Verhüte es Gott, daß wir Hand an dich legen sollten. Wir übergeben dich deiner eigenen Kunst. Es ist dir selbst anheim gestellt, ob du dich retten willst. Hinab mit dir in das Boot, das wir dir bereitet haben und siehe zu, daß du dir den Wind herbeischaffst, der dich heimwärts führt. Wir zweifeln nicht, daß du der erste sein wirst, der uns in der Heimat begrüßt, wenn uns der Herr die Gnade erzeigt, daß wir sie jemals wiedersehen. Lebe wohl, du rüstiger Wetter-Beschwörer! – Glück auf die Fahrt!«
Lautes Gelächter erscholl; ein Gelächter der *Offiziere* und Matrosen, das grausam in das wunde Herz des Verurteilten

schnitt. Am *Fallreep* lag ein kleines Boot. Ein Mast, ein Steuer, ein Segel und zwei Ruder befanden sich darin. Ihm zum Spott und um ihm die bevorstehenden Leiden noch fühlbarer zu machen, fand er neben seinem Sitz eine reichliche Mahlzeit von Fleisch und Brot und ein Gefäß mit süßem Wasser.

Man stieß ihn über das *Fallreep.* Seine Kameraden, die ihn früher liebten, haßten ihn jetzt aus Furcht und Aberglauben und riefen ihm höhnende Schimpfworte nach. Man löste die *Fangleine* des Bootes und die Wellen trugen es fort. Als es aus dem Gesichtskreis des Schiffes verschwunden war, ging der Kapitän in seine *Kajüte* und strich den Namen des Matrosen Maström aus der Schiffsliste.

Die Blicke des Unglücklichen hafteten fest an dem Schiff, dessen unbarmherziger Führer ihn ausgestoßen hatte. Als es völlig aus seinem Gesichtskreis verschwand, brach er in Tränen aus und versank dann in dumpfe Schwermut.

Als sein Bewußtsein wiederkehrte, umfing Nacht das Meer. Die Sterne senkten Mut und Vertrauen in seine Seele, das Gefühl seiner Unschuld stärkte ihn. Er betete lächelnd: »Vater, in Deine Hände befehle ich meinen Geist!« und schlief ein.

Kaum hatten sich seine Augen geschlossen, als eine Schar von Delphinen das Boot umringte; sie umwanden es mit Ketten, die aus glänzenden Fischschuppen geschmiedet waren, und schlangen sich deren Ende um den Leib. Ein großer Schwarm von fliegenden Fischen tauchte aus der grünen Meerflut auf und flog dem Fahrzeug, das, von den Delphinen gezogen, rasch durch die Wogen schoß, als Wegweiser voran.

Als der erste Strahl der herannahenden Dämmerung über das Meer hinflog, sanken die fliegenden Fische in die Salzflut hinab, die Delphine lösten ihre Ketten und tauchten tief in den Abgrund; der junge, ausgestoßene Seemann erwachte.

Sein maßloses Elend stand hell und klar vor seiner Seele: »Warum soll ich langsam hinsterben, getäuscht von Furcht und Hoffnung, den langsamen, fürchterlichen Hungertod vor Augen? Viel besser, ich ende rasch. Ein Sprung in diese Fluten erlöst mich von jeder Qual!«

Er richtete sich auf, aber regungslos blieb er vor dem Bild stehen, das sich ihm darbot. Nahe vor sich sah er Land. Eine breite, den ganzen Horizont einschließende Felskette dehnte sich vor ihm aus; bald himmelhoch getürmte Berge mit schneebedeckten Gipfeln, bald tiefe Einschnitte, die den Blick in ein reizendes Tal gewährten.

Tränen der Freude stürzten aus seinen Augen; er setzte die Ruder ein und trieb sein Boot dem Strand entgegen. Ein wunderbarer Zauber schien auf diesem Teil des Ozeans zu ruhen;

die Fläche desselben wurde immer ebener und den Fuß der Felsen umrauschte keine Brandung. Das Meer, von der steigenden Sonne bestrahlt, erschien wie ein ungeheurer Brennspiegel.

Maström traute seinen Augen nicht, als er jetzt nahe an die Küste kam, das Boot mitten durch die Felswand hinfuhr, und auf einer Blumenwiese stillstand. Er stieg aus und ging wie ein Träumender langsam weiter; aber wenn er die Hand nach den glänzenden Blumen ausstreckte, bogen sie sich zurück; er griff in die leere Luft: Alles schien nur Dunst und Schaum zu sein.

Plötzlich erblickte er eine aus Gold und Elfenbein kunstreich zusammengefügte Pforte mit der diamantenen Inschrift: »Reich der *Fata Morgana.*«

Als der Wanderer sich der Pforte näherte, sprang diese auf und er schritt ungehindert hindurch. Er stand vor einem reichblühenden Garten, der mit den seltensten Blumen und Gewächsen geziert war. Die Blätter an den Bäumen und Pflanzen aber strahlten in des Regenbogens sieben Farben und waren mit goldenen und silbernen Rändern eingefaßt. Kristallhelle Quellen plätscherten durch die Ebene hin und auf den Fluten wiegten sich kunstreiche Muscheln und andere seltsame Gestalten, die sich auf und ab bewegten und eine liebliche Musik ertönen ließen.

Der überraschte Jüngling blieb am Eingang dieses Zaubergartens stehen. Luftige Mädchengestalten schwebten ihm entgegen, winkten ihm mit süßem Lächeln und zogen ihn mit sanfter Gewalt in das Innere des Gartens.

»Wohin führt ihr mich, ihr schönen Engel?« fragte er leise, aber sie antworteten nicht, sondern tanzten, kaum den Boden berührend, vor ihm her. Da stieg aus der Tiefe ein Thron empor, der mit einem Meer von Sternen übersät war. Darauf saß ein Weib voll Schönheit und Majestät, anzuschauen wie eine Göttin und Königin, denn Himmlisches und Irdisches spiegelte sich auf ihrem Gesicht, beides in gleicher Vollkommenheit. Hier winkten die Mädchen ihm mit freundlichen Gebärden und verschwanden im Gebüsch.

»Sei mir in meinem Reich willkommen, Jüngling«, sprach die Herrscherin mit überaus lieblicher Stimme. »Durchwandere es nach allen Richtungen und sei ein glücklicher Bürger. Alle Schätze, die du hier siehst, sind dein, wie sie das Eigentum eines jeden sind, der hier seine Wohnung aufgeschlagen hat. Die Menschen schelten mich und das Reich meiner Wunder. Sie spotten meiner, sie nennen mich eine Dämonin des Unheils, die alles verspricht, aber nichts wirklich gibt, und nennen, was ich zu ihrem Heil beginne, eine endlose Täuschung.

Die Toren! Als ob sie es auf ihrer Erde besser hätten, als ob ihr Haschen und Streben nach Glück und Ruhm etwas anderes wäre als eine fortgesetzte herbe Täuschung, dessen größter Fluch ist, daß sie das Bewußtsein derselben mit sich herumtragen. Hier aber erwachen wir nicht zu einer solchen schmerzensreichen Überzeugung. Täuscht hier eine Hoffnung, geht in demselben Augenblick eine neue auf; in nie endender fröhlicher Erwartung schwinden unsere Tage dahin. Noch einmal – sei in dem Reich der *Fata Morgana* willkommen!«
Sie streckte mit anmutigem Lächeln dem Jüngling ihre Rechte entgegen, und dieser, selig in dem Anschauen der reizenden Frau, beglückt von ihrer Schönheit, berauscht von dem bloßen Klang ihrer Worte, deren Sinn nicht erfassend, schwankte die Stufen des Throns hinan, um die dargebotene Hand zu fassen, aber plötzlich war das majestätische Weib verschwunden und an ihrer Stelle saß er selbst auf dem Thron, in der Hand das Zepter, auf dem Haupt die Krone.
Bestürzt ob des Unerwarteten streckte er die Hand mit dem Zepter aus, als wollte er ein geahntes Unheil von sich abwehren und von allen Seiten schwebten die Bewohner dieses luftigen Reiches heran. Ohne Aufenthalt trieben sie sich ruhelos im bunten Gewühl durcheinander, und einzelne Stimmen riefen: »Heil dir, der du unser König bist und dich unserer Königin vermählst. Du sitzest auf ihrem Stuhl und regierest an ihrer Statt. Sei ein weiser Fürst und betrübe deine treuen Untertanen nicht, wir gehören dir mit Leib und Seele und wollen jedem deiner Winke gewärtig sein.«
»Wohlan denn!« rief Maström und erhob sich von seinem Sitz, indem er gebietend auf die Menge schaute, die sich vor ihm neigte. »So will ich denn mitten unter euch treten, und indem ihr mir huldigt, die Freuden des Herrschertums mit vollen Zügen einschlürfen.«
Er stieg vom Thron und wollte sich in das bunte Gewühl der Menschen stürzen, das sich endlos vor ihm ausdehnte. Da sanken diese vor seinen Augen in den Abgrund, und an ihrer Stelle sproßte der Wald von Blumen auf, von seinem Haupt schwand die Krone, das Zepter entfiel seiner Hand, der Thron stürzte hinter ihm zusammen, er selbst sank, von einem bittern Schmerz durchzuckt, zu Boden.
Als er aus seiner Betäubung erwachte, lag er auf üppigem Rasen, am Ausgang eines Gehölzes. Vor ihm dehnten sich weite Saatfelder aus, in deren Mitte ein spiegelheller See erglänzte. An dessen Ufer standen einfache Häuser unter früchteschweren Bäumen, und unter diesen tanzte eine bunte Schar glücklicher Landleute. Mit Entzücken betrachtete er dies Bild glücklicher Menschen. Er sah ihre Tänze, er hörte ihre

Gesänge, und in seiner Brust wurde der Wunsch lebendig, daß es doch diesmal keine Täuschung sein möge.
Er war so sehr im Anschauen der Szene, die sich vor ihm entfaltete, versunken, daß er einen Greis nicht bemerkte, der ihm seit geraumer Zeit zur Seite stand, und ihn aufmerksam beobachtete.
»Dies Bild eines einfachen, glücklichen Lebens gefällt dir, mein Sohn«, sprach der Greis. »Ich durchschaue dich und weiß, daß in deiner Brust sich der Gedanke regt, unter diesen Glücklichen zu wohnen und ihre Lust und ihre Freuden, ihre Arbeit und ihre Sorge zu teilen.«
Ein Glutstrahl flammte aus den Augen des Jünglings: »Wenn mir das vergönnt wäre!«
»Es ist dir vergönnt«, sprach der Greis. »Ich will dich zu ihnen geleiten.«
Beide gingen nebeneinander her und verkürzten sich die Zeit mit fröhlichen Gesprächen, als sie aber das Ziel fast erreicht hatten, verschwand der Greis und alles hüllte sich in einen undurchdringlichen Nebel. Abermals bitter getäuscht, warf sich der Jüngling im Schmerz zu Boden und netzte ihn mit seinen Tränen.
Aufs neue erweckte ihn ein Strahl der Hoffnung zum fröhlichen Leben, aber ebenso schnell stürzte sie ihn wieder in den Abgrund der Verzweiflung. Der Strahl der Liebe drang in sein Inneres, allein als er den heiß ersehnten Gegenstand an sein Herz drücken wollte, war er verschwunden. Nacheinander winkten ihm das Glück der Freundschaft, die Fülle des Reichtums und die Macht des Wissens; aber alles wich vor ihm zurück, wenn er die Frucht des Strebens genießen wollte, und nichts blieb, als eine herbe bittere Täuschung, die ihm heiße Tränen erpreßte.
Von so vielen Erwartungen betrogen, gestürzt aus so vielen Himmeln, die ihm nach und nach die Befriedigung seiner Wünsche verheißen hatten, sank er, vom Schmerz überwältigt, zusammen und klagte den Himmel an, daß er ihn zu einem so traurigen Dasein erhalten habe. Da sah er durch den Tränenschleier eine majestätische Frauengestalt, die mit sanfter Stimme sprach: »Worüber beklagst du dich, Sterblicher? Du bist an der Küste meines Reiches gelandet und ich habe dich gastfreundlich aufgenommen. Du hast die Glückseligkeit genossen, die seinen Bewohnern zuteil wird und die Täuschungen erfahren, deren keiner von ihnen entgeht. Du hast in einem Spiegel das Geschick deiner Zukunft geschaut. Die Zeit, die du in meiner Nähe zubrachtest, ist dir nicht verloren. Wenn du wieder zu deinen Brüdern zurückkehrst, wirst du Kraft genug besitzen, um wegen einer fehlgeschlagenen Hoff-

nung nicht zu unterliegen. Das ist der Segen, den ich dir mitgebe, in dem Augenblick, da du im Begriff bist, mein Reich zu verlassen.«
Beruhigt von diesen milden Worten sank Maström huldigend vor der Königin in den Staub. In seine Seele war stiller Frieden eingezogen, und frohen Mutes schritt er wieder durch die Pforte hinaus, durch die er früher in das Reich des Zaubers eingetreten war.

Wiederum war es Morgen, und ein tiefblauer Himmel strahlte auf die Küste von Finnland herab. Am Strand sammelten sich die Fischer und blickten auf das Meer hinaus. Hoch auf den Wellen schwebte ein schwarzer Punkt, der ihre Aufmerksamkeit fesselte.
»Es ist ein schlafender Walfisch!« rief der eine.
»Oder ein Boot!« ein anderer.
Es war ein Boot. Die Wellen trugen es immer näher und warfen es endlich hoch auf den Sand. Alle Neugierigen eilten herbei und fuhren vor Erstaunen zurück, als sie darin einen Mann erblickten, der am Boden ausgestreckt lag und sanft schlief. Sie mußten ihn stark rütteln, bis er erwachte.
»Ein Wunder! Ein Wunder!« schrien die Männer. »Das ist Uli Maströms Sohn, des wetterkundigen Mannes, den wir mit seinem Schiff auf entfernten Meeren glaubten, und der uns nun plötzlich in der Heimat erscheint.«
»Wie kommt es, daß du, nach länger als einem Jahr, auf diese Weise zu uns zurückkehrst?«
»Ich weiß es nicht. Eine unsichtbare Hand hat mich hierher geführt. Wohin sie mich aber in Zukunft noch leitet, sie wird mich stets zum Glück führen. Von ihr bin ich während eines langen Weges beschirmt worden und ich habe erkannt, was zu meinem Frieden dient. Geleitet mich in die Hütte meines Vaters, dort will ich euch erzählen, was mir begegnet ist. Fortan wird dort nur Freude sein, denn ich will ihn nicht dadurch betrüben, daß ich stets von ihm wegstrebe, einer unbekannten Ferne, einem unbekannten Glück entgegen. Ich werde in meiner Beschränktheit zufrieden sein, seit ich weiß, daß unser Heil nur in unserer eigenen Brust ruht und ohne dasselbe alle Herrlichkeiten, alle Pracht, aller Glanz, die das Leben uns bieten, nichts als eine herbe Täuschung sind.«

Das steinerne Schiff

Es war eine laue, mondhelle Sommernacht. Ein leichter Ostwind kräuselte die Wellen des Ozeans und eine Schar fliegender Fische tauchte silberglänzend aus seinem Wasserspiegel auf. Da schoß ein kühner Segler durch die kristallhelle Flut, die großen vollen Segel dem Mondlicht entgegenbreitend. Es war die königlich französische *Fregatte* ›Ludwig der Vierzehnte‹, die am folgenden Tage den Ort ihrer Bestimmung, die dänische Insel St. Thomas[1], zu erreichen hoffte. Der Aufenthalt im Freien war erquickend, und die *Offiziere* saßen an einer runden Tafel in der Mitte des *Quarterdecks,* fleißig dem Glase zusprechend.
Der Kapitän der *Fregatte,* Jacques St. Ange, ein junger, lebensfroher Mann, führte das Wort, und zum *Segelmeister* gewendet, der unruhig umherspähend an der *Reling* lehnte, sagte er: »Was habt Ihr, Valry? Ihr vergeßt Glas und Gesellschaft. Das ist doch sonst Eure Sache nicht.«
»Ich suche das steinerne Schiff«, entgegnete dieser fast mürrisch, »und kann die verdammte *Klippe* nicht finden. Nach meiner Berechnung hätten wir sie schon vor zwei Stunden und ganz in der Nähe haben müssen.«
»Wie kommt es, daß ein steinernes Schiff Euch so mißmutig machen kann?« fragte der Kapitän; »habt Ihr doch eine *Fregatte* unter Euren Füßen, so gut wie je eine aus Holz und Eisen auf den Werften von Brest oder Toulon erbaut ward.«
Der *Segelmeister* nahm das Wort: »Weil ich von dem Punkt aus einen neuen *Kurs* setzen wollte, und weil ich mich ärgere, daß das Auge eines Mannes trügen kann in mondheller Nacht.«
Das Gespräch über diesen Gegenstand wurde allgemein. Mehrere *Offiziere* gaben ihre Meinung ab, und der *Segelmeister* hörte aufmerksam zu, während er oftmals den forschenden Blick über die weite Fläche hingleiten ließ.
An Bord der *Fregatte* war noch ein Geschöpf, das bereits die Aufmerksamkeit manches Fremden erregt hatte, wenn das Schiff irgendwo ankerte. Es war ein kleiner, mißgebildeter Neger, dessen Jahre seiner Gestalt weit voran geeilt waren. Er gehörte zur Bedienung des Kapitäns; dessen mutwillige Laune hatte ihn in ein phantastisches Kostüm gesteckt und

[1] Heute portugiesische Insel vor der Küste Afrikas im Golf von Guinea, heutiger Name São Thomé.

das schwarze Gesicht mit den glänzenden Augen blickte unter dem schneeweißen Turban gar seltsam hervor. Monkey – mit seinem Spottnamen so geheißen – stand hinter dem Sessel des Kapitäns und hörte dem Gespräch aufmerksam zu, das eben jetzt mit erneuter Lebhaftigkeit geführt wurde.
»Es ist aber nicht abzustreiten«, sagte der Kapitän, »daß jene *Klippe*, die das steinerne Schiff heißt, die größte Ähnlichkeit mit einem Schiff hat, das mit vollen Segeln durch die Wogen schießt; ja ein sonst ganz tüchtiger *Offizier* fühlte sich sogar durch solche Täuschung veranlaßt, auf sie zu schießen, weil seinen Signalen nicht die gebührende Antwort gegeben wurde. Er blieb die ganze Nacht in ihrer Nähe und ihr könnt euch denken, daß er, sobald es Tag wurde, mit nicht geringer Beschämung von dannen zog.«
Die *Offiziere* lachten laut auf, und der *Segelmeister* Valry sagte: »Es sollte mich wundern, wenn darüber nicht im Munde des Volkes eine lange Geschichte von Hexen und Zauberern existierte. Es muß gleich alles mit seinem Aberglauben beklecksen.«
»Das fehlte noch, daß die *Offiziere* einer königlich französischen *Fregatte* sich mit Kindermärchen unterhalten«, sprach St. Ange mit Lachen. »Aber unser *Segelmeister* hat doch nicht eher Ruhe, bis dieser Stein von seinem Herzen gewälzt ist. Wer also etwas davon weiß, der bringe es vor.«
Der Kapitän sah mit einem auffordernden Blick im Kreise umher, aber alle schwiegen. Da richtete Monkey sich auf und das Haupt seltsam hin und her bewegend, sprach er laut: »Ich weiß es!«
»Dachte ichs doch!« rief Valry mürrisch, die übrigen *Offiziere* lachten und Kapitän St. Ange befahl seinem Neger, zu erzählen.
Der Neger setzte sich mit gekreuzten Beinen auf das *Deck* und begann: »Ein rauher Sturmwind hatte mit den Palmenwäldern meiner Heimat gespielt; jetzt kam die Sonne und verjagte die trüben Wolken. Der Himmel glänzte lieblich und milde. Da trat Zora aus ihrer Hütte, kniete nieder und betete zu dem Unsichtbaren, den mein Volk verehrt und nicht, wie die übrigen Stämme, einen albernen Fetisch, der nichts ist und nichts kann. Zora war ein schönes Mädchen, und als sie hinkniete, fächelten die Palmen ihr Kühlung zu und rauschten zusammen, alles zum Lobe Zoras und des Unsichtbaren. Ihr Gebet war beendet und sie blickte forschend nach dem Bananenwald, der sich längs der Küste ausdehnte. Gleich darauf erschien Abu an dessen Eingang und wie eine flüchtige Gazelle lief ihm Zora entgegen. Abu war der schönste Mann im ganzen Stamm und der Geliebte Zoras. Da trat

Thorus zu ihnen und grüßte sie schweigend. Thorus aber war ein alter Mann und von dem ganzen Volk hochgeehrt, denn er war weise, hatte Wissen von verborgenen Dingen und besaß die Gabe, die Zukunft zu enthüllen. Abu und Zora knieten vor Thorus, und baten ihn, daß er sie segne. Er schloß sie in seine Arme und sagte: ›Das Licht flammt in meinem Haupt; ich sehe in meinem Geist trübe Dinge nahen; darum gebt acht, daß ihr nicht unterliegen möget!‹

Die Liebenden waren erschrocken und fragten den weisen Vater nach der Ursache seines Trübsinns. Der aber sagte: ›Es gibt noch andere Völker auf Erden, von anderer Farbe und anderen Sitten als wir. Ihr Gesicht ist weiß und glänzend und sie rühmen sich, die Lieblinge und Auserwählten des großen Unsichtbaren zu sein. Nie haben wir sie, noch sie uns gesehen, aber mein Sinn ist unruhig und ich bin gezwungen, stets daran zu denken, daß eine Prophezeiung vor vielen tausend Sonnen geschah, daß diese Söhne des Lichts sich unserem friedlichen Land nähern und großes Leid über uns bringen würden.‹

Die Liebenden fürchteten sich vor dieser Verkündigung und schlossen sich, Tränen in den Augen, fester aneinander. Gerührt blickte Thorus sie an: ›Wenn diese Fremdlinge kommen, um uns Gewalt anzutun und den Bund unschuldiger Liebe zu stören, dann soll die Rache der Finsternis sie treffen und keine Macht sie vom Verderben erlösen!‹

Er murmelte noch viele unverständliche Worte, schwang seinen Stab nach allen Himmelsgegenden und blieb hoch aufrecht stehen. In demselben Augenblick erhob sich ein seltsames Brausen, die Luft zitterte, der Boden wankte. Thorus aber sprach ruhig: ›Der Seewind erhebt sich plötzlich mit ungewöhnlicher Stärke; laßt uns sehen, was er uns zuführen wird!‹

Sie gingen zusammen an den Strand des Meeres. Ein seltsames Gebilde mit schwarzem Rumpf und weißen Flügeln, wie man es in jener Gegend noch nie gesehen hatte, schwamm auf dem Wasser heran und kam immer näher.

›Das sind die Weißen!‹ rief Thorus unruhig. ›Sie fahren mit ihren Häusern auf dem Meer und spielen mit dem Donner!‹

Bald war der ganze Strand mit Negern angefüllt, die zwischen Furcht und Neugier das ihnen ungewohnte Schauspiel anstaunten. Die Fremdlinge betraten das Ufer, verständigten sich mit den Eingeborenen durch Zeichen und wurden gute Freunde. Sie führten ein flüssiges Feuer mit sich, wovon sie den Leichtbetrogenen mit großer Bereitwilligkeit zu trinken gaben, und kaum hatten diese den Feuertrank genossen, als sie in unsinniger Lust durcheinander rasten und alles herbeiholten, was sie nur irgend besaßen. Lange Zeit brachten die Weißen am Ufer zu, ließen sich von den Schwarzen bedienen und spendeten immer bereitwilliger ihren Feuertrank. Umsonst versuchte Thorus, seine Landsleute zur Besinnung zurückzuführen, der Taumel war zu groß und seine Rede fand nur taube Ohren. Nur Abu und Zora wandten sich scheu von den taumelnden Brüdern ihres Stammes und schmiegten sich an Thorus.

Endlich war es dem Häuptling der Fremden gelungen, einiges aus der Sprache des Volkes zu lernen und eines Tages sagte er: ›Ich habe viel Gutes von euch erfahren und will euch wieder Gutes tun. Kommt alle, soviel nur Platz finden, auf mein Schiff, ich will euch bewirten und euch bedienen wie meine Brüder.‹

Mit lautem Jubelgeschrei wurde das Anerbieten aufgenommen und was in den Booten, die am Ufer lagen, nicht Platz fand, sprang in die See und schwamm dem Wundergebäude zu.

Zora und Abu wollten zurückbleiben, aber ihre Väter zwangen sie, mitzugehen, denn sie waren das schönste Paar im Stamm und sollten vor dem fremden Führer tanzen. Thorus begleitete seine Lieblinge. Als alle auf dem Schiff angelangt waren, ließ sich Musik hören und hocherfreut sprangen die armen, getäuschten Neger durcheinander. Sie tranken dazwischen den Feuertrank in langen Zügen, einer nach dem andern fiel um und bald lagen sie alle, vom Schlaf ergriffen, hingestreckt, nur Thorus nicht und seine Lieblinge, die in einer Ecke des Schiffsraumes saßen und ruhig das Ende der Dinge erwarteten.

Jetzt änderte sich auf dem Schiff plötzlich die Szene. Die Musik schwieg und die Europäer stürzten sich raubgierig auf die betrogenen Unglücklichen, knebelten sie und schichteten sie im Raum nebeneinander. Nach und nach erwachten die und des Winselns war kein Ende.

Da stürzte Thorus auf das *Deck* und stellte den Hauptmann zur Rede. Der aber lachte laut auf und befahl, die schwarze Bestie zu greifen. Inzwischen hatte die Mannschaft die Anker gelichtet, und das Schiff flog mit vollen Segeln auf die hohe See hinaus.

Thorus wehrte die Matrosen von sich ab und schlug mit seinem Stab den nächsten über den Kopf, daß er laut schreiend zu Boden fiel. Er richtete sich drohend auf und die Augen rollten im Kopf wie zwei glühende Kohlen. Alle wichen scheu zurück, der Hauptmann aber sagte mit leisem Schauer: ›Der eine wird uns nicht mehr schädlich werden. Laßt ihn laufen und uns mit seinen Possen die Zeit vertreiben.‹ So blieb Thorus von der schmählichen Fessel befreit. Abu und Zora

aber lagen gebunden neben ihren Vätern im Schiffsraum.
Ein Tag nach dem andern ging hin.
›Wir werden einen guten Handel machen, wenn wir mit der schönen Ware an den westindischen Markt kommen‹, sprach der Hauptmann zu seinem nächsten Untergebenen, und dieser wollte satanisch grinsend etwas darauf erwidern, als Thorus herantrat und fragte, ob es in Wahrheit seine Absicht sei, sie zu verkaufen? Als beide *Offiziere* dies lachend bekräftigten, warf er ihnen einen stechenden Blick zu und stieg schweigend zu seinen Genossen in den Schiffsraum.
›Thorus! Thorus!‹ schrien alle wie aus einem Munde. Er aber winkte mit der Hand und es herrschte augenblicklich Totenstille. Er sprach zu ihnen lange und eindringlich, sie hörten ihm aufmerksam zu und brachen dann in lauten Jubel aus.
Am andern Morgen stieg der Alte auf das *Deck* in dem Augenblick, als die Wärter die karge Nahrung brachten. Aber mit furchtbarem Geschrei kehrten diese zurück, denn keiner der Gefangenen bewegte sich; Thorus hatte sie während der Nacht mit seinem Zauberstab getötet.
Außer sich vor Wut warf sich der Hauptmann auf den Alten. Dieser aber berührte die Männer der Besatzung nacheinander, worauf sie erstarrten. Dann begann er seine Beschwörungen, neigte sich nach allen Himmelsgegenden und sprang in die See.
Unbeweglich stand die Besatzung, unbeweglich stand auch das Schiff. Die Sonne ging unter und die Nacht brach herein, ohne daß irgendeines Leben und Bewegung empfangen hätte; alles lag wie gefesselt in der flüchtigen Flut.
Am anderen Morgen erblickte ein fremdes Schiff einen Segler in geringer Entfernung von sich. Verwundert über dessen eigentümliche Bauart, hielt es gerade auf ihn hin, bald aber kehrte es auf die rechte Bahn zurück, denn vor ihm lag ein großer Stein.«
Der Erzähler schwieg. Die *Offiziere* der *Fregatte* ›Ludwig der Vierzehnte‹ sahen einander an. Monkey stand auf und ging davon.
In demselben Augenblick rief eine Stimme vom *Vortopp*: »Segler in *Lee*!«
»Segler in *Lee*! Segler in *Lee*!« erscholl es von allen Seiten. Die *Offiziere* sprangen auf und der *Segelmeister* Valry eilte zum Fernrohr.
»Wahrhaftig!« rief er. »Ein stolzes Schiff! Wie sonderbar seine Segel sich blähen! Fast unheimlich! Kapitän Saint Ange, was haltet Ihr von diesem Segler?«
Bei diesen Worten drehte er sich um. Vor ihm stand Monkey grinsend: »Das ist kein Segler, das ist der Stein!«

The man of war[1]

Fern von allen freundlichen Küsten, mitten im Ozean schwamm ein kleines Boot, worin niemand sich befand als ein alter Mann, dessen Haar sich schon weiß färbte und ein blondgelockter Knabe von höchstens zehn Jahren. In diesem Fahrzeug, das dem gewaltigen Gewässer nur in einer so ruhigen Sommernacht Trotz zu bieten vermochte, befand sich außer den beiden Menschen und den schwachen Rudern nichts als ein kleines Fäßchen mit einem geringen Vorrat an süßem Wasser und einige wenige Zwiebacke. Das Boot gehörte zu einem Schiff, das mitten im Ozean verbrannt und von dem nichts gerettet worden war als dies kleine Fahrzeug, in das sich der Schiffsherr mit seinem Enkel geflüchtet hatte, die allein dem schrecklichen Wasser- und Feuertod glücklich entgangen waren.

Zum dritten Mal ging die Sonne auf. Der alte Mann lag im wachen Traum, den Kopf auf den schmalen *Bord* gestützt; der Knabe saß aufrecht im Vorderteil und spähte sinnend in die Ferne. Da schwamm ein kleines, in den hellsten Farben glänzendes Ding, gestaltet wie eine aufrecht stehende Muschel, heran, und der Knabe rief laut: »Ach, das ist gar zu niedlich! Großvater, was ist das?«

Der Alte erhob sein Haupt, und kaum hatte er gesehen, wovon die Rede war, sagte er: »Das ist ein man of war. Wenn diese Seetiere sich sehen lassen, gibt es gemeinhin Sturm, und trifft uns der hier, sind wir verloren.« Mit diesen Worten sank er in seinen vorigen, halb bewußtlosen Zustand zurück.

Mit dieser Erklärung begnügte sich aber der Knabe keineswegs, sondern lehnte sich über die Bordwand hinaus und streckte verlangend die Hand nach dem man of war aus. Dieser schwamm näher heran und der Knabe geriet in die lebhafteste Verzückung, denn was er jetzt sah, war doch gar zu niedlich. Das Ganze hatte die Form einer ovalen Muschel von lebhafter roter Farbe, die oft von blauen oder weißen Streifen unterbrochen wurde. Die kleinere Hälfte schmückte eine Bedachung so blendend weiß, daß es schien, sie sei aus den glänzendsten Schneeflocken des Nordpols zusammengesetzt, und wie dieser mit tausend blitzenden Sternen besät.

[1] Wörtliche Übersetzung »Mann des Krieges«, Krieger, nach dem heutigen Sprachgebrauch Angehöriger der Kriegsmarine.

In der Mitte erhob sich eine Stange, nicht höher als der schwankende Stengel einer Tulpe, aber glänzend wie das herrlichste gediegenste Gold. Am Hinterteil war ein Steuer sichtbar, dessen Handhabe dem Splitter eines Diamanten ähnelte, denn nichts anderes konnte solchen Glanz um sich her verbreiten. Der kleine John verschlang diese seltsame Erscheinung mit den Augen und ward nicht müde, die Hände vor Verwunderung zusammenzuschlagen. Und wie er immer angestrengter hinblickte, wollte es ihm scheinen, als stände am diamantenen Steuer ein Männlein, über die Maßen winzig, aber sehr manierlich geformt, das ihm freundlich zunickte.

Erschrocken fuhr der Knabe mit dem Kopf zurück, aber bald besiegte die Neugier seine alberne Furcht, und gleich darauf gewahrte er nicht nur das Männlein wieder, sondern er hörte auch, wie dies zu ihm sagte: »Komm herab, lieber Knabe, komm herab, ich habe dir gar Liebliches zu verkünden.«

Der kleine John erschrak sehr über diese Einladung und faßte den Entschluß, ihr nicht zu folgen; aber der kleine Mann bat so freundlich, und in Johns Kopf ging alles so durcheinander, daß er das Boot verließ und mit beiden Füßen zugleich in den zierlich gebauten man of war sprang.

Man hätte denken sollen, daß dieser auf der Stelle zusammenbrechen und mit dem armen John in die Tiefe sinken müsse. Das war aber nicht so, sondern der Knabe stand zu seiner eigenen Verwunderung mitten darin und hatte noch Raum genug, um sich hin und her zu bewegen. Der *Steuermann* dieses etwas ungewöhnlichen Seeschiffes bewillkommnete den Knaben mit höflichen Redensarten und setzte hinzu, daß er alles aufbieten werde, ihm den Aufenthalt in seinem Schiff so angenehm wir nur möglich zu machen. Vor allen Dingen aber bäte er, ihm in die *Kajüte* zu folgen, denn unerhört sei es, einen so ehrenwerten Gast auf *Deck* unter gemeinem Pöbel zu lassen.

Jetzt erst bemerkte John, daß das ganze *Deck* mit kleinen Figuren besät war, die sich noch winziger darstellten wie ihr Herr. Ehe es ihm aber gelang, sie näher zu betrachten, wiederholte sein Wirt die Einladung, ihm in die *Kajüte* zu folgen, so dringend, daß er sogleich die Treppe hinabstieg.

Wie soll ich es aber wohl anfangen, alles zu beschreiben, was der kleine Mann hier sah? Wenn du, lieber Leser, in der Nähe der Antillen[2] und an Bord eines man of war gewesen bist, so hast du die höchst sonderbare Einrichtung selbst gesehen. War dies aber nicht der Fall, so verrichte ich ein un-

[2] Inseln zwischen dem Karibischen Meer und dem Atlantischen Ozean vor der Küste Mittelamerikas. Die größten der Antillen sind Kuba, Haiti und Jamaika.

nützes Werk, denn wie viele Mühe ich mir auch geben würde, dir von allem eine deutliche Vorstellung zu geben, würdest du doch alles für Lug und Trug halten. Darum schweige ich von den Wänden, aus Edelstein geschnitten und mosaikartig zusammengefügt, von den aus kostbaren Metallen verfertigten Möbeln und dem wunderlichen Licht, das sich überall verbreitete, ohne daß die Ursache seines Entstehens klar wurde.

Als nun John alles besehen, sich auf einem goldenen Sessel niedergelassen hatte und von seinem aufmerksamen Wirt mit einem leckeren Mahl bedient worden war, das in zierlichen, aus Perlen geformten Schüsseln aufgetragen wurde, nahm jener ihm gegenüber Platz und erzählte: »Ich bin ein Westindier[3] und Mirus ist mein Name. Du mußt nur nicht glauben, daß wir wirklich solche ungehobelten Völker waren, ehe ihr uns entdecktet, wie eure Reisebeschreiber es euch erzählt haben, sondern wir hatten Bildung und waren kultiviert. Im Innern der Insel blühten unsere Städte, wir waren lebensfrohe Leute, trieben Gärtnerei und Ackerbau und vervollkommneten uns täglich in Künsten und Wissenschaften. Auch eine sehr ansehnliche Flotte führten wir, deren unglücklichen Admiral du hier vor dir siehst, und da wir zugleich eine stattliche Landarmee besaßen, fehlte uns nichts, um uns den zivilisiertesten Völkern Europas an die Seite stellen zu können. Ich sehe dich verwundert darüber, wie wir dies alles besitzen konnten, ohne mit der alten Welt jemals in Berührung gekommen zu sein, aber du wirst es leicht erklärlich finden, wenn ich dir sage, daß wir von einer guten und wohltätigen Fee beschützt wurden, die uns mit diesen Dingen genügend bekannt machte. Sie hatte uns sehr weise Gesetze gegeben und auf das strengste untersagt, uns um das zu kümmern, was außerhalb der Grenzen unseres Reiches vorging, am wenigsten aber mit unserer Flotte aus dem Gesichtskreis des Ufers zu steuern, weil daraus ein sehr großes Unglück entstehen könne.

Da wir von jeher gewohnt waren, die Befehle unserer wohltätigen Gebieterin blindlings zu befolgen, so geschah es auch dabei anfangs sehr gewissenhaft. Aber bald reizte die Neugier unseren Vorwitz. Wir versahen einige unserer Schiffe mit hinlänglichem Proviant und segelten, unsere glücklichen Inseln ganz verlassend, aufs Geratewohl ins Blaue hinein. Da uns unsere gütige Fee vor allen andern Geschöpfen dieser Erde mit vorzüglichen Augen und noch besseren Fernrohren

[3] Westindien wurde als Name Mittelamerikas und seiner Inseln geprägt nach der Entdeckung, als man noch der Ansicht war, auf dem Wege nach Westen den asiatischen Kontinent und damit Indien erreicht zu haben. Daher auch der Name Indianer (Indier) für die Eingeborenen.

versehen hatte, erblickten wir bald in weiter Ferne große Schiffe, die in ihrem Bauch wohl tausend der Unseren hätten aufnehmen können. Weil aber unsere Ohren die Augen bei weitem an Schärfe übertreffen, hörten wir, wie die Leute auf jenen Schiffen schrien: ›Nun, Kapitän Columbus! Wo ist das verheißene gelobte Land? Wenn es nicht bald erscheint, müßt Ihr eines schmählichen Todes sterben.‹

So riefen sie, und zu gleicher Zeit sahen wir, daß sie drohende Mienen machten, und der bedrängte Kapitän sich nur mit Mühe von ihnen befreite.

Das tat mir leid, und in der ersten Aufwallung befahl ich, alles in die See zu werfen, was wir an grünen Zweigen, Blumen und dergleichen mit uns führten, und zwar in der Absicht, daß jene Fremdlinge es auffischen und sich daran erquicken möchten, bis sie das Land selbst sähen. Als dies geschehen war, eilten wir unverzüglich heimwärts.

Aber, ihr gütigen Götter, was mußten wir erleben, als wir in unserer Heimat anlangten! Mitten über unserem Land schwebte die Fee in ihrem Wolkenwagen, die Bewohner der Ebenen und der Berge standen, an allen Gliedern zitternd, umher, und wir kamen, um das Schlimmste zu hören, was wir je vernommen hatten.

›Mit der Ankunft dieser Fremden endet meine Herrschaft über euch‹, sprach sie. ›Doch was ihr durch mich geworden seid, Vorteile, die ich euch verschaffte, Künste, die ich euch lehrte, sollen nicht in den Besitz dieser Korsaren[4] gelangen, die sich das Eigentum fremder Völker aneignen und darauf Dankgebete für die glücklich gelungene Eroberung sprechen. Darum, weil ihr den abscheulichen Mirus, der all dies Unglück über euch gebracht hat, mit seiner Flotte seewärts ziehen ließet und noch dazu lachtet und jubiliertet, nehme ich alles zurück, was ihr von meiner Güte jemals empfangen habt und möget ihr werden, wofür jene Ankömmlinge euch halten, nämlich ein rohes, unwissendes Volk, das sich ihrem Sklavenjoch willig beugen wird.‹

Zornig schwang sie ihren Stab, da versanken die Städte, die Dörfer verschwanden. Unsere Kirchen stürzten ein, unsere Museen und Schauspielhäuser traf der Blitz, und Künste und Wissenschaften feierten ihre eigenes Leichenbegängnis. Die gesamte Bevölkerung sank in die Erde mit trostlosem Wimmern, bis diese sich über ihren Häuptern schloß und das ganze Land einer ausgestorbenen Wüste glich.

Wer aber beschreibt unser Erstaunen, als plötzlich ein schwarz-braunes Riesenvolk aus den Wäldern hervorbrach und mit lautem Geheul zum Strand eilte, um die Europäer zu

[4] Seeräuber, Freibeuter.

begaffen, deren ungeheure Schiffe sich mit reißender Schnelligkeit unseren Gestaden näherten. – Da trat die Fee zu uns an das Ufer mit zornfunkelnden Augen, und du kannst wohl denken, daß uns allen das Herz hörbar klopfte, als sie ihren keineswegs angenehmen Sermon[5] mit folgenden Worten schloß: ›Weil euch denn so sehr gelüstet nach der Unendlichkeit des Ozeans, so schwimmt auf seinem Spiegel umher euer Leben lang, aber nicht als glückliche Sieger und Beherrscher der Flut, sondern gejagt und verscheucht von jedem ärmlichen Fischlein, verfolgt von dem *Kiel* jener Riesenhäuser, die ihr mit euren Blumen und Zweigen hierher locktet, zerdrückt von den Händen mutwilliger Buben. Und für alle diese Schmach bleibe euch keine Freude, als zuweilen verirrte Schiffbrüchige auf den rechten Weg zu leiten. Diese aber müssen euch die vollbrachte Rettung mit Hohn und Undank lohnen.‹

Als sie dies im höchsten Zorn gesprochen hatte, schwang sie ihren Stab über uns und verschwand. Unsere Schiffe schrumpften zu der winzigen Gestalt zusammen, wie du jetzt eines vor dir siehst. Zugleich erhob sich ein furchtbarer Sturm, der uns auf die offene See hinausführte, wo wir gleich den Schmerz hatten, daß die Europäer einen der Unseren auffischten, als seltenes Seegewächs.

Viele Male hat es sich begeben, daß wir Schiffbrüchige vor dem Untergang retteten, aber immer sind wir mit Undank belohnt worden, was um so schmerzhafter ist, als wir wissen, daß ein dankbares Gemüt durch Anerkennung dessen, was wir für ihn getan, uns aus dieser schmählichen Knechtschaft befreien und uns zur alten Freiheit zurückführen wird.«

So beendete der unglückliche Mirus seine Erzählung, und der kleine John fühlte sich tief ergriffen. Er stand alsobald auf und gelobte, wenn Mirus es wagen wolle, ihn und den Großvater wohlbehalten ans Land zu bringen, ihn durch seine Dankbarkeit gewiß von der Knechtschaft der erzürnten Fee zu befreien.

Der Admiral gab ihm gerührt die Hand: »Ich glaube dir. Wenn es Abend wird, werde ich meine *Kabel* um Euren *Bug* schlingen. Jetzt aber verlasse mein Schiff, denn dein Großvater könnte erwachen, und ich traue seiner Dankbarkeit nicht so wie der deinen.«

Sogleich verließ der kleine John den man of war und kaum hatte er in seinem Boot wieder Platz genommen, als der Alte wirklich erwachte.

Nun hatte John es freilich dem unglücklichen und würdigen Admiral beim Abschied versprechen müssen, zu schweigen;

[5] Lateinisch: Rede, Predigt. Besonders im Sinne einer Strafpredigt benutzt.

Kinderherzen wallen jedoch leicht über und er konnte nicht umhin, dem Großvater zu erzählen, was ihm begegnet sei. Dieser aber hörte das nach seiner Meinung höchst dumme Geschwätz nicht zur Hälfte an und sagte sehr böse: »Das fehlte mir noch, in unserer unglücklichen Lage auf solche albernen Träume zu achten; behalte sie für dich!«

Nun schwieg John still, verzehrte mit dem Großvater den Rest des Zwiebacks und des Wassers, hörte, wie der alte Mann bei dem Untergang der Sonne sagte: »Wenn wir morgen in der Frühe kein Land sehen, ist es das beste, wir springen beide über Bord!« – worauf der Alte wieder einschlief. Kaum war dies geschehen, als John deutlich vernahm, wie die flinken Matrosen des Admirals Mirus die *Kabel* befestigten und das Boot mit sich fortschleppten. Er hörte es mit innigem Vergnügen, bis auch er endlich von den mancherlei Anstrengungen ergriffen einschlummerte. Am andern Morgen erwachten Großvater und Enkel zu gleicher Zeit und erblickten eine wunderbar schöne, mit hellem Grün bedeckte Küste vor sich. John wollte dem Alten abermals erklären, wer sie hierher gebracht hatte, jener aber fuhr ihn zornig an und sprach: »Schweig von deinen dummen Träumen und danke vielmehr Gott auf deinen Knien, daß er uns so gnädig gerettet hat!« Das tat John freilich, aber er dachte doch insgeheim an seinen Freund Mirus.

Bald erreichten sie das Ufer. Sie kamen unter Menschen und es gab vieles zu hören und zu sehen. Die überstandene Not war verschmerzt und die wunderbare Rettung vergessen. Eines Abends stand John am Ufer. Ein man of war schwamm heran und ließ sich von den Wellen bis in die Nähe des Ufers tragen. John blickte ihn an, aber indem er das seltsame Farbenspiel wiederholt betrachtete, sprach er lächelnd, indem er sich landeinwärts wandte: »Der Großvater hat recht, was man doch für seltsames Zeug träumen kann.«

Lautlos schwamm die Muschel auf das Meer hinaus.

Die glückliche Probe

Wenn beim Untergang der Sonne sich leichte Nebelwölkchen auf den Spiegel des Mittelmeeres lagern, über den der scheidende Tag einen leisen Rosenschimmer haucht, dann sagen die Küstenbewohner der lieblichen Provence[1]: »Seekönig führt den Brautreigen an.«

Seekönig ist an der ganzen provençalischen Küste ein zugleich geliebter und gefürchteter Mann. Wenn ein Brautpaar getraut werden soll, dann wirft der Brautvater ein Goldstück ins Meer und singt dazu folgendes Lied:

König im kristallnen Schloß,
Tue auf den Wellenschoß!
Lieblich blinket das rötliche Gold,
Sei der flehenden Liebe hold,
Was wir haben, bringen wir dar,
Freundlich lächle dem jungen Paar.

Wenn aber der Fremde, erstaunt über diesen Brauch, neugierig nach dessen Bedeutung fragt, erzählt man ihm folgende Geschichte: Auf dem Grund des Meeres ist eine Welt, die der unsrigen vollkommen gleicht. Wenn Ihr in die Tiefe taucht, und durch den Kreis gedrungen seid, wo die Fische und Seeungeheuer hausen, dann gelangt Ihr auf den eigentlichen Meeresgrund, der ebenso gestaltet ist wie die Oberfläche der Erde, nur daß dort unten alles viel reicher, schöner und mannigfaltiger ist. Ein ganz anderes Licht umstrahlt alle Gegenstände, die Blätter sind Smaragde, die Tautropfen sind mächtige Brillanten.

Hier herrscht Seekönig an der Seite seiner liebevollen Gemahlin. Ihr Besitz ist ihm aufs neue für ein Jahrtausend gesichert. Dieser Ruhe erfreut er sich noch nicht lange; noch vor zwei kurzen Jahrhunderten war er mit dem gänzlichen Verlust seines größten Kleinods bedroht. Seekönigs Geliebte ist eine Staubgeborene; er entbrannte in Liebe für sie, und sie stieg mit ihm in die Tiefe des Meeres hinab.

Die dunklen Mächte der Unterwelt, die dem schwachen Sterblichen keine dauernde Liebe zutrauen, bestimmten, daß Seekönig seine irdische Gattin nach einer bestimmten Zeit verlieren solle, es sei denn, er fände ein Mägdlein, dem Ge-

[1] Französische Landschaft an der Mittelmeerküste zwischen der Rhône und den südfranzösischen Alpen.

liebten unerschütterlich treu und jeder Versuchung widerstehend. Die finsteren Richter der Unterwelt glaubten, zweimal könne die schwache Menschheit ein so starkes Wesen nicht hervorbringen, aber sie täuschten sich, denn die Treue der provençalischen Mädchen ist weltbekannt.

In einer heiteren und reizenden Gegend liegt hart am Mittelmeer ein kleines, von wohlhabenden Fischern bewohntes Dorf, réseau béni genannt. Vater Claude war der reichste und angesehenste Mann dieses Ortes, er hatte das beste Haus, einen fruchtreichen Garten und gesegnete Äcker. Vor allem aber hatte er eine hübsche achtzehnjährige Tochter, La belle Thérèse genannt. Keiner, der sie sah, blieb bei ihrem Anblick gleichgültig. Die Zahl ihrer Bewerber stieg mit jedem Monat, denn auch von entfernten Orten kamen sie herbei, und Vater Claude hatte genug zu tun, die vielen Freier mit guter Manier abzuweisen, denn Thérèse hatte ihr Herz längst verschenkt. Es gehörte einem braven, redlichen, aber armen Jungen, der nichts zu einem künftigen Hausstand mitbrachte als seinen guten Willen. Die Liebenden hatten ihr Geheimnis dem Vater Claude offenbart, dieser willigte aus Liebe zu seiner Thérèse ein, und nun sagten die abgewiesenen Freier, Vater Claude habe seine Tochter nicht anders loswerden können, und sie darum diesem Bettelkerl nachgeworfen; jener aber kehrte sich nicht daran und traf ohne Zaudern die umfassendsten Vorbereitungen zu einer glänzenden Hochzeit.

Der festliche Tag wurde anberaumt. Von nah und fern kamen die Gäste herbei, viele mit frohem, viele mit neidischem Herzen, alle aber mit dem festen Vorsatz, tüchtig zu jubilieren. Schon mit Anbruch des Tages war der Platz vor dem Hause des Brautvaters mit tanzenden und singenden Menschen bedeckt, und als die Sonne vollends aus den Wellen stieg, trat Vater Claude mit dem Brautpaar aus dem Haus und ging dicht an das Ufer, um dem Seekönig das übliche Opfer zu bringen. Kaum aber hatte der Vater das Liedlein gesungen und das Goldstück in die salzige Flut geworfen, als die Wogen aufrauschten, und die Brandung hoch emporzischte. Alle staunten über dieses seltsame Ereignis, und noch hatte vor Schreck keiner den Mund öffnen können, als der plötzliche Aufruhr des Elements sich ebenso schnell wieder legte, und ein junger Mann mit heiterem Gesicht unter die Menge trat und ihr einen fröhlichen Tag wünschte. Er war wie ein Bewohner der dortigen Gegend gekleidet und reichte der Braut einen großen Blumenstrauß. Thérèse wunderte sich zwar, daß die Blumen ohne Geruch waren, und daß es unter ihren Blättern hervorblitzte wie Perlen und Edelsteine,

doch gebot ihr die Sitte, das dargebotene Geschenk zu behalten, und ihr Vater lud den jungen Mann mit der freundlichsten Miene ein, der Hochzeit beizuwohnen.
Thérése hatte bis zum Kirchgang genug zu tun, sich mit ihren Freundinnen zu unterhalten. Plötzlich zogen diese sich von ihr zurück und sie befand sich – sie wußte nicht, wie das zugegangen war – auf einer einsamen Stelle am Meeresufer. Der junge Fremde stand vor ihr und sah sie mit einem durchdringenden Blick an. Sie erschrak und wollte fliehen, aber er ergriff ihre Hand, beschwor sie, ihn anzuhören, gestand ihr seine glühende Liebe, flehte sie an, ihm zu folgen und den armen Charles laufenzulassen, der sie nimmer wahrhaft beglücken könne. Sie hörte ihn kaum an, und lief mit lautem Hilfegeschrei davon. Bald fand sie Charles, erzählte ihm, was ihr begegnet sei und dieser eilte nun, um den Zudringlichen zur Rede zu stellen; aber der war schon verschwunden.
Gleich darauf erschien ein junges Mädchen. Sie suchte einen kundigen Schiffer, der ihre Gebieterin an Bord des großen Schiffes brächte, welches das äußerste Vorgebirge umkreuzte. Charles und Thérèse erblickten ein großes Schiff, das sie bis dahin nicht gesehen hatten. Das junge Mädchen aber zog eine mit Gold gefüllte Börse hervor, klingelte damit und sagte lächelnd: »Das ist das Fährgeld.«
Als Charles den Klang des Goldes vernahm, drang das Gefühl der Armut so mächtig auf ihn ein, wie noch nie. Die Gelegenheit, eine so große Summe zu verdienen und sie der Braut als Morgengabe zu bringen, hatte einen unwiderstehlichen Reiz für ihn. Er bat Thérèse, ihm die kurze Abwesenheit zu verzeihen, und rannte mit der jungen Fremden auf und davon.
Die verlassene Thérèse konnte ihres Unmuts nicht Herr werden. Sie wollte zum Vater eilen und ihm alles erzählen, als ein unerhörtes Ereignis ihre Schritte fesselte. Sie sah deutlich, wie ein geräumiges Boot um das Vorgebirge fuhr. Charles saß am Steuer, ihm zur Seite ein wunderschönes reichgeschmücktes Frauenzimmer, das den Steuermann mit liebeglühenden Augen anblickte. Beide hielten sich zärtlich umschlungen und sangen ein verführerisches Lied.
Das war zuviel für das arme Mädchen. Helle Tränen stürzten aus ihren Augen, ein bitteres Gefühl erduldeten Unrechts beschlich ihr Herz, als plötzlich die Szene sich abermals änderte. Ein wilder Sturm erhob sich, die Wellen rauschten auf, Blitze zuckten durch die Wolken, der Donner hallte am Ufer wider. Das Boot, worin Charles abgefahren war, trieb zurück. Sie sah ihren Bräutigam, wie er mit einem zerbrochenen Ru-

der machtlos gegen die aufgeregten Wellen ankämpfte und dem Untergang entgegenging.
Unterdessen war Vater Claude mit sämtlichen Hochzeitsgästen herbeigekommen, um Hilfe zu bringen. Aber umsonst versuchte man, irgendeins der Boote, die am Strand lagen, flottzumachen. In demselben Augenblick trat der junge Unbekannte wieder zu Thérèse, ergriff ihre Hand, und flüsterte ihr zu, gemeinschaftlich mit ihm Charles zu retten. Unbewußt folgte sie, und beide erklommen eine Anhöhe, ohne daß Thérèse auf die Stimme des Vaters hörte, denn sie hatte nur Augen für Charles, der sich offensichtlich in Gefahr befand. Als sie aber die höchste Spitze des Felsenhügels erreicht hatte, schlang der Fremde den Arm um sie, rief mit lauter Stimme: »Sie ist des Seekönigs Braut!« und stürzte sich mit ihr in die Wellen. Ein Schrei des Entsetzens ward ringsum vernommen.
Charles war unterdessen hinabgesunken. Er erwachte in einer Grotte, rieb sich die Augen und sah sich kopfschüttelnd um. Da erschienen mehrere seltsam-phantastisch gekleidete Mädchen. Sie tanzten vor dem jungen Fischer, boten ihm Speisen in silbernen Schalen und Wein in goldenen Bechern an, hießen ihn in dem Reich ihrer Gebieterin willkommen und zogen ihn unter Scherzen und Lachen mit sich fort. Er folgte halb neugierig, halb unwillkürlich, und hatte keine Ahnung davon, daß er sich auf dem Boden des Meeres befand. Unterdessen hatte seine Thérèse schwere Proben zu bestehen.
Seekönig, denn das war der junge Fremde, versuchte alles, um Thérèses Liebe zu ihrem Verlobten zu erschüttern, allein vergebens. Die Sage meldet nicht, was der Seekönig empfand, als er um etwas flehte, dessen Erfüllung ihn namenlos unglücklich gemacht hätte, wohl aber verkündet sie, daß jede Macht der Rede scheiterte an dem festen und treuen Sinn der lieblichen Provençalin.
Jetzt rief Seekönig die magischen Gewalten zu Hilfe. Er winkte mit der Hand und aus der Tiefe stieg die morganische Fee[2] mit allen ihren Nymphen[3]. Hohe Palmenwälder rauschten über ihrem Haupt, unter den blätterreichen Kronen blühten duftende Blumen, die Berge glühten im Rosenlicht, ein breiter Silberstrom rauschte vorüber, an dessen Ufer sich eine mächtige Stadt mit silberglänzenden Mauern und goldstrahlenden Kuppeln ausbreitete. Thérèse stand wie geblendet und überließ dem verführerischen Geist willenlos ihre Hand. Sie schwebte eine Marmortreppe hinan, und ward von einer Schar anmutig gekleideter Mädchen empfangen, die sie unter Spiel und Gesang in einen großen Saal führten, der

[2] Morgenländische, Fee aus dem Morgenland
[3] Griechisch: niedere Naturgottheiten, Wassergöttinnen.

mit Gold und Edelsteinen besät war, und in dem tausend goldene Armleuchter mit farbigen Kerzen einen solchen Glanz von sich gaben, daß man den Anblick kaum ertragen konnte. Die Dienerinnen schmückten Thérèse mit den kostbarsten Gewändern und geleiteten sie in ein Gemach, das mit allen Reizen der Verführung verschwenderisch ausgestattet war. Hier blieb Thérèse allein, aber betäubt und geblendet durch all den nie geahnten Reichtum versank sie in ein bewußtloses Träumen, so daß sie den Eintritt des Seekönigs nicht gleich bemerkte.

Aber auch aus diesem neuen Kampf ging sie siegreich hervor. Sie entfloh dem Verführer und gelangte in einen weiten Park. Der erglänzte in magischem Licht. Große Blumenterrassen erhoben sich an allen Seiten, buntbeschwingte Vögel flatterten herbei, Quellen plätscherten unter Rosenbüschen dahin, eine unsichtbare, wollustatmende Musik ertönte, Tänzer und Tänzerinnen schwebten die Wege auf und ab.

Betäubt von allem, was mit ihr vorging, sank Thérèse auf eine üppig schwellende Rasenbank und fand Seekönig, seine Bewerbungen erneuernd, sich zur Seite. Thérèsens Phantasie war zu erregt, als daß die Schmeicheleien eines so mächtigen Wesens noch länger in ein lässiges Ohr gefallen wären. Schon wankte sie, ob sie dem beharrlichen Werben nachgeben sollte, da war es ihr, als dringe ein Schrei des Schmerzes an ihr Ohr und dieser Schrei kam von Charles. Zum vollen Bewußtsein erwacht, sprang sie von ihrem Sitz auf, stieß den Verführer von sich und rief, daß sie lieber des bittersten Todes sterben, als von ihrem geliebten Charles lassen wolle.

Da sprang Seekönig voll Ingrimm auf. Er erklärte sie seiner Gnade für unwürdig und verurteilte sie, in der finstersten Höhle, die sich auf dem Meeresgrund befinde, ihre Tage zu verjammern. Er stampfte mit dem Fuß, da waren alle Herrlichkeiten verschwunden, der Abgrund öffnete sich und Thérèse sank in die Tiefe. Sie erwachte in einer grauenerregenden Höhle, neben ihr gähnte sie ein furchtbares Meeresungeheuer an, ein Krokodil öffnete seinen Rachen, um sie zu verschlingen. Von Angst und Entsetzen übermannt, sank sie in die Knie, da trat Seekönig ein und verhöhnte sie in ihrem Schmerz, darum, weil sie ihre Treue einem Manne bewahre, der längst in den Armen einer andern ihrer spotte. Mit strengen Worten wies sie den Verleumder von sich, der aber streckte höhnisch lachend die Hand aus, die Felsen stürzten ein und in einer Grotte von Gold- und Silbermuscheln, die von magischem Licht erhellt ward, saß Charles an der Seite eines wunderherrlichen Frauenbildes, das sich umsonst bemühte, die Gunst des Jünglings auf sich zu lenken. Kaum aber erblickten sich beide, als sie laut jauchzend sich in die Arme eilten und fest umschlungen hielten. Sie sahen nicht, was um sie vorging, darum bemerkten sie auch nicht, daß sie durch unsichtbare Kräfte von dem Grunde des Meeres hinaufgetragen wurden an das Licht. Unfern des väterlichen Hauses fanden sie sich wieder. Hier herrschte seit dem frühsten Morgen der tiefste Kummer. Angemeldet durch das Jauchzen der Nachbarn traten sie in die väterliche Wohnung und die Verlorengeglaubten wurden mit Liebe und Entzücken empfangen.

Eine freudige Bewegung erhob sich am ganzen Strand. Thérèse und Charles hatten genug zu erzählen, die anderen zu hören. Der Abend brach an, Freudenfeuer leuchteten, man sang und spielte. Da verbreitete sich plötzlich ein roter Schimmer über die Fläche des Meeres, eine Muschelgrotte stieg aus der Tiefe herauf, umgeben von Nixen und Wassergeistern, die Seekönig und seine Gattin umwogten, als sie sich zu dem liebenden Paar wandten, das durch seine Treue das Glück ihrer Liebe neu begründet hatte. Sie umarmten beide mit huldvoller Freundlichkeit und beschenkten sie mit glückbringenden Netzen. Alles Erdenglück war mit Charles und Thérèse, die ein hohes Alter erreichten und eine zahlreiche Nachkommenschaft hinterließen.

Bald ist ein neues Jahrtausend verflossen, und eine neue Trennung von seiner Gattin steht Seekönig bevor. In welchem Küstenort wird er das treueste Paar finden? Ein Jahrtausend ändert viel, und weltbekannt ist der Wankelmut der jetzigen Mädchen der Provence.

Das Leuchten des Meeres

Wenn das eilende Schiff jenseits der Kanarischen Inseln steuert und bei einbrechender Nacht die Wellen durchschneidet, pflegt es zu geschehen, daß es plötzlich stillsteht und mehrere Augenblicke lang weder vor- noch rückwärts geht. Der Schiffer sagt dann gewöhnlich: »Die Windstille des Ostpassats[1] ist im Anzuge«, aber in Wahrheit schreckt das Fahrzeug vor der unermeßlichen Wasserwüste, die ihm entgegengähnt, zurück. Doch schnell faßt der günstige Wind in den Bauch seiner Segel und peitscht es fort auf die endlose Bahn. Dann fahren die Wogen zu beiden Seiten auseinander, es glänzt wie tausend und abertausend Sterne, und der Schimmer der reichen Perlenflut des Meeres scheint des Sternenschimmers im ewigen Blau zu spotten. Mit forschendem Auge folgt der Kenner der Natur dieser Erscheinung und nennt die funkelnden Sterne Tierchen, die einen so seltsamen Glanz von sich ausströmen, oder beweist in einer gelehrten Abhandlung, daß es Salzteile sind, die diesen hellen Schein verursachen. Der alte Willy aber, der nun bereits mehr als vierzigmal über den Äquator hinaussegelte und jetzt mit klugem Blick vom Steuer aus über die glitzernde Fläche schaut, weiß es besser, und erzählt von dem Leuchten des Meeres allen, die es hören wollen, folgende wunderbare, aber höchst wahrhafte Geschichte:

Es ist lange Zeit her, weit früher als der eilende *Kiel* irgendeines kühnen Seemanns in diese Gewässer kam, daß die Dinge ringsumher eine ganz andere Gestalt hatten als heute. Jetzt heben sich am äußersten Horizont die Wellen gleich stattlichen Hügeln empor und stürzen gleich darauf in sich zusammen. Das geschah damals nicht. Sie standen vielmehr unbeweglich und waren nichts anderes als wunderliche Inseln, die aus dem weiten Ozean auftauchten, und mit ihrem lieblichen zarten Grün das Auge des Schauenden erfreuten. In einem weiten Halbkreis standen sie in unabsehbarer Reihe nebeneinander. Da fand sich Überfluß an schönen Früchten und lieblich duftenden Blumen; die Bäume neigten ihre Zweige zur Erde und bildeten schattige Lauben. Weiter bedurften die genügsamen Menschen, die diese glücklichen

[1] Gleichbleibende Winde in tropischen Gebieten beiderseits des Äquators, hervorgerufen durch die Erdrotation. Aus dem Osten kommend, wird die Luftströmung zum Äquator hin abgelenkt.

Inseln bewohnten, nichts; sie lebten in stiller Zufriedenheit miteinander, ohne Wunsch und ohne Sehnsucht, als ob ihre Inseln das einzige Reich der Welt wären und es kein anderes Glück gäbe, als Früchte zu essen und lustig in den Tag hinein zu springen. Eine gütige Fee beherrschte diese Unschuldswelt mit der zarten Sorgfalt, daß keinem ihrer Untertanen Kunde werde von dem, was jenseits der glückseligen Inseln vorgehe.
Unfern von diesem Erdenparadies erhob sich eine finstere Gebirgsmasse, dem Auge des Sterblichen nicht sichtbar, denn die wohltätige Fee hatte sie mit einem dichten Nebelschleier verhüllt. Hier herrschte ein böser Zauberer, ein natürlicher Sohn des Neides und der Mißgunst, der das Glück jener Insulaner mit verbissenem Grimm anschaute und sie gern dem Verderben geopfert hätte. Aber die Fee, die die Absichten ihres bösen Nachbarn nur zu gut erriet, machte durch einen mächtigen Talisman[2] alle seine bösen Anschläge wirkungslos. Darüber erboste sich jener arglistige Zauberer sehr, verließ in dunkler Nacht sein Gebirge und erregte einen furchtbaren Sturm, der das Meer in eine solche Bewegung brachte, daß die Wellen sich wolkenhoch türmten und dann auf die grünenden Inseln herabstürzten. Die Fee jedoch tauchte aus den Wogen auf und sah die tobenden Elemente mit einem so mild bittenden Blick an, daß deren Zorn sich legte und sie ruhig vorüberzogen. Nun warf der böse Zauberer einen schwarzen Mantel um seine Schultern und nahm seinen Flug nach Spaniens Bergen. Dort, in der Mitte seiner Genossen, hielt er langen Rat und kehrte dann nicht wieder nach seinem Wohnsitz zurück, der immer unscheinbarer ward und endlich spurlos in die Tiefe des Meeres sank. Darüber freute die gute Fee sich sehr; sie glaubte sich von ihrem bösen Gegner gänzlich befreit und ward sorgloser als bisher. Aber zu ihrem eigenen Verderben.
Eine lange Zeit war seit jener fürchterlichen Nacht verstrichen. Die Fee befand sich auf Reisen, um mehrere ihrer geliebten Schwestern im Orient[3] zu besuchen und ihnen mit Rat und Tat beizustehen. Da sah man die Bewohner der grünen Eilande eines Morgens verwundert auf eine stattliche Insel blicken, die über Nacht aus der See hervorgewachsen war. Sie erschien bedeutend größer als die übrigen; das Grün, das sie bedeckte, war blendender und mit vielen andern schönen Farben untermischt, die sich gar lieblich in der Morgensonne spiegelten. Lange staunten die Insulaner diese Erscheinung an, endlich aber berieten sie sich, bestiegen ihre Boote und ruderten dem neu entstandenen Eiland zu.

[2] Glückbringender, Unheil abwehrender Gegenstand.
[3] Sammelbegriff für die Länder Vorderasiens.

Kaum hatten sie ihr Unternehmen begonnen, als ein schwarzer Vogel – man konnte kaum sehen, woher er so schnell kam – in die Luft stieg und mit seinen weitausgebreiteten Flügeln die ganze Gegend verfinsterte. Dies böse Zeichen hätte sie warnen sollen, aber sie gaben nichts darauf und landeten an der unbekannten Insel. Je tiefer sie in das Land hineingingen, desto weiter dehnte es sich vor ihnen aus, so daß sie schon die Besorgnis hegten, sie würden den Ort, wo sie gelandet waren, nicht wiederfinden. Mehrere von ihnen rieten bereits zur Umkehr, als sie einen Mann, auf dem Rasen sitzend, gewahrten, ganz so geformt wie sie, nur daß er weit größer war als einer von ihnen. Der Mann rief den Ankommenden mit dem freundlichsten Lächeln ein Willkommen zu und bat sie, neben ihm auf dem Rasen Platz zu nehmen.

»Ich wollte euch wohl von den Früchten, die meine Insel hervorbringen mag, einige zur Erquickung anbieten«, sprach er schlau, »aber ich weiß nicht, wie es damit aussieht, denn ich kümmere mich nicht darum. Ich bedarf dieser Nahrung nicht, da mir etwas viel Besseres bleibt, als jene Früchte, deren Genuß ja auch jedem Tier freisteht.«

Mit diesen Worten griff er vor sich in den Rasen hinein und brachte eine Menge glänzender Dinge hervor, mit denen er spielte und um sich warf. Die Insulaner blickten erstaunt darauf und konnten sich nicht genug verwundern über das, was sie sahen. Der Mann aber lachte über sie und forderte sie auf, ein gleiches Spiel zu versuchen. Da griffen alle Hände in den Rasen hinein und brachten von dem glänzenden Schmuck so viel zum Vorschein, wie sie nur zu fassen vermochten, und bald leuchtete die Ebene, daß es schien, als habe die Sonne sich auf sie herabgestürzt. Als nun die Insulaner sich noch immer über diese Herrlichkeiten wunderten und darüber Essen und Trinken vergaßen, sprach der Mann mit verweisendem Ton: »Ihr Toren! Warum gehorcht ihr den Befehlen einer geizigen Frau, die euch jene Herrlichkeiten nicht gönnt, sondern sie lieber für sich behalten will? Warum krabbelt ihr auf der Oberfläche eurer Insel umher und dringt nicht in die Geheimnisse eurer Berge, die ebensolche Reichtümer verschließen wie die meinigen? Ihr seid ein jämmerliches Volk, das ich verachte. Geht! Eure Gegenwart stört mich.«

Damit wandte er ihnen den Rücken zu und die Insulaner, die sich im Nu in ihre Boote versetzt sahen, schifften wortkarg, aber gedankenvoll, zu ihren Inseln zurück. Stumm gingen sie in der alten Heimat nebeneinander her, nichts machte ihnen mehr Freude und tagelang starrten sie nach jener Insel, wo sie alle den fremden Mann zu erblicken glaubten, wie er mit den unterirdischen Schätzen spielte. Endlich wagte es einer von ihnen, das seltsame Spiel des Fremden in seiner Heimat zu beginnen; er warf sich auf den Rasen, wühlte ihn auf und brachte mit einem Freudenschrei Hände voll jenes glänzenden Spielwerks hervor. Die übrigen machten es ihm nach und in kurzer Zeit waren die lieblichen grünen Hügel aufgewühlt, die Blumen wurden als unnütz weggeworfen, die Bäume gefällt und jeder suchte so viel Gold, Perlen und Edelsteine wie nur möglich zu erlangen. Mit diesen Schätzen aber hielt der Neid Einzug in ihre Herzen. Einer beneidete den anderen, jeder glaubte, er besitze noch lange nicht so viel wie sein Nachbar, während dieser mit gierigen Blicken nach den Genossen schielte.

Nun glaubten sie sich mit ihren Reichtümern in den Lauben, die die Natur ihnen erbaut hatte, nicht mehr sicher, und errichteten festere Wohnungen. Ein offener Krieg brach aus — und ein geheimer, denn, wem es nicht gelingen wollte, sich fremder Schätze mit Gewalt zu bemächtigen, der versuchte es durch List oder Betrug und ruhte nicht eher, bis er sein Vorhaben ausgeführt hatte, oder darüber zugrunde gegangen war.

Um diese Zeit kehrte die Fee von ihrer Fahrt aus dem Orient zurück und fuhr in ihrer Rosengondel, von vier silbernen Schwänen gezogen, über den Ozean. Als sie die neu aufgetauchte Insel entdeckte, erstaunte sie sehr, aber bald verwandelte sich ihr Erstaunen in Schrecken, denn ihr alter Erbfeind, der Zauberer, schwamm, auf einem Hai sitzend, heran und sagte höhnisch: »Nun wirst du sehen, ob ich in der Zeit deiner Abwesenheit die Wirtschaft gut bestellt habe und ob ich hoffen darf, daß du mit meiner Aussaat zufrieden bist. Sie ist bereits zum Verwundern gut aufgegangen und ich wünsche nur, daß ihre Früchte dir so wohl bekommen mögen wie deinen lieben Kindlein.« Und als er das gesagt hatte, lachte er laut auf und versank samt seiner Insel in der Tiefe.

Außer sich vor Schmerz begab sich die Fee zu ihren geliebten Inseln, sah die Zerstörung und rief ihre Untertanen zusammen, die sehr säumig waren, weil sie sich von ihren eingebildeten Schätzen nicht zu trennen vermochten, um die Befehle ihrer Gebieterin zu hören. Diese hielt ihnen ihr Unrecht mit bewegter Stimme vor, und wollte sie auf die Bahn weiser Mäßigung zurückführen. Aber sie hatten für diese Ermahnungen ein lässiges Ohr, sie trotzten ihrer Wohltäterin und machten ihr Vorwürfe, daß sie ihnen das Geheimnis der Berge bisher verborgen habe, nur um ihrer eigenen Habsucht zu frönen. Das aber solle ihr nicht mehr gelingen. Außerdem brauchten sie sie ferner nicht; sie wollten von dieser

Stunde an nach ihrer eigenen Neigung leben. Da beschloß die Fee, die Verwegenen zu bestrafen und sagte mit großem Ernst: »Ihr Undankbaren habt es verscherzt, daß ich euch weiter beschütze. Ihr habt euch euer Schicksal selbst geschaffen: ich verlasse euch. Aber die Schätze der Finsternis gehören nicht dem Sonnenlicht. Darum mögen sie versinken in die Nacht des Meeres und da euch so sehr nach ihnen gelüstet, so folget ihnen nach.«

Kaum hatte sie dies gesprochen, als alle Edelsteine, alle Perlen und alles Gold hinabrollten in die Tiefe des Meeres. Die Insulaner aber sahen den entschwundenen Schätzen mit stieren Blicken nach und stürzten sich mit lautem Geschrei in die Flut.

Da warf die Fee, überwältigt vom tiefen Schmerz, den Talisman, wodurch sie diese glücklichen Inseln bisher beherrschte, weit von sich und entschwebte in der Gestalt einer Taube zum Himmel. Die Hügel aber sanken in sich zusammen und mischten sich mit den Wellen, die Rosengondel und die Silberschwäne bedeckend. Die Insulaner raffen gierig die versunkenen Schätze auf dem Boden des Meeres zusammen und wenn sie sich genugsam beladen, streben sie nach dem Sonnenlicht. Aber den festen Boden vermissend, lassen sie die schimmernde Last fallen und tauchen aufs neue bis auf den Grund, das trügerische Spiel zu wiederholen.

Das ist das Leuchten des Meeres.

Das Seegespenst

»Willy! Willy!«

»Hier, Bruder Jack!«

»Komm her, mein Junge! Komm! Hier an *Backbord* bin ich! Lehne dich mit dem Rücken gegen den *Poller* und laß deinen Kopf auf dem Anker ruhen. Ich will mich zu dir setzen.«

»Hier ist Raum für uns beide, Jack.«

»Still! Wir müssen leise sprechen, sonst hören sie uns. Siehst du die dunklen Gestalten dort auf dem *Quarterdeck?* Das sind der Kapitän und der *Steuermann.* Sie dürfen uns nicht hören, Willy!«

»Jack! Mich hungert, aber mich dürstet noch mehr. Als wir noch zu Hause waren, ging ich einmal aus, während es heftig regnete. Ich wurde durchnäßt und schrie im Zorn: Ach, das verdammte Wasser! Ich glaube, Gott straft mich jetzt dafür, daß ich das süße Wasser verdammt habe.«

»Still, Bruder! Still, mein süßer Willy! Wir wollen zusammen aushalten. Unter einem Herzen haben wir gelegen, zu derselben Stunde sind wir geboren und zu eben derselben Stunde hat unser treuloser Vater die arme Mutter verlassen, die Tag und Nacht weinte, bis sie blind war. Weißt du noch, was wir in ihre sterbende Hand schworen?«

»Nichts weiß ich, als daß mich fürchterlich dürstet. Bekommen wir denn nicht bald unsere kleine Ration?«

»Es sind noch sieben Stunden bis dahin. Ich wollte für dich wohl ein Dutzend Tropfen stehlen, aber der Kapitän hat den Schlüssel zum letzten Faß an einer Kette um den Hals hängen, und der *Steuermann* bewacht ihn mit Luchsaugen.«

»Alles verdurstet in dieser schaurigen Einöde!«

»Sieh nur die Sterne an, wie matt und traurig sie herunterblicken. Es ist kein Glanz mehr in ihnen. Der ganze Ozean lechzt nach einem süßen Wassertropfen. Seit sechs Wochen hat ihn kein Lufthauch bewegt, seit sechs Wochen liegen wir auf derselben Stelle. Es muß ein großer Sünder an Bord sein, Willy, um dessentwillen der Himmel uns so hart straft. Hu! Wie entsetzlich ist diese Stille!«

»Soll ich über Bord springen, und mich von dem Hai fressen lassen?«

»Noch nicht sterben, Willy! Hunger und Durst sind stark, aber die Hoffnung ist stärker und besiegt beide. Ich hoffe noch!«

»Hilf, Himmel! Was ist das? Sieh doch, Bruder Jack! Vorne auf dem *Bugspriet*, auf der *Nock* des *Klüverbaums*!«
»Das ist eine schwarze Wolke. Sie wallt hin und her!«
»Man kann durch sie hin schauen! Sie sieht so grauenhaft aus! Ich fürchte mich!«
»Nicht fürchten, Bruder! Wir sind gute Christen! Ich will ein Kreuz schlagen! Weiche, Unhold! – Es weicht nicht! – Es wird größer! – Weh uns! – Was ist das?«
»Nun weiß ich's! Das ist das Seegespenst. Mein alter *Bootsmann* hat mir oft davon erzählt, und ich habe ihn heimlich ausgelacht und alle Geister dazu. Nun wird es mich fressen und dich auch. Heißt es nicht, wir wären mitten im heißen Sommer und das Schiff läge unter der Linie[1]? Ich glaube es nicht! Mich friert! – Hu! Hu! Und wie sind meine Augenlider so schwer! Laß mich schlafen!«
Beide Brüder schliefen ein.

Auf dem *Quarterdeck* gingen Kapitän und *Steuermann*, der eine an *Steuer-*, der andere an *Backbord* auf und ab.
»Noch viel Wasser vorrätig, Meister Blank?« fragte der Kapitän herüber.
»Was fragt Ihr mich?« war die mürrische Antwort. »Den Schlüssel zum letzten Faß tragt Ihr, wie der Irländer sein Kruzifix, auf der Brust; also müßt Ihr es am besten wissen.«
»Ich habe nicht darauf achtgegeben, Meister Blank. Aber ich will gleich hinunter gehen und nachsehen.«
Der *Steuermann* trat ihm in den Weg und ergriff ihn mit eiserner Faust: »Nicht ohne mich, Herr! Nicht ohne alle, die noch an Bord und imstande sind, zu gehen. Stehlt Diamanten! Es sind deren genug an Bord. Das wird Euch eher vergeben als der Raub eines einzigen Wassertropfens!«
»Laßt uns allein gehen, Meister Blank! Nur einen Zug für meinen glühenden Schlund. Ihr sollt zwei nehmen, und eine achtel Pinte[2] Branntwein ist noch übrig; die wollen wir teilen!«
Der *Steuermann* legte seine Hand auf die Schulter des Kapitäns und blickte ihm fest ins Auge: »Sechzehn Menschen sind mit Euch auf die See hinausgegangen. Ihr und ich stehen noch hier; zwei junge Burschen kriechen da vorne umher, fünf liegen krank in ihren Hängematten und warten auf ihre Erlösung; die andern haben einen schnellen Tod vorgezogen und sind über Bord gesprungen. Uns bleibt nur übrig, dasselbe zu tun, wenn nicht einer über den andern das Los werfen

[1] Hier als Äquator.
[2] Altes Hohlmaß, das in verschiedenen Ländern in Gebrauch war und dabei unterschiedliche Mengen bezeichnete. Das englische »pint« umfaßt 0,568 l.

will und ihn erschlagen, um von seinem Blut zu trinken und von seinem Fleisch zu essen.«

»Möge es so kommen, Meister Blank! Wir sind die Herren und bleiben bis zuletzt. Laßt die andern jetzt gleich sterben. Was macht es, ob sie einen Tag länger leben? Für uns beide reicht der Vorrat dann noch acht Tage aus. In acht Tagen kann vieles geschehen! Es kann regnen, es kann ein Schiff – wir brauchen um nichts zu sorgen. Hinunter mit ihnen in die Tiefe!«

»Ihr seid ein Ungeheuer, und die Strafe des Himmels folgt Euren verworfenen Gedanken auf dem Fuße nach. Schon lauert sie auf der *Nock* des *Klüverbaums*, sie wird auch das *Quarterdeck* erreichen, denn das Seegespenst wächst von Stunde zu Stunde. Wohl dem, der dann freudig seine Seele dem Herrn befehlen kann.«

»Ja, wohl ihm!«

»Ihr habt der Untaten gar viele verübt, aber ich bin nicht der Mann, der sie Euch nachzählt. Mich hätte Euer Auge nicht mehr gesehen, allein ich wußte nicht, daß Ihr es unter falschem Namen zum Kapitän gebracht hattet, als ich auf diesem Schiff Dienst nahm. Es ist der Geist meiner Schwester Hannah, der Euch jetzt erscheint und Euch das Gewissen rührt.«

»Ich habe deine Schwester schwer beleidigt. Aber ich fühle Reue und will gutmachen, so viel ich kann. Ich will sie heiraten und zu Ehren bringen.«

»Und wo wollt Ihr sie finden? Als Ihr sie samt ihren Zwillingen verließt, als die Mutter sie von sich stieß und die Nachbarn mit Fingern auf sie deuteten, hat sie zur Nachtzeit das Dorf verlassen, und niemand hat sie wieder gesehen. Sie ruht wohl längst in kühler Erde. Aber auch wenn sie noch lebte, für Euch ist sie tot; – dieser Stachel muß Eurem Gewissen bleiben.«

»Seht nach dem Gespenst, *Steuermann* Blank! Es wächst von Minute zu Minute. Sieht es nicht aus wie eine Rauchsäule? Mich dünkt, es ist Feuer im Schiff! Zum Teufel mit dem Geplärr von Eurer Schwester! Geht nach vorn und seht nach dem Feuer!«

»Geht selber, wenn Ihr Euch die Finger verbrennen wollt. Wen Gott so schwer gezüchtigt hat wie uns, der erkennt kein irdisches Gesetz mehr an. Steuert Euren *Kurs*, Herr! Wenn wir uns hier trennen, bin ich überzeugt, daß unsere Wege nie mehr zusammentreffen, denn Ihr werdet hoffentlich wohlbehalten in der Hölle anlangen.«

»Willy! Willy! Wach auf!«

»Laß mich schlafen, Jack! Ich kann die Augen nicht offenhalten, und wenn es geschieht, erblicke ich das furchtbare Seegespenst, das in den vier Tagen, seit es erschien, immer größer wurde, und alle unsere Leute frißt. Laß mich schlafen!«

»Du sollst nicht! Wenn du so fortfährst zu schlafen, wirst du die Augen nie wieder öffnen. Es ist dein Todesschlaf.«

Ein helles Geläute flog über die Meeresfläche hin. Willy hob den Kopf und sah den Bruder gedankenlos an. »Was ist das? Mich dünkt, der Vikar in unserem Dorf läßt zur Messe läuten.«

»Es ist der *Steuermann*, Bruder Willy! Er zieht die Schiffsglocke, denn er hat eben den letzten unserer Kranken über Bord geworfen. Wir sind jetzt nur noch vier. Soeben sinkt die Leiche unter. Es war Thoms.«

»Er ist glücklich. Wie brennt doch die Sonne so heiß! Ich will wieder schlafen.«

»Raff dich auf! Der *Steuermann* winkt mir. Es gibt heute zum letzten Mal Wasser.«

»Wasser!«

Willy sprang auf und blickte umher. Da stand der *Steuermann* und hielt dem Schmachtenden das gefüllte Maß hin: »Er winkt mir, zu kommen! Ich kann nicht.«

»Ich will dir's holen«, sprach Jack und schwankte fort. Als er wiederkehrte, drückte Willy die Hand des Bruders an seine brennenden Lippen und schlürfte dann die spärliche Flüssigkeit.

»Ach! Welch Genuß! Bin ich schon am Ende? Nichts mehr drin? – Und das war das letzte Mal? Trinken wir nun niemals wieder? O mein Gott! Niemals!« –

Jack betrachtete seinen Bruder mit tiefer Rührung: »Ja, du sollst noch einmal trinken!«

Er holte sich seinen Anteil. Aber auf dem Rückweg übermannte ihn die eigene Schwäche zu sehr; er sank mit dem unschätzbaren Reichtum, der augenblicklich über das glühendheiße Deck hinströmte, zu Boden. Die Brüder stürzten darüber her und hefteten die Lippen fest auf die benetzte Stelle.

»Nun stirb, Willy, nun stirb! Ich kann dich nicht länger schützen und dich zu trösten vermag ich auch nicht mehr. Ich will mit dir sterben!«

Beide Brüder umschlossen sich fest; sie hofften, die Augen nie mehr aufzuschlagen.

»*Steuermann* Blank, kommt zu mir!«

»Was wollt Ihr?«

»Seht, wie hoch das Seegespenst über die *Reling* des Schiffes ragt! Es lehnt sich schon an die *Sahling* des *Fockmastes*. Wenn es den *Besanmast* erreicht, drückt es das Schiff in den

Abgrund. Ich will aber nicht in den Abgrund! – Wie es mich packt! Es wird mir schwarz vor den Augen.
Sterben? – Possen! Wir werden mit Sonnenuntergang Regen bekommen, und dann noch lange leben. Hört nur! – Ich habe einen tollen Einfall! Ich will das Seegespenst erschießen. Man kann eine Wasserhose[3] treffen, daß sie machtlos zusammenfällt, warum nicht solche Rauch- und Dunstwolke? Seegespenst! – Tollheit! – Ich will es bannen!«
»Ihr seid ein hartgesottener Sünder, Kapitän! Tut, was Ihr wollt, ich bereite mich zum Abmarsch vor. Das Seegespenst wird bald wieder seinen Rachen öffnen, dann bin ich hin, und meine jungen Kameraden werden auch die Augen nicht mehr aufschlagen.«
Der Kapitän hatte mit wahrhaft riesiger Stärke eine Kanone gefaßt und gerade auf die schwarze Nebelgestalt gerichtet. Jetzt schüttete er Pulver auf das Zündloch und leitete mit einem Brennglas den Sonnenstrahl darauf.
Plötzlich entlud sich das Geschütz, die Kugel flog zischend über das Deck, das Schiff, das sich seit drei Wochen nicht bewegt hatte, bebte von der ungewohnten Erschütterung und bewegte die spiegelglatte Flut. Der Dampf verzog sich, aber das Gespenst war nicht verschwunden; es senkte sich immer tiefer auf das Deck herab.
»Noch immer da, Unhold? – Helft! *Steuermann*, es wird mir schwarz vor den Augen – ich unterscheide nichts mehr! – Wer tritt mir entgegen und sieht mich mit Hohn an? – Es ist ein Weib, das zwei Kinder auf den Armen hat! – Es sind die Meinigen! Was willst du, Hannah Blank?«
»Laßt die arme Tote ruhen!« gebot der *Steuermann* mit brechendem Auge.
»Sie schreitet auf mich zu! Sie faßt mit den Knochenhänden nach mir. Sei barmherzig, Hannah Blank!«
»Wer ruft hier unserer Mutter Namen?« sprach Jack mit bebenden Lippen und schwankte herbei, Willys Leiche im Arm.
»Heiliger Gott!« schrie der *Steuermann*, und der Kapitän fragte bebend: »Wer seid ihr?«
»Jack und Willy, die Söhne der armen Hannah Blank zu Belford in Exetershire. Wir sterben der Verbrechen unseres sündigen Kapitäns willen! Fluch ihm, der meinen armen Willy tötete und mich!«
»Das ist Gottes Gericht!« sprach der *Steuermann* sterbend. »Hierher, Kinder! Hierher zu Hannahs Bruder! Laßt jenen verbrecherischen Vater mit seinem Gewissen allein.«

[3] Schlauchförmiger, oft nur wenige Meter Durchmesser aufweisender Wirbel, hervorgerufen durch einen Wirbelsturm, der schwere Gegenstände, also auch Wasser, mit dieser rotierenden Bewegung hochheben kann.

Eine tiefe, lautlose Stille herrschte ringsumher; kein Atemzug, kein banges Stöhnen ward mehr gehört; das Seegespenst hing drohend über dem Schiff. Als die Sonne sich senkte, sank auch die Nebelgestalt immer tiefer und umstrickte das Schiff mit riesigen Armen. – Die Nacht umhüllte alles mit ihrem Schweigen.

Als der neue Morgen anbrach, kräuselte ein frischer Wind die hüpfenden Wellen, aus dem tief herabhängenden Gewölk stürzte der Regen stromweise herab.
Das Schiff war verschwunden.

Der fliegende Fisch

Ehe noch die Sucht nach unmäßigem Gewinn die Europäer antrieb, die Länder jenseits des Ozeans zu durchforschen, war jener Himmelsstrich – gleich wie einst der leben- und liebeglühende Orient – von Geschöpfen ganz anderer Art bewohnt. Versunken ist das schöne Inselreich jener früheren Tage und die Großen und Kleinen Antillen sind die Überreste jener wundervollen Unschuldswelt. Südlich von diesen[1] lag früher ein großes, blühendes Königreich, dessen Beherrscher nicht nur ein frommer, sondern auch ein weiser König war. Er war der Sohn eines großen Zauberers und einer schönen Fee, und als seine Eltern, durch eine höhere Macht besiegt, diese Gegend verließen, erschufen sie für ihren Liebling dieses gepriesene Reich. Sorgfältig forschte der weise König – denn die Wissenschaft seines Vaters und seiner Mutter war ihm keine fremde geblieben – nach dem Schicksal, das ihm und seinen Untertanen bevorstehe, und stets kehrte er mit heiterem Angesicht aus dem Innern seines Palastes zurück, denn nimmer trübte sich die hellglänzende Tafel, auf welche eine unsichtbare Hand den Orakelspruch niederschrieb.

Da ergriff ihn plötzlich namenlose Angst. Ein schwarzer Fleck ward auf der glänzenden Fläche bemerkbar und breitete sich immer mehr und mehr aus. Nur einzelne Zeichen traten aus den verhüllenden Nebeln hervor: er konnte den Orakelspruch nicht ergründen. Tief gebeugt verließ er den Palast, durchschritt die Straßen der Stadt und ging an das einsame Meeresufer.

Hier erwartete ihn ein sonderbarer Anblick. Vor sich auf der kristallhellen Flut erblickte er schwimmende Häuser, herrlich verziert mit Blumen und kostbarem Gestein; eine fröhliche Musik und liebliche Gesänge tönten daraus hervor. Die Fremdlinge, die diese Häuser bewohnten, sprangen lustig durcheinander und legten ihre Freude über das schöne Land, dem sie sich nahten, durch viele seltsame Gebärden an den Tag.

Noch staunte der König über den unerwarteten Anblick, als einer jener Fremdlinge an ihn herantrat und ihn ehrfurchtsvoll begrüßte: »Großer König! Du siehst auf jenen Schiffen den Kern eines tapferen Volkes. Wir sind die Bewohner des

[1] Also im Norden Südamerikas.

Sonnenlandes und ziehen auf Befehl unseres mächtigen Schutzgottes umher, für unseren tapferen Prinzen, den großmütigen Liar, eine Braut zu suchen, die würdig genug ist, ihm ihre Hand zu reichen. So nahen wir uns nun auch der Küste deines Reiches, und wenn du es gestattest, nehmen wir eine Zeitlang Wohnung an diesen Ufern, um uns von den Beschwerden einer langen Reise zu erholen.«

Zögernd gewährte der König diese Bitte und dachte dabei unwillkürlich an den fremden Prinzen, an seine liebliche Tochter, an die metallene Schicksalstafel und seufzte. Unterdessen hatte der Prinz sein glänzendes Gefolge herbeigewinkt und begrüßte den König mit ausgesuchter Höflichkeit. Dieser aber führte seine Gäste in den schnell ausgeschmückten Palast. Als hier der Prinz und Maja einander begegneten, war es, als ginge plötzlich beiden eine Sonne auf und das Leben fange an, einen doppelten Reiz für sie zu gewinnen.

Der König, der diese Regung in dem Herzen seiner Tochter wohl bemerkte, beeilte sich, die Metalltafel zu befragen, diese aber starrte ihn noch düsterer an als vorher. Liar und Maja hatten sich inzwischen in der Menge verloren und lustwandelten in dem Garten, der den Palast umgab. Ängstliche Scheu hielt ihre Zungen gefesselt, aber ihre Blicke sagten alles, und als sie nach einer Weile stummen Abschied nahmen, wußte der eine zuversichtlich, was er von dem andern zu hoffen hatte.

Der Prinz weihte seinen vertrautesten Minister in das Geheimnis ein und während der Jüngling den Empfindungen seines Herzens die feurigsten Worte verlieh, überlegte jener, ob hier mit Vorteil ein Bündnis zu schließen sei, und als er hiervon überzeugt war, rief er: »Eine glückliche Stunde, vielleicht der unsichtbare Wille unseres mächtigen Beschützers hat uns an diese Küste geführt. Alles Gute geschehe Euch, mein Prinz; ich will sogleich zum König gehen und ihm Euren Wunsch mitteilen.«

Mit großem Ernst vernahm der König aus dem Munde des Ministers die Werbung des Prinzen und begehrte nur vorher mit seiner Tochter zu reden, was der unterhandelnde Minister den Umständen ganz angemessen fand.

Maja – die unterdessen wiederholt mit dem Prinzen zusammengetroffen war – erschien zitternd vor ihrem Vater, und dieser las bald in den tränenfeuchten Augen die Empfindungen ihres Herzens. Da ließ der König den Prinzen rufen und sagte zu ihm mit bewegtem Ton: »Ich habe Euch als werten Gast an meinem Hofe willkommen geheißen, und bin auch geneigt, Euch als Sohn in meinem Hause aufzunehmen. Aber ehe ich Euch das Liebste überlasse, was ich besitze, müßt Ihr mir schwören, eine Bedingung zu erfüllen, ohne die Maja nie die Eurige werden kann.«

Der Prinz hatte kaum vernommen, daß die Erfüllung seines heißesten Wunsches nur an eine einzige Bedingung geknüpft war, als er versprach, alles zu tun, was der König von ihm verlangen werde.

»So schwöre mir«, entgegnete der König, »daß du deine Genossen in ihre Heimat senden und selbst nie dahin zurückkehren willst. Dann will ich nicht nur deiner Bitte willfahren, sondern mich auch in das Privatleben zurückziehen; du sollst die Krone dieses glücklichen Landes tragen, und Maja soll deine Königin sein.«

Nichts schien dem Prinzen leichter als die Erfüllung dieses Wunsches. Er leistete einen feierlichen Eid in die Hände des Königs, und dieser atmete erleichtert auf. Sein Herz war von einer schweren Last befreit, denn die metallene Tafel glänzte hell und rein, sie verkündete das Glück künftiger Tage.

Der Prinz berief die Seinigen und sagte ihnen, daß sie ohne ihn in die Heimat zurückkehren müßten. Alle erstaunten, und der Minister gestattete sich mancherlei Einwendungen; aber der Prinz hörte nicht darauf und begab sich allein in den königlichen Palast zu seiner geliebten Maja.

Einige Zeit lang überlegte der Minister, was zu tun sei und redete dann seinen Gefährten zu, daß sie die Schiffe besteigen und davonsegeln möchten, aber nicht weiter, als bis sie von der Küste aus nicht mehr gesehen werden könnten. Er verabredete mit ihnen einige geheime Zeichen und verbarg sich darauf in dem nahen Wald.

Gleich nachdem die Fremdlinge das Land verlassen hatten, hielt auch der König dem Prinzen sein Versprechen. Er legte seine Krone nieder, und kaum war der Prinz gekrönt, als die junge Majestät mit der schönen Prinzessin vermählt wurde.

Glückliche Tage begannen nun für das Reich, denn ein Fest verdrängte das andere, und alles lebte in Jubel und Entzücken. Aber nicht lange sollte diese Freude währen, denn der zurückgebliebene Minister, der niemand anders war als der unsichtbare Beschützer der Sonnen-Inseln, erschien jetzt in der Gestalt eines klugen Vogels an dem Hof des jungen Königs. Ihn, den Wissenden, hatte es tief gekränkt, von dem alten König überlistet worden zu sein, und er wollte sich deshalb rächen. Diesen Wunsch glaubte er sich nicht besser erfüllen zu können, als wenn er den jungen König bewege, in sein Vaterland zurückzukehren, seine Gemahlin, die zu dem Betrug des Vaters die Hand geboten, zu verstoßen, das gewonnene Reich als eine eroberte Provinz zu betrachten, und ihn – den Minister – als Statthalter zurückzulassen. Es währte freilich eine geraume Zeit, ehe er bei dem von seinem Glück berauschten Prinzen ein offenes Ohr fand, aber endlich gelang es doch seinen schlau gestellten Worten, ihn stutzig zu machen und mit großem Wohlgefallen bemerkte er die nachhaltige Wirkung seiner Rede.

»Ei, ei, mein kluger und gelehrter Vogel«, sagte der junge König nach einer Pause des Nachdenkens. »Alles das klingt gar lieblich und schön. In der Tat würde ich mich freuen, mein eigentliches Vaterland wiederzusehen; ich würde mir es auch gefallen lassen, dies Land als eine Provinz meines väterlichen Reiches zu betrachten und meinen Minister zum Statthalter zu ernennen. Ja, ich könnte mich sogar entschließen, meine Gemahlin, die mir gar nicht mehr so gut gefällt, zu verstoßen, zumal du mir eine Prinzessin versprichst, die hundertmal schöner ist als sie. Aber du bedenkst die Hauptsache nicht. Ich habe nicht solche schönen Flügel wie du und kann also auch nicht über das Meer wegfliegen, da ich meine Genossen mit den Schiffen weggeschickt habe.«

»Ist es nur das, was dich abhält, zu deinem eigenen Besten meinem Rat zu folgen«, rief der Vogel lebhaft, »so gedulde dich nur und bleibe guten Mutes, denn ehe der neue Tag anbricht, sollst du die Deinigen wiedersehen!«

Er entfaltete seine glänzenden Schwingen und flog auf das Meer hinaus. Der junge König trat auf einen Hügel und folgte seinem Flug mit den Augen, bis das seltsame Geschöpf wie ein kaum erkennbarer Nebelfleck am Horizont verschwand.

Am andern Morgen saß der junge König sehr nachdenklich in seinem Gemach und bereitete sich auf das Regieren vor, als der Vogel durch das offene Fenster flog und ihn mit hellen Tönen begrüßte. »Wenn du deine treuen Freunde sehen willst, so brauchst du nur die Augen aufzuschlagen und dort hinaus zu schauen.«

Die Schiffe lagen zum Erstaunen des jungen Herrschers auf derselben Stelle, die sie erst kürzlich verlassen hatten. Die Bewohner des Landes standen zwischen Furcht und Hoffnung am Ufer, da sie nicht wußten, was die Fremdlinge hier wollten, nachdem sie erst vor kurzem sich von hier entfernt hatten.

Der junge König wandte sich um und wollte dem gescheiten Vogel für seine Hilfe danken, aber der war verschwunden und an seiner Stelle stand der Minister. Nun wußte der überraschte junge König in der Tat nicht, ob er wache oder träume. Jener aber sagte: »Verzeiht die kleine List! Ich nahm eine andere Gestalt an, um stets um Euch zu sein; was ich getan habe, geschah zu Eurem Besten.«

Gleich darauf trat der alte König ein und fragte, was das

alles bedeute. Dem Gefragten blieb anfangs das Wort im Munde stecken, aber da sein Minister ihm heimlich einen Wink gab, faßte er sich ein Herz und sagte dem Vater seines Weibes kurzweg, was er für Absichten habe.

Der alte Herr war sehr traurig, denn seit einigen Tagen war die metallene Tafel ganz trübe gewesen, ohne daß er die Ursache hätte ergründen können, die ihm jetzt deutlich genug wurde. Er versuchte, seinen Schwiegersohn umzustimmen, und auch die junge Königin, die herbeieilte, bot alles auf, ihren Gatten wieder für sich zu gewinnen. Aber alles war vergebens, denn der böse Minister wich nicht von der Stelle. Nun bat die Königin, daß es ihr vergönnt sein möge, den Gatten zu begleiten. Aber dieser, der schönen Prinzessin gedenkend, die ihm versprochen worden war, schlug die Bitte mit rauhen Worten ab, und verstieß seine Gemahlin, die bewußtlos in die Arme ihres greisen Vaters sank.

Der leichtsinnige junge König übergab jetzt seinem Minister die Krone, zum Zeichen, daß dieser an seiner Statt regieren solle, und begab sich an Bord zu seinen Genossen, mit denen er der Heimat zusteuerte. Aber die Strafe folgte auf dem Fuße, denn die Bewohner seines alten Reiches hatten, da ihr Prinz so lange ausblieb, einen andern Herrscher erwählt und wollten den behalten. So entzündete sich ein hartnäckiger Kampf, der von beiden Seiten mit der größten Erbitterung geführt wurde. Der Streit wurde stets wütender und blutgieriger, bis der letzte Mann vertilgt war und keiner übrig blieb, der einer späteren Zeit hätte erzählen können, was einst geschehen war.

Und dies ist der Fluch, der dem treulosen König und seinen abtrünnigen Untertanen nachfolgte: »Das Land blieb, aber sein Name und sein Volk gingen verloren und alle, die es jetzt bewohnen, sind aus fremden Ländern eingewandert. Sie nennen es Westindien, und ewige Sklaverei faßte Wurzel auf dem Boden der Freiheit.«

Jener boshafte Minister aber, dieses halb menschliche, halb geisterhafte Wesen, fing bald an, in dem von ihm gestohlenen Reich auf eine furchtbare Weise zu hausen. Er brachte jedermann gegen sich auf, aber keiner wagte, ihn anzutasten, denn er war zu mächtig und alle fürchteten seinen bösen Zauber. Da ging der alte König mit schwerbelastetem Herzen in den tiefgeheimsten Winkel seines Palastes und befragte sein Orakel. Und als er lange dort geweilt hatte, als der dunklen Sprüche geheimnisvoller Sinn ihm klargeworden war, verließ er mit seiner Tochter, die sich vor Schmerz blind geweint hatte, den Palast, ging durch sein halb verwüstetes Reich, scharte die mißvergnügten Bewohner um sich und als er eine große Zahl gewonnen hatte, die mit tiefer Rührung auf ihren alten Herrn blickten, fragte er, ob sie sich noch länger von einem so grausamen Wüterich möchten beherrschen lassen, oder ob sie lieber mit ihm sterben wollten? Alle entschieden sich für ihn und der König sprach: »So seht auf diese goldene Tafel. Der Orakelspruch des Geschicks, der darauf steht, weiht uns der Tiefe des Meeres. Dort sollen wir die Gestalt seiner Bewohner annehmen und stumm in dem Grab der Wellen unseren Schmerz begraben. Dort wird uns ewige Vergessenheit zuteil werden. So geschehe denn der Wille des Unerforschlichen.«

Kaum hatte er die Worte gesprochen, als er die Tafel zu Boden warf und gleichzeitig Land und Menschen in die Tiefe sanken; das empörte Meer brandete darüber hin. Der böse Statthalter aber erboste sich sehr, nahm die Gestalt eines furchtbaren Delphins an und verfolgte die unschuldigen Fischlein mit grenzenloser Wut. Da erbarmte sich eine wohltätige Gottheit ihrer Not und schuf ihnen lange Flossen. Wenn nun der Delphin sie verfolgt, dann erheben sie sich aus der Flut und entrinnen dem Tode. Aber wenn sie das blaue Himmelszelt über sich sehen, wacht für Augenblicke die Erinnerung an die entschwundene Herrlichkeit in ihnen auf und mit einem bangen Schmerzenslaut sinken sie in ihr salziges Naß zurück.

Die Meeres-Fee

Mitten im weiten Atlantischen Ozean lag eine Insel, lieblich anzuschauen, und jeden beglückend, der sie bewohnte. Ein steter Frühling herrschte hier; die Natur spendete ihre Schätze mit verschwenderischer Güte. Abgeschnitten von allem Verkehr mit der Welt waren ihre Bewohner unbekannt geblieben mit den Sitten und Gebräuchen der kultivierten und unkultivierten Länder, deren Dasein sie kaum ahnten. Sie lebten in patriarchalischer Ruhe dahin.
Da begab es sich, daß kühne Segler, denen es in der Heimat zu eng wurde, sich aufgemacht hatten, um jenseits ferner Meere neue Länder und in diesen neue Reichtümer zu entdecken. Der Lauf des Schiffes ward bald nach dieser, bald nach jener Himmelsgegend gerichtet, und so geschah es, daß die fremden Abenteurer auch in den Gesichtskreis jener glücklichen Insel kamen.
Deren Bewohner strömten am Ufer zusammen und betrachteten mit neugierigen Blicken die ihnen ganz unbekannten Ankömmlinge. Die Jugend lief in froher Ausgelassenheit durcheinander; die Alten äußerten unverhohlen ihre Furcht, von den nahenden Fremdlingen in ihrer gewohnten Lebensweise unterbrochen zu werden; die Männer aber suchten in ruhiger Besonnenheit nach Waffen und bereiteten sich vor, Gewalt durch Gewalt zu vertreiben.
Das Schiff der Fremden ging vor Anker und sie betraten das Ufer. Sie äußerten die freundschaftlichste Gesinnung und wurden in gleicher Weise empfangen. Gern hätten sie von dieser Wunderinsel Besitz genommen und da sie sahen, daß hier mit Gewalt nichts auszurichten sei, nahmen sie ihre Zuflucht zur List. Sie mischten sich unter die Eingeborenen, schilderten ihnen die Lebensweise in ihrer Heimat in den hinreißendsten Farben, zogen sich dann zurück und begannen in fröhlicher Ungezwungenheit ganz nach der Sitte ihrer Heimat zu leben. Anfangs schreckten die Insulaner vor diesem Beginnen der Fremden zurück, aber bald näherten sich ihnen einige, von Neugier getrieben; wieder andere nahmen versuchsweise teil, bis endlich alle mit den Fremdlingen gemeinschaftliche Sache machten und die Bewohner der Insel in Saus und Braus lebten. Von dem Augenblick an war es, als ob die Bäume und Blüten trauerten und der magische Wolkenschleier riß, der bis dahin die Insel mit lieblichem Zauber

umfangen hatte. Stürme heulten durch die Nacht, und die wilde Brandung peitschte das Ufer.

Da floh Maja, die Königstochter dieser entarteten Insulaner, in den dichten Wald und ließ ihren Tränen freien Lauf. Sie fühlte sich einsam und verlassen. Trüben Auges schaute sie vor sich hin, Seufzer hoben ihre Brust. Da ergoß sich plötzlich eine flammende Röte über ihr Gesicht, denn vor ihr stand Bianor, der Sohn des Häuptlings jener Fremden.

Bianor war ein Jüngling von der vollendetsten Schönheit. Er stand auf der Stufe, wo die Anmut des Jünglings zur kräftigen Männlichkeit übergeht. Maja dagegen war von einer so bezaubernden Schönheit, daß sie schon oft den Neid der Liebesgöttin erregte, weil diese den Zauber der Grazie entbehrte, den Maja in so hohem Grade besaß.

Mehrmals hatte Bianor sich der Jungfrau, für die er in reiner Liebe erglühte, zu nähern gesucht, aber immer war diese ihm in holder Scham ausgewichen. Jetzt standen sie einander gegenüber, und wenn auch die Lippen schwiegen, sprach doch das Auge, und bald saßen sie in süßer Befangenheit nebeneinander.

»Mir gefällt die Lebensweise deiner Freunde nicht«, sprach Maja.

»Auch mir ist sie zuwider«, entgegnete Bianor. »Könnte ich doch diesem Gewühl entfliehen.«

»Und wohin?«

»Zu dir! Und mit dir allein im verschwiegenen Waldesgrün oder auf schwankenden Wogen.«

So flüsterten beide, seliger Empfindungen voll, bis sie endlich, Herz um Herz tauschend, sich ewige Liebe schworen.

Am andern Morgen vertraute Bianor dem Vater seine Liebe an und eilte dann zu dem Inselkönig, ihn um die Hand seiner Tochter zu bitten. Aber in den Herzen der Väter wohnte nicht der fromme Sinn der Kinder; sie waren beide von Stolz und Hochmut erfüllt, jeder glaubte herabzusteigen, wenn er zu diesem Bündnis die Hand böte, und beide untersagten den Kindern auf das strengste, sich einander je wieder zu nähern.

Längere Zeit ehrten die Kinder das grausame Gebot der Väter, aber endlich siegte die Liebe und sprengte die Fessel. Sie sahen sich öfter, begünstigt vom Dunkel der Nacht, sie wiederholten die Schwüre einer ewigen Liebe und schlossen sich inniger aneinander; aber der Engel der Unschuld wich nicht von ihnen und hielt ihren Sinn und ihre Herzen rein. Sie beseufzten die traurige Gegenwart und träumten von einer glücklichen Zukunft.

Da ergoß sich plötzlich ein lichter Schein und in dem Glanzmeer, das sie umwallte, erblickten sie die zarten Umrisse

einer überirdischen Frauengestalt. Zitternd vor Furcht und Erwartung schlossen sich beide fester aneinander.
»Fürchtet euch nicht«, sprach die Erscheinung mit überaus lieblicher Stimme. »Die Fee des Meeres nennt man mich, und diese Insel war bisher mein Wohnsitz. Es war der letzte Ort auf Erden, der von der Verderbtheit der Menschen rein erhalten und meiner würdig war. Nun ist auch dieses Paradies zerstört und ich bin heimatlos. Darum habe ich mir ein Reich geschaffen, das dem Auge der Menschen verborgen bleiben muß. Es ist nicht hier, es ist nicht dort, aber dem Auge, das es finden will, überall erkennbar. Ich wohne allein in meiner Schöpfung, mir fehlen Wesen, die ich beglücken kann. Ihr habt euch beide rein erhalten in dem Strudel des Verderbens. Wollt ihr warten, bis er auch euch ergreift, oder wollt ihr mir folgen?«
»Wir wollen dir folgen!« riefen beide, wie aus einem Munde.
»So geht heimwärts zu den Euren, und was in der Nacht der Traum euch lehrt, das tut.«
Die Meeres-Fee breitete die Hände wie zum Segen über sie aus und verschwand.
Tief erschüttert und hoch erhoben zugleich trennten sich die Liebenden und gingen in ihre Wohnungen. Und als die Mitternacht herankam, hatten beide denselben Traum. Die Erscheinung aus dem Wald trat an ihr Lager und winkte ihnen. Sie folgten ihr und der Weg ging durch Feld und Wald mit unglaublicher Schnelle. Am Meeresstrand trafen sie zusammen und umarmten sich innigst. Die See glänzte ihnen entgegen, als ob sie im Sonnenlicht hell aufglühte. Ein Fahrzeug lag am Ufer und die Fee winkte ihnen, einzusteigen, indem sie über die Wogen hinausschritt in die Nacht. Bunte Lichter strichen über die wallende Fläche hin gen Osten und ohne Steuer und Segel zog die Gondel mit den Liebenden ihnen nach.
Majas heimatliche Insel war längst aus ihrem Gesichtskreis entschwunden. Die Lichter erloschen, die Morgendämmerung brach herein. Fester schmiegte sich Maja an ihren Bianor, als sie sich in der großen Wasserwüste mit dem Geliebten allein sah. Plötzlich stand die Gondel fest, als sei ein schwerer Anker von ihrem Bug in die Tiefe hinabgerollt. Ein leiser Lufthauch zitterte über den Meeresspiegel, und die gütige Fee tauchte daraus hervor.
»Seid mir willkommen in meinem Reich«, sprach sie sanft. »Möge ein günstiges Gestirn über euch leuchten, damit ihr dieser Gunst nie unwürdig werdet. Kommt, meine Lieben.«
Da tauchten die ersten Strahlen der alles belebenden Sonne im Osten auf und wie durch einen Zauberschlag war plötzlich

die ganze Gegend verwandelt. Hohe, grünende Ufer entstiegen den Wogen, prachtvolle Palmenwälder schmückten die Hügel, die üppigen Täler waren von Seen durchschnitten, und ihre Ufer von Blumen eingefaßt, deren Farbenpracht das Auge blendete, und die doch unwiderstehlich fesselte. Die stolzen Türme mächtiger Schlösser ragten in die blaue Morgenluft und die lichten Mauern glänzten wie Silber und Gold. Die beiden Liebenden jauchzten auf vor Entzücken und umarmten sich mit Tränen in den Augen.
Die Fee des Meeres deutete auf ihr zauberisches Reich: »Kommt, meine Kinder«, sprach sie und verschwand hinter den Bergen. Da schwammen zwei lichtweiße Schwäne heran, umschlangen die Gondel mit Rosenketten und führten sie mit Flügelschnelle von dannen.

Das ist die Sage von der Meeres-Fee. Noch jetzt, wenn unter den südlichen Breiten die scheidende Nacht mit dem kommenden Tag um die Herrschaft kämpft, wallen die Nebel auf, und das phantastische Reich der gütigen Fee steigt aus den Wogen auf. Aber der überkluge Schiffer lehnt am Steuer, sieht mürrisch auf das bunte Farbenspiel und spricht vor sich hin: »Da ist die *Fata Morgana* wieder; nun werden wir wohl Sturm kriegen.«
Das hört die Fee. Unwillig schüttelt sie das Haupt, die Zauberinsel versinkt, zürnend erheben sich die Wogen und peitschen den Schiffer und sein Schiff von dannen. Wer aber mit unbefangenem Gemüt und schuldlosem Sinn die heitere Erscheinung sieht, dem geht ein ganzer Himmel auf in seinem Innern und aus Wellenschaum und Nebelflor träumt er sich in eine Welt voll schuldloser Freude und lieblicher Poesie. Des Lebens höchste Poesie aber ist die Liebe.

Die Sturmvögel

Unfern von Norwegens felsiger Küste, dort, wo die Schiffer den Hafen von Bergen ansegeln, liegt mitten im Meer ein Felsen, der hoch aus der Flut emporragt. Er ist bekannt unter dem Namen Vogelklippe.

Zeit und Wellenschlag rissen ein Stück nach dem andern von ihm ab. Früher starrte er den Schiffer als ein furchtbares Schreckbild an, denn die alten Sagen meldeten, daß es hinter jenen Felswänden nicht geheuer sei, und ein böser Dämon dort sein Wesen treibe. Noch hat sich die Sage von der alten Mutter Cary und ihren Küchlein im Munde des Volkes erhalten, und der treuherzige Fischer erzählt dem horchenden Fremden folgendes:

Die Sonne tauchte blutig rot aus dem Meer auf. Die Herbstnebel schwammen auf den Wogen. Da erhob sich die riesige Gestalt eines norwegischen Kämpen[1] von seinem harten Steinlager auf der Vogelklippe und blickte forschend auf die Wasserfläche hinaus. Es war Helgo, der mit seinen Schiffen nach England ziehen wollte, um den übermütigen Alfred zu strafen, der den Tribut[2] verweigerte. Aber in der Nähe der Vogelklippe ereilte ihn ein heftiger Sturm, der schleuderte sein und seiner Gefährten Schiffe gegen die eisenharten Wände, und als der Tag anbrach, war er von allen Streitern nur allein übrig. Von den Schiffen erblickte er keine Spur.

Ungeduldig schritt Helgo am Ufer auf und ab und spähte umher, wie von dem Felsen zu entkommen sei, aber nirgends bot sich ihm eine Gelegenheit. Da nahte sich die allbekannte Bewohnerin des Felsens und bewillkommnete ihn mit freundlichen Grüßen. Sie lud ihn in ihre Hütte und er, froh, endlich ein menschliches Wesen gefunden zu haben, folgte ihr. Er nahm Platz am Feuer, das, von der Alten sorgsam geschürt, bald in hellen Flammen aufprasselte. Sie setzte darauf ihrem Gast ein reichliches Mahl von Fischen, Vogel-Eiern und Waldbeeren vor und schob ihm einen Krug mit starkem Met[3] hin. Helgo griff tüchtig zu, mußte sich aber wundern, woher seine Wirtin diesen Vorrat plötzlich genommen hatte, denn kein Strauch grünte auf der Klippe, der Beeren spenden konnte, nirgends war eine Gelegenheit zur Bereitung von Speisen.

[1] Kämpfer, Kriegsheld.
[2] Abgabe unterworfener Personen, Stämme oder Länder an den Sieger, oft in bestimmten Zeitabständen sich wiederholend, z. B. jährlich.
[3] Honigwein, bekannt als Getränk der Germanen.

Die Alte sah ihren Gast lauernd an und sagte mit schnarrendem Ton: »Ei, mein tapferer Held, wie mögt Ihr Euch doch darüber wundern? Wir haben lange auf Euch gewartet, denn die heilige Freya[4], deren Bildsäule in dem Haine[5] von Drontheim steht, hat meiner Tochter Asla versprochen, ihr auf den Fittichen[6] des Sturms einen schmucken Freier hierher zu senden. Dieser Verheißung haben wir vertraut und nicht vergebens, denn Ihr seid nun da und könnt Eure Braut heimführen.«
Bei diesen Worten lachte Helgo laut auf. Die Alte aber vermerkte das sehr übel und sagte mit widerwärtigem Kreischen: »Ei, seht doch! Man soll Euch wohl noch gar bitten, das schönste Mädchen in Norwegen mit Eurer Liebe zu beglücken? Laßt mich nie ein solches Wort vernehmen, sonst möchte es leicht geschehen, daß ich Euch meinen Segen zu dem Ehebündnis nicht gebe, wenn Ihr mich auch auf Euren Knien darum anflehet.«
Mit diesen Worten ging sie hinaus, und Helgo, der ihr folgte, sah, wie sie zu einem Käfig, aus Eisendraht geflochten, trat, und den darin befindlichen kleinen Vögeln Futter streute. Diese pickten die goldenen Körner begierig auf und zwitscherten unaufhörlich: »Laß uns los! Laß uns los!«
Die Alte aber entgegnete: »Noch nicht, ihr Zügellosen! Der Schiffer braucht eure Warnung nicht. Warum zerschneidet er mit seinem hölzernen Haus den kristallenen Spiegel des Meeres? Laßt ihn in Ruhe daheim bleiben, und wenn er nicht will, weil es ihn so sehr gelüstet nach anderen Ländern und fremden Städten, so sollen Mutter Carys Zöglinge ihn wenigstens nicht warnen vor den Gefahren des nahenden Sturmes.«
Die kleinen Tiere aber fuhren dennoch fort zu rufen: »Laß uns los! Laß uns los!« bis die Alte mit einer langen Rute in den Käfig sprang und die Schnatternden zum Schweigen brachte. Bald darauf verschwand sie hinter den Felsen.
Helgo, der längst die Verheißung der Alten vergessen hatte, lehnte am Eingang der Hütte. Ein lieblicher Gesang, der unfern von ihm erscholl, fesselte seine Aufmerksamkeit. Er blickte forschend umher und gewahrte eine schlanke Maid, die der Hütte zuschritt. Ihre goldenen Locken flatterten frei im Morgenwind, und die blauen Augen schweiften lächelnd umher. Dies, sowie ihr zarter Wuchs und das frische Rot ihrer Wangen, hatte so viel Anziehendes für Helgo, daß er ihr einige Schritte entgegenging. Anfangs war die Jungfrau sichtlich verwirrt und antwortete mit zitternder Stimme auf den

[4] Nordisch-germanische Göttin der Schönheit und Liebe.
[5] Eingefriedeter Ort, der »heilige Hain« war die Kultstätte der Germanen.
[6] Flügel.

Gruß des Ritters; aber bald gewann sie ihre Fassung wieder und hieß ihn im Hause der Mutter willkommen. Es währte nicht lange, so waren beide miteinander im Gespräch vertieft und hatten die Alte nicht bemerkt, die näher geschlichen war.
»So recht, Kinderchen«, unterbrach sie endlich die Kosenden. »Schämt euch nicht vor mir. Die großen Götter haben euch einmal füreinander bestimmt, und es wäre sehr unbedacht gehandelt, ihren Beschlüssen zu widerstreben. Darum, mein Sohn Helgo, reiche meiner Tochter Asla die Hand und laßt mich den Segen über euch sprechen, der euch unauflöslich miteinander verbindet.«
Helgo schaute die Alte mit einem Blick des Staunens an, und der Zorn regte sich in seiner Brust; aber als er sie näher betrachtete, vermochte er nicht ein Wort hervorzubringen und ging stumm auf die Seite.
Aber noch an demselben Abend traf er, ohne daß er es gewollt hatte, wieder mit Asla zusammen und noch inniger wurde das Gespräch zwischen den beiden, als es am Morgen gewesen war. Das Mägdlein ward zärtlicher, hingebender; er wagte es, sie in seine Arme zu ziehen und einen Kuß auf ihre Lippen zu drücken, und als nun plötzlich die Alte erschien, da wußte Helgo selber nicht, wie ihm geschah. Der seltsam leuchtende Blick ihrer Augen drang tief in sein Inneres; er schlug die seinigen nieder und kniete stumm neben Asla, die weinend um den Segen der Mutter bat.
Mutter Cary aber sprach: »Wenn du wahrhaft mein Kind zum Weibe begehrst, so mußt du mir erst einen heiligen Eid schwören, daß du diesen Felsen nicht wieder verlassen willst, und die übrige Welt dir fortan nichts mehr gelten soll.«
Er zögerte. Aber Asla legte das goldgelockte Haupt auf seine Schulter; sie sah ihn mit einem süß-schmachtenden Blick an und langsam flossen die Eidesworte über seine Lippen.
Nun hatte Helgo ein junges, schönes Weib, und die Tage flogen im seligen Rausch dahin. Da trat die Alte eines Morgens an das Lager ihrer Kinder und sprach mit ihrem gewohnten Grinsen: »Es freut mich, daß ihr so still und einträchtig beieinander wohnt; aber ich empfinde Langeweile dabei, denn ich bekomme euch wenig oder gar nicht zu sehen. Darum will ich eine Reise nach einer entfernten Gegend Norwegens unternehmen, wo ein wichtiges Geschäft auf mich wartet. Wenn alles gut geht, kehre ich in Monatsfrist wieder zurück. Auch werde ich euch prächtige Gaben mitbringen, so schön, wie ihr sie noch nicht gesehen habt. Lebt wohl und bleibt in Liebe und Treue beieinander!« Und als sie das gesagt hatte, eilte sie von dannen.
Helgo lebte nun mit Asla in ungestörter Ruhe auf dem Fel-

sen, der ihnen alles bot, was sie brauchten, ohne daß sie sich deshalb sonderlich bemühen mußten. Der Held vermied es, darüber näher nachzudenken und ergötzte sich mit seinem jungen Weib auf mancherlei Weise.
Einmal gelangten sie auf ihren Wanderungen zu dem Käfig, worin die Vögel eingesperrt waren, und diese zwitscherten den Kommenden entgegen: »Laß uns los! Laß uns los!« Und als Helgo sein junges Weib fragte, was es mit diesen Tieren für eine Bewandtnis habe, sagte die errötend: »Die Mutter ist mit vielen geheimen Dingen vertraut und hat Kenntnis von verborgenen Wissenschaften, woran wir auch im Traum nicht denken. Diese Vögel haben die seltsame Eigenschaft, daß sie den Sturm vorher verkünden. Sie fliegen dann auf die offene See hinaus und warnen den Schiffer, der gelassen seine Segel einzieht und der Gefahr so entrinnt. Der weise Mann, der den Tieren diese Macht gegeben hat, war vor vielen Jahren der Geliebte meiner Mutter, der ihr mit ihnen ein Geschenk machte. Jedesmal, wenn ein Unwetter nahte, das die Vögel mit lautem Gekreisch verkünden, ließ sie sie los, damit sie die sorglosen Schiffer warnten und in ihren Käfig zurückkehrten. So blieb manches schuldlose Menschenkind am Leben. Darüber ergrimmte der Gott, der in der Tiefe des Meeres herrscht. Da er aber gegen die Macht des Zaubers nichts mit Gewalt auszurichten vermochte, suchte er den weisen Mann durch allerlei Künste an sich zu locken und ihn meiner Mutter abwendig zu machen. Es gelang ihm. Sie ward verlassen, und hatte von jener Stunde an nur noch Gefühl für Haß und Rache. Sie fing die Vögel ein und schwor einen fürchterlichen Eid, daß sie ihre Freiheit nicht eher wieder erhalten sollten, bis ihre Tochter in treuer Liebe mit Norwegens erstem Helden verbunden sei.«
»Das bist du nun, mein süßes Lieb!« sprach Helgo. »Der Schwur deiner Mutter ist erfüllt. Darum laß uns dem Unheil ein Ende machen und den Tieren die Freiheit geben, damit der Sohn des Meeres seine freundlichen Warner wiedersehe.«
Er streckte die Hand nach dem Käfig aus und wollte versuchen, ihn zu öffnen. Asla aber hielt ihn mit ängstlicher Hast zurück und ließ nicht nach mit Schmeicheln und Bitten, bis ihm sein Entschluß wieder leid geworden war.
Die Sonne stieg aus dem Meer auf und fern am Horizont wurde ein Segel sichtbar. Helgo, der, solange er auf der Vogelklippe gewesen war, solchen Anblick entbehrt hatte, ergriff einen mächtigen Feuerbrand und warf ihn in einen großen Haufen dürres Holz und Moos, so daß die Flamme in heller Lohe emporschlug. Asla betrachtete dies Beginnen mit ängstlichem Staunen, aber bald schrie ihr Gatte freudig auf,

denn die Schiffer hatten sein Zeichen gesehen und steuerten die Klippe an. Bald näherten sie sich dem Felsen, die Männer sprangen auf den Strand und Helgo erblickte unter ihnen seine liebsten Waffengefährten Rös und Ourdal, die gleich ihm in jener furchtbaren Sturmnacht gerettet wurden und sich aufgemacht hatten, ihren geliebten Führer zu suchen. Heitere Lust herrschte am Strand, bis Rös und Ourdal ihren wiedergefundenen Führer aufforderten, den unwirtlichen Felsen zu verlassen und mit ihnen in den Kampf zu ziehen: denn immer mächtiger werde der englische Alfred, der es sogar wage, die Küsten von Norwegen zu bedrohen. Nun teilte Helgo seinen Freunden mit, was ihn hier zurückhalte. Anfangs waren sie im hohen Grade betroffen, als sie aber Asla sahen, deren Lieblichkeit auch sie bezauberte, entgegneten sie: »Sei sie denn dein Weib, ob sie gleich keine Königstochter ist; aber führe sie nur von hier fort und laß sie dir dorthin folgen, wo ruhmvolle Gefahren auf dich warten.«
So sprachen die wackern Kämpen; Asla aber entgegnete: »Nie werde ich diesen Felsen verlassen und auch Helgo darf nicht mit euch ziehen, denn ein furchtbarer Eid hält ihn zurück.«
In der Brust des Helden begann ein Kampf, wem von beiden er folgen solle, und schon hatte die liebliche Beredsamkeit seines Weibes fast den Sieg davongetragen, als Ourdal plötzlich ausrief: »Ha! Seht ihr jenes spitze Segel dort im Osten? Das ist Alfred selbst, den unsere Schwäche so kühn macht, bis hierher vorzudringen. Nun, er wagt nichts dabei, unser Helgo wird ihm gastfrei Tor und Tür öffnen und als dienender Knecht mit gekrümmtem Rücken auf der Schwelle stehen.«
Helgo schrie bei diesen Worten laut auf vor Wut. Nicht achtend auf das Angstgeschrei seines Weibes, griff er zu seinem Schwert, sprang an Bord des Schiffes und dies flog mit Windeseile davon.
Trostlos irrte Asla am Ufer umher. Ihre Tränen mischten sich mit der schäumenden Brandung. Um Mitternacht kehrte die Mutter heim und fragte nach Helgo. Unter lautem Schluchzen erzählte Asla das Geschehen und sank ohnmächtig nieder.
Die Alte ward über und über rot. Der Schaum stand ihr vor dem Mund, aber sie gab keinen Laut von sich. Mit stiller Tücke blickte sie auf die eingesperrten Sturmvögel, die sich diesmal ganz ruhig verhielten. Hierauf ging sie an ihr mitternächtliches Werk, einen tüchtigen Sturm heraufzubeschwören, der den fliehenden Verräter strafen sollte.
Um Asla hatte sie sich während dieser Zeit nicht gekümmert.

Als diese aus ihrer tiefen Ohnmacht langsam erwachte, hörte sie, daß die Vögel in ihrem Käfig ängstlich hin und her flatterten und zwitscherten: »Laß mich los! Laß mich los!« Erschreckt raffte sie sich auf, sah ihre Mutter in der Ferne, vom Feuer gerötet, vor dem Zauberkessel stehen und vernahm die geheimnisvollen Sprüche, die diese vor sich hinmurmelte. Sie erriet sogleich, was hier vorging. Mit kühner Entschlossenheit eilte sie zu dem Käfig. Der Deckel flog auf und die Tiere erhoben sich mit lautem Zwitschern. Außer sich lief die Alte herbei und heulte vor Wut, als sie sah, was geschehen war.

Asla aber sprach: »Um meinetwillen soll keiner mehr sterben und hat er mich auch treulos verlassen, so liebe ich ihn dennoch und will mein Leben hier einsam vertrauern, bis die Götter mir ein gnädiges Ende schenken. Möge dies bald geschehen!«

Mit diesen Worten sank sie zu Boden; das treuliebende Herz war gebrochen. Laut heulend stürzte Mutter Cary bei ihr nieder. Bei der Leiche der Tochter erstarrte auch sie. Der felsige Boden wich auseinander, und der verschwiegene Abgrund bot ihnen ein ruhiges Grab.

Die Sturmvögel, von Asla befreit, zogen am Horizont dahin. Die Schiffer wurden gewarnt und der Sturm heulte machtlos vorüber. Als aber die Norweger den streitlustigen Engländer erreichten, traf ein schwerer Bolzen aus feindlichem Geschoß den treulosen Helgo so heftig vor die Brust, daß er rücklings in die See stürzte. Die Wellen schlossen sich über ihm.

Die Vögel eilten zu ihrem Felsenhorst zurück. Als sie aber ihre treue Pflegerin vermißten, stoben sie nach allen Himmelsgegenden auseinander und durchkreuzen jetzt die Meere, dem aufmerksamen Schiffer ein treuer Warner bis auf den heutigen Tag.

Helgoland

Sturm und Wellen trotzend, liegt dieser merkwürdige Felsklotz frei in der Nordsee. Rund um ihn erheben sich die schneeweißen Sanddünen, die halb neugierig, halb verschämt, aus dem Meer auftauchen. Aber zwischen diesen und dem Festland rollen die immer grünen Wogen und peitschen von allen Seiten den Felsen, der ihnen alljährlich seinen Tribut zollt. Ein Stück von ihm nach dem anderen wird ein Opfer der Flut, so daß es in späteren Jahrhunderten kein Helgoland mehr geben wird, wie es früher keins gab.

Denn einst waren die Dünen die äußerste Spitze des Festlandes, und wo jetzt die Wellen der Nordsee brausen, grünten üppige Wiesen und reichgesegnete Felder, prachtvolle Herden, noch bis auf diesen Tag die Quelle des Reichtums in den umgebenden Ländern, füllten die Ebenen. Ein fröhliches Volk von Hirten war Herr des Bodens, ein Volk, das unter dem Zepter seiner weisen Königin ruhig und zufrieden lebte. Weit und breit war diese Königin wegen ihrer Klugheit berühmt, und aus den entferntesten Gegenden kamen Fremdlinge herbei, um sich Rat bei ihr zu holen. Sie besaß viele kostbare Schätze, von denen sie unter ihre Lieblinge reiche Spenden verteilte. Aber ein kostbares Juwel übertraf alle andern bei weitem an Schönheit, das war ihre Tochter, die wunderbar schöne Walguna, für deren Lieblichkeit und Anmut man keinen Vergleich fand. Unter diesen Umständen hätte die Königin sehr glücklich sein können, aber sie war es nicht, denn sie sah voraus, daß sich ihr ein Unglück nahe, das sie mit aller ihrer Weisheit nicht abzuwehren vermochte.

Ligur, der Wasserriese, der nicht nur der Schrecken der Nordsee, sondern auch aller anderen Meere war, und sie mit furchtbarer Strenge beherrschte, tauchte einst aus den Wogen auf, um sich den Anblick der Oberwelt zu gönnen, als eben die Königin mit ihrer Tochter am Ufer auf und ab wandelte. Kaum erblickte die Königin dies von allen gefürchtete Wesen, als sie das Antlitz der Tochter mit einem Schleier verhüllte. Leider zu spät, denn schon hatte der Schreckliche die Holde gesehen. Er gab seine Überraschung durch ein lautes Geschrei zu erkennen und stürzte dann so plötzlich in die Tiefe zurück, daß die Wellen mit lautem Gezisch auseinanderfuhren. Seit jenem Augenblick duldete es die Königin nicht, daß ihre Walguna sich der Küste näherte, denn sie

befürchtete mit Recht, daß dies ihrem Haus Unglück bringe. Und nicht lange ließ es auf sich warten. Als einst die Königin, trüben Ahnungen nachhängend, in der Vorhalle ihres Palastes saß, watschelte eine große schwarze Robbe herein, richtete die klugen Augen auf die Königin und sagte: »Mich sendet Ligur, der Beherrscher der Meere und der angrenzenden Küsten und läßt dich wissen, daß er dich unlängst mit deiner Tochter am Ufer wandeln sah. Er hat Gefallen gefunden an der jugendlichen Schönheit und mit königlicher Großmut beschlossen, sie zu seiner Gemahlin zu erheben. Er hofft, daß du diese Gnade mit geziemender Demut anerkennen wirst und mir deine Tochter sofort überlieferst, damit ich sie an das Ufer des Meeres führe, wo die Perlenmuschel bereitliegt, mit der sie in ihre künftigen Reiche hinabfahren soll.«
Die Königin, die von dieser Anrede nicht sonderlich erbaut war und ihre Tochter um keinen Preis jenem Ungeheuer ausliefern wollte, lehnte den Antrag kurzweg ab und befahl der Robbe, augenblicklich ihres Weges zu gehen. Diese hatte für den barschen Befehl anfangs keine Ohren, als sie aber sah, daß die Königin fest bei ihrem Entschluß beharrte, watschelte sie langsam und träge nach dem Ufer zurück, um dem Riesen das unglückliche Ende ihrer Gesandtschaft zu verkündigen. Ligur wartete schon mit äußerster Ungeduld und offenen Armen, denn er glaubte nicht anders, als daß man seinen Antrag mit der größten Freude aufgenommen habe, und die Braut sogleich mitsende. Desto unbändiger wurde er, als er vernahm, was geschehen war. Er zermalmte mit dem Druck seines kleinen Fingers die unglückliche Abgesandte und erregte durch das unwillige Schütteln seines Hauptes eine solche Bewegung in der Flut, daß die Schiffe heftig auf und nieder stießen und wie Nußschalen zerschellten. Am meisten ärgerte es ihn, von der Königin mit solcher Geringschätzung behandelt zu sein, und er schwor, nicht eher zu ruhen, bis Walguna durch List oder Gewalt in seine Macht gegeben sei.
So erließ er ein Aufgebot an alle Bewohner seines Reiches, denen es möglich war, im Wasser und auf dem Trocknen zu leben. Er befahl ihnen, sich in das Land der Widerspenstigen zu begeben und sich der Prinzessin zu bemächtigen, es koste, was es wolle. Aber hierbei blieb es nicht, sondern mit einem kleinen Teil des Goldes und der Edelsteine, die seine Grotte zierten, ließ er die Bewohner der Küste bestechen, damit sie seinen Zwecken dienen sollten. Dies gelang bei den meisten und es begann eine so heftige Verfolgung, daß sich die Prinzessin vor Angst nicht zu lassen wußte. Weinend ging sie zur Mutter und sprach: »So solltest du doch endlich das Flehen des schönsten aller Schäfer erhören, der in heißer Liebe zu

mir entbrannt ist. Mein Herz ist ihm zugewandt und wenn du ihn Sohn nennst, wird er dir eine treue Stütze sein.«
Die Königin, deren Stolz früher von einer Verwandtschaft mit einem niedrigen Schäfer nichts hören wollte, war jetzt weniger stolz geworden und bestimmte die feierliche Vermählung zum nächsten Neumond. Die Spione des Riesen brachten diesem aber bald die neue Kunde und er befahl zürnend, den Schäfer an das Ufer zu locken. Das geschah und als sich der Unglückliche in dem Bereich seines Nebenbuhlers befand, ergriff ihn dieser, drückte ihn mit seinen Eisenhänden zu einem unscheinbaren Nichts zusammen, legte dies zwischen zwei Austernschalen, die er durch Zauberkraft fest verschloß, und warf ihn auf die äußerste Spitze des Ufers, indem er ihm zurief: »Da liege du und sei ein stummer Zeuge dessen, was hier vorgeht. Deine Vergangenheit hat diese Strafe verdient, und du wirst deine Freiheit nicht eher wieder erhalten, bis das Ende aller Tage herannaht.«
Walguna, die durch vertraute Diener das Schicksal ihres heißgeliebten Freundes erfahren hatte, weinte unaufhörlich, und begehrte nichts weiter, als nach dem Ort geführt zu werden, wo ihr treuer Freund in der Verzauberung schmachtete. In dieser großen Not besann sich die Königin auf einen Verwandten, der ein mächtiger Zauberer war. Der hatte in Holstein, an dem Ufer des Plöner Sees, seine Wohnung in einem dichten Gehölz aufgeschlagen. Dem schickte sie augenblicklich einen Boten und ließ ihm ihre traurige Lage auf das Bewegteste und Eindringlichste schildern. Er hörte die Botschaft aufmerksam an und gab das heilige Versprechen, so bald wie möglich am Hofe seiner geliebten Base zu erscheinen. Unterdessen hatte die Königin den Bitten Walgunas nicht widerstehen können, sie zu dem Ort zu führen, wo der Geliebte in seinem entsetzlichen Kerker schmachtete. Um sie vor der Gewalt des Riesen zu schützen, händigte sie ihr einen Talisman ein, wohl wissend, daß, so lange sie diesen bei sich trage, niemand sich mit unheiligen Händen ihr nahen dürfe.
Als nun Walguna die Muschel sah, die einsam und traurig auf dem weißen Sand lag, weinte sie ohne Unterlaß und war nicht zu bewegen, den Ort wieder zu verlassen. Die Mutter, auf den Schutz des Talismans rechnend, überließ sie sich selbst und ging in ihren Palast, um ihren Verwandten, den Zauberer, zu empfangen. Der aber gehörte zu den Leuten, die mit der größten Bereitwilligkeit etwas versprechen, es aber ebensoschnell wieder vergessen. Tiefgeheime Dinge treibend, dachte er längst nicht mehr an die unglückliche Königin, die mit jedem Augenblick dem Verderben mehr in die Arme lief.

Der Riese, die Kräfte des Talismans kennend, gegen die er mit Gewalt nichts ausrichten konnte, nahm zur List seine Zuflucht, und er erteilte mit einem tückischen Lächeln seine Befehle. Eilig stäubte das Heer dienstfertiger Gefolgsleute auseinander.

Jetzt begann ein seltsames Treiben. Geschäftig nagten und zerrten die Bewohner des Meeres an dem festen Boden, der die Sanddüne, worauf die Prinzessin sich befand, von dem übrigen Land trennte; ein Stück nach dem andern bröckelte ab und die Düne ward immer mehr einer Insel gleich. Die unglückliche Königin sah dies mit stillem Schmerz und da sie der verderblichen Arbeit nicht Einhalt zu tun vermochte, schickte sie nochmals Boten auf Boten an den gelehrten Zauberer, damit er sich beeilen möchte. Dieser schreckte aus seinen gelehrten Träumereien auf und machte sich schleunigst auf den Weg.

Aber schon war es den vereinten Bemühungen der Helfer des Riesen gelungen, die ihnen befohlene Zerstörung zu vollenden, die herrlichen Ebenen waren verschwunden, eine breite Strömung floß zwischen der Düne und dem Festland; jeden Augenblick rissen die Wellen ein neues Stück weg und machten die Wiedervereinigung unmöglich.

Kopfschüttelnd betrachtete der Zauberer das Vorgefallene und besprach sich lange mit der trostlosen Mutter. Endlich sagte er: »Jetzt wird die Ärmste noch von dem Talisman beschützt, aber mir ist bekannt, daß der nach hundert Jahren seine Kraft verliert. Dann würde die Unglückliche in die Gewalt des grausamen Verfolgers fallen, darum will ich eine Mauer um sie her aufrichten, die der Verräter nicht zu zerbrechen imstande sein soll. Hell und durchsichtig will ich sie machen, damit er immer vor Augen hat, was er begehrt, ohne es erreichen zu können – das soll seine Strafe sein.«

Dann baute er eine künstliche Brücke und begab sich zu der Düne. Aber die Wassergeister zerstörten die Brücke, so daß es dem Scharfsinn des Zauberers überlassen blieb, den Rückweg auf eine andere Weise zu finden. Er kehrte sich daran nicht und begann damit, die Bejammernswerte in einen süßen, aber festen Zauberschlaf zu wiegen; dann erbaute er um sie eine Mauer von hellem Kristall, die er oben in eine Kuppel zusammenfügte. Es war ein wundersames Werk, und wenn die Sonne darauf schien, erglänzte die Gegend ringsumher in tausend Farben, die lieblichsten Träume bewegten die Brust der Schlummernden und ruhig atmend flüsterte sie allerlei liebliche Weisen. Zuletzt berief er aus einer fernen Gebirgsgegend einen ihm untertänigen Feuergeist, dem er seinen Platz auf der Kuppel anwies, damit er zur Nachtzeit die

Dienste der Sonne versehe, und als er dies mit klugem Geist angeordnet hatte, winkte er einem Adler, der ihn auf seinen Rücken nahm und nach dem Festland trug.

Spottend hatte Ligur der Arbeit des Zauberers zugesehen. Er griff nach allem, was ihm in die Hände kam, und warf immer größere Klumpen und Steine gegen die Glocke. Aber die zersprang nicht; sie ertönte heller und heller in allerlei wundersamen Weisen, und die ganze Meeresfläche ward mit geheimnisvollem Gesang erfüllt. Zürnend über diesen Widerstand stieg der Riese aus den Wellen, warf sich über die Kuppel, den furchtsamen Feuergeist mit starker Hand ergreifend, und wandte nun alle Kräfte an, das Kristall zu zerdrücken, aber vergebens. Indessen bemerkte er, daß die Mauer von dem glühenden Atem des Feuergeistes erweichte und erfreut, endlich am Ziel zu sein, stieß er ein lautes Freudengeschrei aus.

Dies vernahm der Zauberer, der noch in der Nähe weilte. Schnell entschlossen, ein großes Unglück zu verhüten und den Wasserriesen für immer unschädlich zu machen, winkte er das Heer seiner dienstbaren Geister herbei. Diese kamen mit einem Stein durch die Lüfte daher, der von so großem Umfang war, daß er allein ein Gebirge vorstellen konnte. Der Wasserriese, zu sehr mit seinem Vorhaben beschäftigt, bemerkte es nicht, und als er es so weit gebracht hatte, daß die gläserne Mauer nachgab, ließen die Geister den Stein fallen und begruben darunter alles. Weithin erscholl des Riesen furchtbares Gebrüll, der die Last von seinen Schultern zu werfen suchte, aber umsonst. Da bemächtigte sich seiner eine ungeheure Wut; er griff mit starkem Arm durch das Gestein und streckte ihn drohend zum Himmel empor. Der Feuergeist aber – der noch in seiner Faust gefangen saß – beleuchtete mit einem magischen Licht die seltsame Szene. Der ungeheure Felsblock senkte sich immer tiefer und sog sich fest in den Grund des Meeres. Seinen Arm konnte Ligur nicht wieder zurückziehen; er starrte wie eine furchtbare Zuchtrute zum Himmel auf, aber oft hörte man in stiller Nacht sein grauenvolles Schmerzgeheul, das mit den süßen Wonnelauten der Prinzessin, die ruhig fortträumt, sich auf seltsame Weise vermischte.

Längst schon hört man jene Stimmen nicht mehr. Auch der Feuergeist ist aus der Hand seines Quälers entwichen, aber in der Nacht zünden die jetzigen Bewohner von Helgoland auf dem nackten Arm[1] eine Reihe schimmernder Lampen an, damit der Schiffer auf der wüsten Bahn einen freundlichen Leitstern finde.

Das ist die Sage von der Entstehung Helgolands.

[1] Gemeint ist der heute »Hengst« genannte Felsen.

Klabautermann

Mit übereinandergeschlagenen Armen stand der alte *Lotse* Martin Koch an der Brustwehr des Blankeneser Fährhauses und schaute sinnend auf die Elbe hinaus. Dem erfahrenen Seemann zur Seite stand Jakob, sein jüngster Sohn, der einzige, der ihm von vier hoffnungsvollen Knaben übriggeblieben war, denn die anderen drei waren vor den Augen des Vaters ertrunken, ohne daß der sie zu retten vermocht hätte. Der Wind spielte mit den Wipfeln der alten Linden und trieb das gelbliche Laub, das noch hier und dort an den kahlen Zweigen hing, vor sich her.
Jakob, der endlich des Wartens müde wurde, rüttelte den Vater am Arm: »Was sinnt Ihr denn? Ich stehe hier doch auch schon längere Zeit und kann auf der Elbe nichts Besonderes sehen. Sie liegt ganz ruhig da, und wir werden eine glückliche Fahrt haben.«
»Vielleicht«, brummte der Alte.
»Ich denke ganz gewiß. Die letzten Nachrichten sind günstig. Seit dem anhaltenden Ostwind haben sich in der Nordsee und im Kanal[1] viele Schiffe gesammelt und der seit heute wehende Nordwest führt sie uns zu. Was gilt's, wir machen große Beute[2]?«
»Oder lassen sie zurück.«
»Ihr habt einmal wieder Euren bösen Tag«, entgegnete unwillig der Sohn. »Da darf kein Mensch ein Wort sagen, oder Ihr brummt stundenlang.«
»Junge!« rief der Alte mit gepreßter Stimme und zeigte mit der Hand nach Westen. »Weißt du nicht, daß ich dort hinaus heute vor vier Jahren deine Brüder vor meinen Augen ertrinken sah?«
Jakob errötete; seine Augen füllten sich mit Tränen: »Alle drei! Hans, Nikolaus und Christoph. Sie gingen an einem Sonntagmorgen fröhlich in die See hinaus; ich habe sie nicht wiedergesehen.«
Der Alte war ungewöhnlich weich. Er bedeckte die Augen mit der Hand und sagte leise: »Gott nehme ihre Sünden von ihnen und schenke ihnen Frieden.«

[1] Gemeint ist der Ärmel-Kanal zwischen England und Frankreich.
[2] Unter »großer Beute« versteht der Lotse die reichliche Beschäftigung und den entsprechenden Verdienst, wenn die durch Ostwind an der Weiterfahrt gehinderten Schiffe nach dessen Abflauen in der Deutschen Bucht eintreffen und die Elbe aufwärts nach Hamburg gelotst werden müssen.

Vater und Sohn standen beieinander und sahen vor sich nieder, ohne die Stille zu unterbrechen. Der Nordwest erhob sich frischer: die *Flut* ließ allmählich nach.
Da trat der alte Röhrs, Martin Kochs langjähriger Freund und Gefährte, in seinen braunen Umhang gehüllt, die schwarze Bärenmütze über die Ohren gezogen, aus dem Fährhaus: »Vorwärts!« rief er schon auf der Schwelle. »Es ist höchste Zeit. Die *Ebbe* tritt ein, und der Wind geht nach Süden, wir haben keinen Augenblick zu verlieren!«
»Das habe ich dem Vater auch sagen wollen, aber mit dem ist heute nichts anzufangen«, entgegnete Jakob dem alten Freund und setzte flüsternd hinzu: »Heute sind's vier Jahre, daß meine Brüder ertranken. Ihr wißt ja, der *Ewer* schlug um, als sie dem großen Amerikaner zu Hilfe eilen wollten, der im Sturm ohne Masten trieb. Der Vater war als einziger *Lotse* auf einer dänischen *Bark*; er sah vom *Deck* aus das Unglück und konnte nicht helfen.«
»Hm, hm«, meinte kopfschüttelnd der alte Röhrs. »Wer mag ihm das wieder in den Sinn gebracht haben?« Er legte seinem Gefährten die Hand auf die Schulter und sagte mit weicher Stimme: »Laß ruhen die Toten, sie schlafen in Frieden.«
»Laß ruhn! Laß ruhn!« fiel der mit einem tiefen Seufzer ein und drückte die Hand des Freundes.
Die *Flut* war vorüber. Die auf der Elbe ankernden Fahrzeuge begannen zu *schwajen*. An der hannöverschen Seite[3] war die *Ebbe* schon in vollem Gange. Auf dem *Ewer*, der Koch und Röhrs gemeinschaftlich gehörte, zog der Knecht die *Signalflagge* auf.
»An Bord! An Bord!« rief Jakob treibend. »Es ist höchste Zeit!«
Mit diesen Worten sprang er den Berg hinab. Unten stand Mieke, des Nachbars Tochter und Jakobs Erkorene. Sie hatte Tränen in den Augen und blickte den lebenslustigen Jüngling wehmütig lächelnd an.
»Du gehst schon wieder in See«, sagte das Mädchen, »und bist kaum drei Tage hier. Und in den drei Tagen habe ich dich kaum zweimal gesehen.«
»Weinen mußt du nicht!« rief Jakob, sie umschlingend. »Das schickt sich nicht für die Braut eines braven Seemanns. Küß mich, Mädchen, geh in Frieden nach Hause und bete, daß es mir wohl gehe! – dann sehen wir uns in acht Tagen gesund wieder.«
»Oder auch niemals! Ach, wenn du das unglückliche Schicksal deiner Brüder hättest!«

[3] Das heute zu Niedersachsen gehörende westliche Ufer der Elbe war Teil des Königreiches Hannover.

»Wer wird an solche trübseligen Dinge denken? Die Sturmzeit ist vorüber, das Wetter hat sich gesetzt. Sei guten Mutes, Mädchen! Wenn diese Reise glückt, können wir im Winter Hochzeit halten!«
Da ertönten vom *Ewer* her die rufenden Stimmen der Alten. Er entriß sich den Armen des Mädchens und flog an Bord.
Der Anker ward gelichtet, das große Segel aufgezogen, und rasch flog der *Ewer* dahin. Jakob stand auf der äußersten Spitze und sah nach dem Ufer zurück, wo sein Mädchen, mit dem Tuch winkend, stand. Er schwenkte seinen Hut und rief ihr ein lautes »Hurrah!« Sein Falkenauge erblickte das liebende Mädchen noch immer, als schon die Hammerschläge der Schiffszimmerleute auf der Schulauer Werft ihnen entgegentönten.
Die *Ebbe* verlief sich. Mit der wiederkehrenden *Flut* ward es finster, und der Wind stürmte aus Nordwest. Die *Lotsen* gingen an einer ruhigen Stelle vor Anker. Die Nachtwachen wurden verteilt. Jakob erhielt die erste, Röhrs die zweite. Als dessen Zeit kaum zur Hälfte um war, kam sein Freund ihm bereits entgegen: »Ich habe genug geschlafen und will schon achthaben. Leg dich getrost nieder.«
Martin Koch ging auf dem kurzen *Deck* hin und her. Es war eine frische Kälte. Die Einsamkeit wirkte nicht wohltätig auf den alten Mann; die traurigen Bilder, die vor der Abfahrt seine Sinne umdüstert hatten, stiegen aufs neue vor ihm auf. Er seufzte tief und ging mit starken Schritten auf und ab, aber die Ruhe wollte nicht kommen.
Eine halbe Stunde war ungefähr vergangen, da betrat der alte Röhrs das *Deck*: »Den möchte ich sehen, der schlafen könnte, wenn du mit deinen Füßen Alarm trommelst! Was fehlt dir denn?«
Martin Koch seufzte: »Gib mir meine Kinder wieder! Ich bin verwaist und kinderlos.«
»Kinderlos? Hast du nicht einen tüchtigen Jungen, der zu deiner und aller Menschen Freude heranwächst?«
»So lange es dem Klabautermann gefällt!«
»Dem Klabautermann? Ich habe dich für zu vernünftig gehalten und mir eingebildet, daß du nicht an solchen Unsinn glaubtest.«
»Unsinn?« seufzte der unglückliche Vater. »Dafür hielt ich es auch, bis ich zu meinem Unglück eines andern belehrt wurde. Höre mir zu!«
Er zog seinen Freund zu sich auf die Ankerwinde und begann: »Wir saßen einst unser sieben bis acht junge Kerle am Strand der Insel Neuwerk[4] und schauten neugierig in die See nach

[4] Insel in der Elbmündung vor Cuxhaven.

einem Schiff, das vom Sturm nach Norden geschleudert war. Einige von uns gedachten der Gefahren, welchen es in der vergangenen Nacht ausgesetzt gewesen war. ›Alles geht gut‹, sagte der lange Klaus, ›solange der Klabautermann bei ihnen aushält; wenn der aber das Schiff verläßt, ist weder an Glück noch an Segen zu denken!‹

Einige lachten, einige schwiegen. Ich wußte nicht recht, ob ich böse werden sollte oder nicht, und fragte endlich, als wüßte ich kein Wort davon: ›Was ist das für ein Kerl, der Klabautermann?‹

Der lange Klaus stand auf, sah mir fest in die Augen und sagte: ›Kennst du ihn wirklich nicht, so ist es gut; kennst du ihn aber und verleugnest ihn, so steht es schlimm um dich.‹

Diese mit starkem Ton gesprochenen Worte machten einen sonderbaren Eindruck auf mich. Ich hatte schon vieles von diesem seltsamen Ding gehört und es überlief mich kalt. Aber um meine Verwirrung nicht merken zu lassen, wandte ich mich von ihm ab und sagte: ›Ich habe von dem Kerl nichts gehört.‹

›So will ich dich mit ihm bekannt machen, weil ich nicht glauben mag, daß du ihn absichtlich verleugnest. Wenn du es tätest, wäre es dein großer Schade, denn er würde dich sogleich verlassen, und wie es dann um dich steht, würdest du zu deinem Unglück nur allzubald erfahren. Der Klabautermann ist ein Geist, der auf jedem Schiff heimisch ist und es vor Gefahren schützt. Solange er an Bord ist, wird weder dem Fahrzeug noch der Mannschaft irgendein Leid geschehen. Aber er ist auch leicht zu vertreiben und dann kehrt er nicht wieder zurück. Du weißt wohl, daß ich mich in früheren Jahren tüchtig unter fremden Seeleuten umhergetrieben habe. So befand ich mich denn auch einstmals zu Plymouth, und war mit einem alten Fischer, bei dem ich mich in Kost gegeben hatte, nach dem Eddystone[5] hinausgefahren. Das schöne Wetter, das uns auf die offene See gelockt hatte, verwandelte sich in einen heftigen Nordwest, so daß wir Gott dankten, als wir hinter dem schützenden Felsen von Eddystone lagen. Wir saßen um ein glimmendes Kohlenfeuer und sahen rückwärts auf das offene Meer, dessen hochgehende Wellen ein unter französischer Flagge segelndes Schiff hoch in die Luft hoben und wieder in den tiefsten Abgrund schleuderten. Kein kundiger *Lotse* schien an Bord zu sein, das Schiff war in der äußersten Gefahr, und mehrere meiner Gefährten, obgleich keine *Lotsen*, wollten versuchen, ihm Hilfe zu bringen. Der alte Sym aber meinte, das sei eine unnütze Arbeit; er habe

[5] Felsen ca. 25 km vor Plymouth an der englischen Südküste, trägt heute einen Leuchtturm.

bemerkt, daß der Klabautermann den Franzosen verlassen habe, darum müsse dieser untergehen und zwar noch eher als die Sonne. Darum laßt uns um ein seliges Ende für die bitten, die auf dem Schiff sind, mit diesen Worten zog der alte Mann seine Kappe und faltete die Hände. Ich ahmte ihn nach, aber während des Gebetes schweifte mein Auge über die Wasserfläche hin zu dem französischen Schiff. Da erhob sich plötzlich der Sturm mit ungeheurer Kraft, zwei Wellen, die eine höher und schrecklicher als die andere, rollten von Nordwest heran, eine dichte Wolke, die sich über das Schiff zusammengezogen hatte, sank immer tiefer, Blitze leuchteten, der Donner krachte. Der alte Sym fuhr zusammen. Bald darauf teilten sich die Wolken, die Sonne warf ihre matten Strahlen auf die grollende See, die die Trümmer des französischen Schiffes begrub. Ich stand wie erstarrt und fragte Vater Sym, als ich mich mühsam erholt hatte, wie er das Unglück habe vorher wissen können? Er aber ergriff meine Hand und führte mich auf die höchste Spitze des Eddystones. Hier sahen wir weit hinaus in die schäumende See, und der alte Fischer sagte zu mir: Klabautermann ist der Name des Geistes, der das Schiff und die Matrosen beschützt. Wo er sich an Bord befindet, ist allen wohl, und nur gezwungen wechselt er seinen Aufenthalt. Er ist nicht immer sichtbar, sondern erscheint nur zur Stunde der Gefahr; wehrt den drohenden Winden, fesselt die vernichtenden Wellen und deckt die lauernden *Klippen* mit seinen Händen zu. Und nun rücke näher, mein Sohn, und vernimm das Entstehen und Vergehen dieses schützenden Geistes. Der Klabautermann ist kein Wesen, das zum Schutz der Menschen aus dem Himmel niedersteigt, um Hilfe zu bringen in der Stunde der Not, sondern die Menschen selbst haben die Kraft, diesen Schutzgeist zu schaffen. Weißt du, was von dem Klabautermann unsere Väter erzählen, welche nicht, wie ihr Deutsche, glaubten, es sei ein wirkliches Gespenst, das zwischen den Tauen und Segeln herumwandele und den frommen Seemann beschütze? Die Alten lächelten über dies Märchen und sagten: Wir wollen das nicht glauben, denn es ist eitel Gewäsch, und die Sache liegt anders. Wenn ein Schiffer mit seinem Schiff hinausfährt auf die See und er geht mit seinen Leuten christlich und liebevoll um, und diese wiederum mit ihrem Brotherrn und sind ihm treu in jeglicher Not und dienen ihm gerne, und in den Ländern, wohin sie kommen, tun sie viel Gutes, beide, sowohl der Herr als auch die Knechte, so sind Gott und Menschen angenehm und daraus wird für sie ein schützender Engel, der sie im Strudel des Lebens nicht untergehen läßt. Wenn aber der Schiffsherr mit seinen Leuten den Weg der Liebe verläßt und den des

Zorns betritt, so wird die schützende Gestalt aus Schmerz über die Untaten, die sie sehen muß, immer kleiner, bis sie endlich ganz verschwindet. Mit ihr aber ist auch der Geist des Guten gewichen und alles ist verloren.‹

Hier hielt der lange Klaus mit seiner Erzählung inne«, so fuhr der alte Martin Koch gegen den Freund gewendet fort. »Mir war bei dem, was ich gehört hatte, so angst und bange geworden, daß ich heftig zitterte. Klaus bemerkte es und sagte, indem er mir einen stechenden Blick zuwarf: ›Hast du den Klabautermann, der dein Freund gewesen ist, verleugnet, indem du abtrünnig wurdest, so bleibt die Strafe nicht aus.‹

Darauf ging er von mir und warf einen prüfenden Blick auf die See und nach dem Schiff, das noch immer in großer Gefahr schwebte, obwohl, wie wir an den Signalen sahen, tüchtige *Lotsen* an Bord waren.

Ich stand auf und sah die tobenden Wellen an. Gern wäre ich in ihren offenen Rachen gesprungen und hätte mich von ihnen verschlingen lassen, so war mir zumute.

Da war es plötzlich, als ob ein matter Blitz den ganzen westlichen Horizont durchzuckte, und ein leiser Donner rollte über die horchenden Wellen nach Norden.

›Notschüsse! Notschüsse! Geschwind, geschwind in den *Ewer*!‹ schrie der lange Klaus, als nun ein zweiter und dritter Schuß fiel.

Schnell sprangen wir in unser Fahrzeug, das vor dem dreifach *gerefften* Segel durch die schäumenden Wellen flog. Aber die Wellen waren noch schneller als wir, sie bedeckten unser Fahrzeug, und der Mast nahm, durch die Kraft des Segels, eine fast bogenförmige Gestalt an.

Da schlug plötzlich ein dumpfes Krachen an unser Ohr und jedes Auge flog nach dem Schiff, dem wir zu Hilfe eilten. Unsere Mühe war vergebens. Als ob es von der Erde vertilgt worden sei, war es plötzlich unseren Blicken entschwunden, ein reißender Wirbelstrom hatte es in die Tiefe gezogen, und nur mit Mühe gelang es uns, selbst das Land wieder unbeschädigt zu erreichen.«

So endete der alte Martin Koch seine Erzählung vom Klabautermann und warf den starren Blick auf die schäumende Elbe.

Röhrs, der mit Aufmerksamkeit zuhörte und bald beifällig nickte, bald unwillig mit dem Kopf schüttelte, sagte jetzt mit gutmütigem Ton: »Wie kann ein alter vernünftiger Mann an solche Dinge glauben? Das mag vor langen Jahren wohl Mode gewesen sein, aber heute kümmert sich kein Mensch mehr darum.«

»Doch! Mehr als du denkst. Und daß ich es kurz mache, ich habe diesen Klabautermann selbst gesehen.«

»Du?« fragte Röhrs ungläubig und betrachtete den Freund mit ängstlich fragenden Blicken.

»Ja, ich! Und weil es nun doch einmal scheint, daß die Stunde des Gerichts gekommen ist, so sollst du mein Richter sein. Höre mir aufmerksam zu, denn ich will vor dir beichten und dir alles bekennen.«

Röhrs gehorchte, denn die letzten Äußerungen des Freundes hatten ihn ganz außer Fassung gebracht. Er stützte den Kopf mit der Linken, und preßte die Rechte mit solcher Heftigkeit gegen die Brust, als wollte er den lauten Schlag des Herzens dämpfen. Dabei sah er mit ängstlichen Blicken seinem alten Freund in das matte Auge. Dieser begann: »Ich bin immer ein armer Teufel gewesen und habe mich tüchtig herumplagen müssen, um nur mein Stückchen Brot zu haben. Daraus machte ich mir wenig, ich schlug jeder Sorge ein Schnippchen und ich hätte mein Leben mit Fröhlichkeit zu Ende gebracht, wenn nicht die Liebe sich in mein Herz eingenistet und mich Armen zeitlich und vielleicht auch ewig unglücklich gemacht hätte.

Du hast den alten Viet, den Vater meines verstorbenen Weibes, gekannt. Er galt als der reichste *Lotse*, nicht nur in unserm Blankenese[6], sondern auch weiter hinauf nach Neumühlen und über die Elbe im Hannöverschen. Ich sah seine Tochter, die schöne Elsbeth, zuerst auf dem Altonaer Jahrmarkt, als der Vater sie von einer Verwandten abholte, bei der sie längere Zeit gelebt und die Wirtschaft gelernt hatte. Als ich sie einige Male gesehen hatte, fühlte ich bald, daß meine Ruhe hin und das Leben mir ohne sie nichts mehr wert sei. Sobald es daher möglich war, näherte ich mich ihr und gab ihr zu verstehen, daß ich mit ihrem Vater, und also auch mit ihr, weitläufig verwandt sei. Sie war freundlich und sprach einige Zeit mit mir.

Den andern Tag ging ich zum alten Viet. Ich wußte selbst nicht, wie ich dazu kam, einen Mann zu besuchen, zu dem ich sonst nie gegangen war, weil er mich und die übrigen armen Verwandten mit so schonungslosem Stolz behandelte.

Ich traf ihn vor seiner Haustür in der Lindenlaube und redete ihn mit freundlichem Gruße an.

Er sah mich von oben bis unten an, und fragte gedehnt: ›Was willst du?‹

Ich hatte wenig darüber nachgedacht, was ich dem Alten bei meinem Besuch eigentlich sagen wollte, darum wurde ich bei dieser Frage blutrot und schlug die Augen so fest zu Boden, als ob ich im Gras vor mir etwas suchte. Vergebens suchte ich nach einem Wort der Erklärung.

[6] Ort bei Hamburg, elbabwärts, heute Vorort Hamburgs.

›Das ist einmal wieder eine stillschweigende Bettelei‹, brummte er. ›Die Mühe hättest du dir sparen können. Ich gebe ein für alle Mal nichts, außer am heiligen Weihnachtsabend.‹
Das hieß meiner Ehre zu nahe treten, und mit erglühendem Gesicht ihn fest anblickend, sagte ich: ›Herr Vetter, ich habe, wie Er wohl weiß, von Seiner Güte am heiligen Weihnachtsfest noch nie Gebrauch gemacht, und mit Gottes Hilfe soll es auch nimmer geschehen. Arm sein schändet nicht, aber Almosen nehmen schändet, so lange man noch arbeiten kann. Gerade darum komme ich zu Ihm, denn da ich eben außer Dienst gekommen bin, wollte ich Ihn fragen, ob Er nicht jemand brauchen kann, der Ihm seine Arbeit tut und nach dem Rechten sieht?‹
Er wurde auf einmal ganz freundlich und sagte aufstehend: ›Sieh! Sieh! Wie gut sich das trifft. Ich brauche allerdings einen zuverlässigen Mann für meinen neuen *Ewer,* den ich habe bauen lassen. Hast du dazu Lust, dann kannst du gleich heute eintreten.‹
Dazu hatte ich allerdings Lust. Wir gingen in das Haus, ich gab ihm Handschlag und Unterschrift und blieb zum Essen. Als Elsbeth hörte, daß ich ihr Hausgenosse geworden war, glaubte ich zu bemerken, daß ihr dies nicht unlieb sei. Nun lebte ich abwechselnd auf meinem neuen *Ewer* in der Nordsee oder am Lande in Viets Haus. Elsbeth wurde mir von Tag zu Tag lieber, und auch sie schien fast nicht mehr ohne mich sein zu können.
Eine Menge Schiffe, die sich eines Tages vor der Mündung der Elbe befand, hatte es bei dem Mangel an *Lotsen* nötig gemacht, daß ich, der längst des Fahrwassers kundig war, an Bord eines der Schiffe gehen mußte. Ich brachte es wohlbehalten *binnen* und betrat, außer mir vor Freude, das Haus des Vetters, der mich wohlgefällig anhörte und dann sagte: ›Es freut mich, daß du in mein Haus gekommen bist; wer weiß, was noch geschehen kann, wenn wir übers Jahr wieder so beisammen sind.‹
Das Blut schoß mir ins Gesicht, als ich mir dachte, was er meinen konnte. Gewiß nicht das, was bald darauf geschah, denn als ich einen Monat später wieder von See nach Hause kam, nachdem ich ein englisches *Barkschiff* glücklich eingebracht hatte, stürzte mir Elsbeth in tiefer Trauer und laut weinend entgegen. Der Vetter war vor einigen Tagen am Schlagfluß gestorben und am Abend vor meiner Rückkehr schon beerdigt.
Nach der Trauer heiratete ich meine Elsbeth. Sechs Jahre lang lebten wir glücklich zusammen. Sie hatte mir drei gesunde Knaben geboren, am ersten Morgen des siebenten reichte sie

mir den vierten, den Jakob, und verschied in meinen Armen. Das gute Weib hatte nur für mich und die Kinder gelebt. Daß sie reich und ich arm war, ließ sie mich nie fühlen; es schien sogar, als ob alles, was sie irgend brauchte, ein Geschenk meiner Güte sei. Dagegen berührte ich in der ersten Zeit das ihr gehörige Vermögen immer nur mit einer gewissen Scheu, aber nach und nach legte sich mein Stolz und ich wünschte mir, ebensoviel Geld aufzuweisen, wie meine Frau mir zugebracht hatte. Ich fing mancherlei an, um es dahin zu bringen, aber es wollte mir durchaus nicht glücken. Je öfter meine Pläne fehlschlugen, desto eifriger wurde ich; es war, als ob mein guter Geist von mir wich und dem Teufel des Geizes und der Habsucht Platz gemacht habe, so daß ich oft zankte und lärmte um nichts; ich war ein verdrießlicher, grämlicher Kerl und bereitete meinem Weibe dadurch vielen Kummer. Nun war sie tot und mit mir wurde es zehnmal ärger. Als das Vermögen unter mir und den Kindern gleich geteilt war, fand ich, daß ich mit dem, was mir zugefallen war, nicht mehr so leben könne, wie ich es gewohnt war. Daß ich mich einschränken sollte, ging mir nicht in den Kopf und darum lebte ich in dem alten Saus und Braus fort. Mit jedem Monat nahm ich mir vor, mich einzuschränken, aber es kam nicht dazu. So gingen ein paar Jahre ins Land und nicht nur mein Vermögensanteil war aufgezehrt, sondern auch das Geld der Kinder war angegriffen. Meine Söhne, die nach und nach heranwuchsen, machten mir die bittersten Vorwürfe, und verlangten, daß ich ihnen ihr Eigentum ersetzen solle. Ich hielt mir die Jungen durch Toben und Schelten vom Leibe, insgeheim aber machte ich Plan auf Plan, wie ich ihren Forderungen genügen und mir selbst zugleich eine tüchtige Geldquelle öffnen könne. Aber umsonst. Unterdessen ging ich von Zeit zu Zeit auf See und nahm niemand als meine Söhne mit. Warum, wußte ich damals nicht zu sagen, aber es war mir, als müßte ich fremde Augen scheuen. So lagen wir auch einstmals auf der Cuxhavener Reede[7], um am anderen Morgen in See zu gehen und einige Schiffe in Empfang zu nehmen, die längst erwartet wurden. Meine Söhne waren schlafen gegangen, aber ich stand um Mitternacht noch auf *Deck* und schaute über die See hin, als es mich plötzlich wie eine finstere Ahnung durchzuckte. Zugleich knickte und knackte es vorn am *Ewer* als ob der ganze *Bug* eingedrückt würde. Schnell eilte ich dahin, aber schon auf halbem Wege blieb ich stehen, denn bei der Ankerwinde bewegte sich etwas. Es war eine kleine Figur, wie aus schwärzlichem Nebel geformt und kaum

[7] Reede ist der Ankerplatz für tiefgehende Schiffe vor dem Hafen.

über einen Fuß[8] hoch. Sie hatte eine solche Gelenkigkeit in den Gliedern, daß sie keinen Augenblick still stand, sondern immer hin und her hüpfte, ohne ein Geräusch zu machen.
›Martin Koch! Martin Koch!‹ erscholl es, aber so fein, wie ich noch nie einen menschlichen Ton gehört hatte. Ich tat zitternd ein paar Schritte.
›Martin Koch! Martin Koch!‹ rief es noch einmal und nur mit der größten Anstrengung brachte ich die Worte hervor: ›Wer bist du? Was willst du?‹
›Klabautermann bin ich und meine es gut mit dir. Nimm dich in acht! Der Böse hat dein Herz gefaßt und es mit einem *Kabeltau geentert.* Schneide es ab und rette die unsterbliche Seele.‹
Kaum waren diese Worte verhallt, als das schwarze Wesen verschwunden war. Mir standen die Haare zu Berge und ich war nicht imstande, mich von der Stelle zu bewegen. Als ich zur Besinnung kam, stürzte ich zu dem Ort, wo ich den Klabautermann gesehen hatte, aber es war vergebens. Ich blieb voll Angst und Schrecken allein, bis mit Tagesanbruch meine Jungen heraufkamen und sich wunderten, daß ich sie nicht geweckt hatte, um mich abzulösen. Ich war zu tief bewegt, um zu sprechen, und befahl ihnen kurzab, den Anker zu *lichten.* Gegen Mittag erblickten wir ein Schiff, das sich nur mit Mühe über Wasser hielt. Es hatte starke *Havarie* und war weit aus dem *Fahrwasser.* Wir *refften* unser Segel und steuerten gegen das Schiff, das uns gegenüber in *Luv* lag. Als wir nahe genug heran waren, rüstete ich mich, an Bord dieses Dreimasters zu gehen, der eine dänische Flagge zeigte, und befahl meinen Söhnen, möglichst in unserer Nähe zu bleiben. Kaum hatte ich das *Deck* des Dänen betreten, als ein freundliches Lächeln über jedes Gesicht flog, und der Kapitän kam mir mit solcher Herzlichkeit entgegen, daß ich mich in dem Augenblick außerordentlich viel dünkte, und mit gemessener Stimme meine Befehle erteilte, die blitzschnell vollzogen wurden. Dadurch gelang es mir, das Schiff gegen Abend an einen völlig gefahrlosen Ort zu bringen. Dies machte einen guten Eindruck auf den Kapitän, der erzählte, er fahre für ein Kopenhagener Haus, komme von St. Croix[9] und habe außer Kaffee und Zucker die bedeutende Summe von hunderttausend spanischen Talern in Gold an Bord. Die letzte Nachricht erregte mich so sehr, daß ich alle Mühe hatte, mich nicht zu verraten. Ich beratschlagte mit dem Kapitän, welche Mittel wir anwenden wollten, wenn der Sturm während der

[8] Altes Längenmaß, in verschiedenen Ländern zwischen 25 und 34 cm, englisch »feet« = 30,48 cm.
[9] Insel in der Gruppe der Kleinen Antillen, östlich von Puerto Rico.

Nacht mit gleicher Stärke anhalten sollte, und sagte ihm, daß ich noch immer für nichts garantieren könnte, und daß er daher seine Schiffspapiere und was sonst von bedeutendem Wert an Bord sei, in Bereitschaft halten solle, damit es im Notfall schnell gerettet werden könne. Der Kapitän war ganz meiner Meinung, *verpichte* die Blechdose mit den Schiffspapieren auf das Sorgfältigste, holte drei große lederne Geldkatzen[10] hervor, worin sich das Gold befand, schnallte sich die eine um, drängte die zweite mir auf und gab die dritte seinem Sohn, der als *Untersteuermann* an Bord war. So gingen wir in größter Aufregung den Ereignissen der hereinbrechenden Nacht entgegen. Der Teufel, der sich meiner vollständig bemächtigt hatte, machte mir alles leicht. Ich befahl dem *Bootsmann*, das *Steuerruder* zu verlassen und nahm selbst die *Steuertalje* zur Hand. Der Südost fing heftiger an zu stürmen, die *Ebbe*, die mit furchtbarer Gewalt einsetzte, trieb uns immer weiter nordwärts. Statt so viel wie möglich dem Strom Widerstand zu leisten und einen Ankerplatz zu suchen, der sich vielleicht hätte finden lassen, ließ ich das Schiff ruhig forttreiben und hielt die Leute durch Befehle aller Art stets in Bewegung, damit sie mich nicht beobachten sollten. Meine Söhne waren in unserer Nähe. Die Nacht wurde immer finsterer; auf dem Wasser lagerte sich dichter Nebel; die Wellen warfen den Grundsand auf das *Deck*. Ich war dem rechten *Fahrwasser* so lange mutwillig aus dem Wege gesteuert, daß ich nun selbst nicht mehr wußte, wo ich mich befand. Mein Herz schlug gewaltig, der Angstschweiß stand mir auf der Stirn.

Der Kapitän, der mich schon längere Zeit ruhig betrachtete, so viel seine eigene Aufregung dies zuließ, stürzte auf mich zu, und meine Hand fassend, rief er mit funkelnden Augen: ›*Lotse*! Habt Ihr alles getan, was Ihr als rechtschaffener Mann zu tun schuldig wart? Könnt Ihr mit dieser Behauptung vor Gott hintreten, ohne daß das geopferte Leben von vierzehn unschuldigen Menschen Euer Gewissen drückt?‹

›*Brandung* im *Luv*!‹ rief es in diesem Augenblick vom *Bug* her.

Der Sohn des Kapitäns stürzte bald darauf bleich, zitternd am ganzen Körper, auf seinen Vater zu: ›Dort ist die *Brandung* auch in *Lee*!‹

Jetzt war an keine Rettung mehr zu denken, denn wir trieben mit dem Strom machtlos vor dem Wind hin. Die Verwirrung war allgemein, alle kreischten durcheinander, kein Wort wurde verstanden. Ich aber verwünschte meinen früheren Leicht-

[10] Größere Geldbörse, die nicht in die Tasche gesteckt, sondern am Gürtel getragen wurde.

sinn und beschloß, das Schiff unter allen Umständen zu retten, aber es war zu spät. Als ich das Steuer erhob, saß der *Vordersteven* fest. Das Schiff stieß mit solcher Gewalt auf, daß der *Kiel* absprang und das Wasser von allen Seiten ungehindert hereinstürzte. Der Kapitän, als er sich überzeugt hatte, daß das Schiff verloren sei, verließ mit seinem Sohn und neun Matrosen in dem großen Boot das *Wrack*; die *Schaluppe* war schon früher zertrümmert, und ich hätte auf dem Schauplatz meines Verbrechens enden müssen, wenn nicht bei Tagesanbruch sich meine Söhne an uns herangewagt und mich gerettet hätten, um ein banges Dasein voll Angst und Reue zu führen. Als wir die mit mir zugleich geretteten Matrosen in Cuxhaven an Land gesetz hatten und ich mit meinen Söhnen allein war, sagte ich nichts von dem, was ich getan hatte, aber ich schnallte die Geldkatze ab und schüttete das Gold vor ihnen aus. Als wir bald darauf hörten, daß das Boot, worin sich der Kapitän und sein Sohn befunden hatten, an Land getrieben sei und deren Leichen aufgefunden waren, betrachteten wir das Gold als unser Eigentum und beschlossen, auch künftig niemals solche gute Gelegenheit vorübergehen zu lassen.«

Der alte Röhrs sprang auf: »Das hat mir der gute Gott eingegeben, daß ich, aus Freundschaft für deine verstorbene Frau, deinen Jüngsten, den Jakob, zu mir nahm und ihn erzog.«

»Gott sei dafür gepriesen«, entgegnete Koch und fuhr fort: »Wir gingen bei einem heftigen Sturm in See und jauchzten laut auf, als wir ein dänisches *Barkschiff* erblickten. Schon waren wir auf eine Viertelmeile heran, als wir einen Amerikaner gewahrten, der in gleicher Not war. Vor Freuden wußten wir kaum, wohin wir uns wenden sollten. Da war mirs, als hörte ich eine leise Stimme mir zurufen: ›Martin Koch, ich verlasse dich!‹ und gleich darauf sah ich eine schwarze Nebelgestalt, die über den *Bug* des *Ewers* in die See hinabglitt. Angst und Schrecken ergriffen mich; ich konnte mich kaum aufrecht halten. Wir legten bei dem Dänen an, den ich übernahm, und meinen Söhnen befahl, dem Amerikaner zu Hilfe zu eilen. Kaum hatte ich an Bord des dänischen Schiffes meine ersten Befehle gegeben, als ich eine Helgoländer *Schaluppe* gewahrte, die auch auf den Amerikaner zuhielt. Ich hatte Furcht, daß uns der doppelte Fang entginge. Auch meine Söhne mochten dergleichen befürchten, denn sie steckten die *Reffe* aus dem großen Segel und *lenzten* auf den Amerikaner zu. Da hob sich eine Welle hoch empor und rollte auf den *Ewer* zu; dieser lag ganz seitwärts, das Segel schöpfte Wasser und im Nu hatten die Wellen das Fahrzeug in die Tiefe hinabgerissen. Ich schrie laut auf. Der Kapitän fragte besorgt, was mir fehle, und sprach mir tröstend zu, als er es erfuhr. So viel Schrecken brach mein Herz; ich wandte mich gewaltsam von jener Schauderstelle ab, griff nach dem *Steuerruder* und fuhr redlich in die Elbe hinein. Mit klopfendem Herzen, mit trockenen, heißen Augen, die keine Träne mehr erquicken wollte, kam ich zu Hause an. Mein erstes war, das unrechtmäßig erworbene Gold zusammenzuraffen, und als ich wieder in See ging, versenkte ich es in eine Untiefe. Seitdem habe ich mich rein gehalten von allem Bösen, aber ich fühle es recht gut, daß eine jahrelange Reue mich noch nicht entsündigt hat. Meine Stunde wird kommen und der Herr mich rufen; ich halte seiner züchtigenden Hand stille.«

So endete Martin Koch seine Geschichte. Röhrs ging mit raschen Schritten auf und ab. Ihn bewegte es tief, den alten Freund, der um niederer Habsucht willen zum Verbrecher geworden war, fortan verachten zu müssen.

Der Tag brach an, die Sonne stieg glühend im Osten auf. Man traf Vorbereitungen, in See zu gehen. Die Freunde sprachen nicht miteinander; der neue Tag, der ihnen ins Angesicht leuchtete, machte sie gegenseitig noch fremder. Jakob, hierüber erstaunt, ging fragend von einem zum andern, ward aber von beiden barsch abgewiesen.

Sie *kreuzten* den ganzen Tag umher, aber kein Schiff begegnete ihnen. Am Abend gingen sie bei Wangerooge vor Anker. Als die Nacht hereinbrach, hieß Martin Koch alle unter *Deck* gehen, weil er doch nicht schlafen könne und die erste Wache übernehmen wolle.

Aber auch Röhrs konnte kein Auge zutun. Er betete für den verirrten Freund. Zu ihm hinaufzugehen, hatte er den Mut nicht; die Erzählung, die er in der vergangenen Nacht gehört hatte, belastete sein Herz zu schwer. Er versank in einen Wachtraum und sah den Trostbedürftigen an sein Lager treten, die Hände flehend zu ihm erhebend. Er fuhr auf und blickte umher. Alles war still. Er vernahm nur das Brechen der Wellen am *Bug* des Fahrzeugs. Wie von einer bösen Ahnung getrieben, sprang er auf das *Deck*. Es war leer. Der Wind hatte sich gelegt, die See rollte im leichten Faltenwurf auf dunkler Ferne näher ans Land, der Vollmond schaute hell herab.

Röhrs rief angstvoll nach dem Freund, aber umsonst. In der Nähe des Mastes fand er das Taschenbuch des Freundes, darin stand geschrieben: Lebt wohl!

Mit stiller Schonung brachte Röhrs dem Sohn die Nachricht von dem Tode des Vaters bei. Die Ursache verschwieg er. In dem Taschenbuch fand der Freund genaue Auskunft über alles, was auf eine redliche Art erworben war und was nicht. Zu dem letzteren gehörte auch ein niedliches Häuschen, das Koch von dem geraubten Geld erbaut hatte und von dem er sich noch nicht hatte trennen können. Als sie die Elbe hinaufsegelten, zog sich ein schweres Gewitter zusammen, und als das Fahrzeug um die Schulauer Landzunge bog, lag das erst kürzlich verlassene Blankenese vor ihnen. Mit welchem schmerzlichen Gefühl begrüßte es der Sohn. Da brach das Gewitter los; der Donner rollte, die Blitze zischten, ein endloser Regen stürzte herab.

Der Wind trieb das Fahrzeug mit immer rascherer Eile durch die Flut. Das Gewitter ward heftiger. Da warf Röhrs das Segel nieder, Jakob stieß den Anker über Bord und das Fahrzeug stand gegen Sturm und Strom.

Eine schwarze Rauchwolke wirbelte zwischen den Bergen auf. Der Blitz hatte das Haus des alten Koch getroffen, es brannte bis auf die Grundmauern nieder. Röhrs sah es, wandte sich tief erschüttert ab und faltete die Hände.

Acht Tage darauf legte er Jakobs und Miekens Hände auf den Ruinen des väterlichen Hauses zur feierlichen Verlobung ineinander.

Das Totenschiff

»Was ist die Glocke[1], Steuermann?«
»Ein Viertel über Mitternacht, Kapitän! Ich bitte Euch, geht hinunter. Der kalte Nordwest und der dichte Nebel taugen nicht für Euren siechen[2] Körper. Morgen, wenn die Sonne scheint, mögt Ihr Euch ein paar Stunden hierher setzen. Es ist höchste Zeit, Eure *Koje* aufzusuchen.«
»Laßt mich noch hier oben. Da unten wird mir alles zu eng; die Decke meiner *Koje* senkt sich, als ob sie sich auf mich herabstürzen wollte. Das verdammte gelbe Fieber hat mich arg mitgenommen, und sein scheußliches Gift meinem Körper eingeimpft. Wir treiben hier in der Irre vor Landsend[3] umher! Seht Ihr noch kein Feuer[4]?«
»Noch nicht. Aber vielleicht mit Tagesanbruch sehen wir Land, wenn der Wind ein wenig mehr *räumt*. Unser Amphitrio ist ein Schnelläufer.«
»Ich kenne ihn seit manchem Jahr. – Aber ich will doch hinuntergehen; das Fieber beginnt mich wieder zu schütteln. Steward! Gebt mir Euren Arm! – Sachte der Treppe zu, Kerl! Bin ich ein Wettrenner von Ascott[5]? – Den einen Fuß über die Schwelle, den andern langsam nachziehen! – So lasse ich es mir gefallen! – Halt! Was huscht dort am Spiegel vorüber? *Steuermann*, das Glas vor Eure Augen! Was seht Ihr in der Richtung von Norden nach Süden?«
»Ich sehe nichts, Kapitän!« sprach furchtsam der Steward.
»Einfaltspinsel! Ich habe nicht mit dir gesprochen! – Das Glas vor die Augen, *Steuermann!* Was huscht am *Spiegel* meines Schiffes vorüber in der Richtung von Norden nach Süden?«
Der Steuermann legte das *Nachtrohr* weg, das er zum Schein genommen hatte: »Beruhigt Euch, Kapitän! Es ist nichts!«
»Nichts?« rief der Kapitän mit krampfhafter Heftigkeit.
»Nichts, was sich so seltsam aus den Wogen erhebt und von einem hellen Schein umflossen am *Spiegel* vorüberzieht? Beschaut Euch doch den übernatürlich großen Rumpf, der für ein *Linienschiff* vollkommen ausreicht! Aus feinen Kanonenpforten grinsen Totenschädel, weiß schimmernd wie frisch

[1] Die Uhrzeit wurde durch die Schiffsglocke ausgeläutet.
[2] Krank.
[3] Kap, südwestliche Spitze Englands.
[4] Hier ist ein Leuchtfeuer gemeint.
[5] Pferderennbahn in der englischen Grafschaft Berkshire.

gefallener Schnee. Seine Masten tragen eine Last von Segeln, auf jedem ist ein Totenkopf mit schwarzer Kohle gezeichnet, und auf der *Galerie* steht ein vollständiges Knochengerippe, das die Sense[6] schwingt.«

»Weh uns! Das Totenschiff!« kreischte der Steward unwillkürlich.

»Schweigt mit Euren Dummheiten!« schrie der *Steuermann*, anscheinend heftig erzürnt, aber nicht imstande, ein unwillkürliches Zittern zu verbergen. – »Führt den Kapitän unter Deck und haltet Euer ungewaschenes Maul!«

»Das Gerippe hat das Stundenglas[6] umgekehrt!« fuhr der Kapitän fort, mit irren Blicken den Lauf verfolgend, den das Geisterschiff zu nehmen schien. – »Ich will nichts mehr sehen – ich will gleich hinunter! Steward, deinen Arm! Gute Nacht, *Steuermann!* Gebt wohl acht, Herr, so ist das Schiff auch wohl behütet.«

Er verschwand im Eingang der *Kajüte*. Das Schiff setzte seinen Lauf ungestört fort. Die Nacht wurde undurchdringlicher, der Nebel verdichtete sich. Das Zerschellen der Wogen, die sich am Bug brachen, das Pfeifen des Windes, der durch die *laufenden Taue* fuhr, und das Knarren der *Scheiben* in den *Giekblöcken* bildeten ein grauenerregendes Konzert.

Der Steward kehrte nach einer Weile zurück und sagte zum *Steuermann:* »Der Kapitän hat sich niedergelegt und Jack sitzt bei ihm. Aber er schläft nicht und spricht ohne Ende von dem Schiff mit den Totenköpfen.«

»Ihr verdientet, über die Kanone gelegt und *gefloggt* zu werden, weil Ihr einem kranken Mann solche Albernheiten vorschwatzt. Was, zum Teufel, habt Ihr von solchen Dingen zu reden wie das Totenschiff? Glaubt Ihr daran?«

»Glaubt Ihr nicht daran?« fragte der Steward ernst. »Ich sehe nichts, gar nichts, aber ich glaube doch daran. Kommt etwas näher, Herr! Ich habe eine Flasche Madeira[7] für Euch herausgebracht; die beste und älteste, die in des Kapitäns Flaschenvorrat zu finden war. Er kann sie doch nicht mehr trinken. Ich bitte Euch, Herr, kostet von dem Wein, und hört mir zu, was ich von dem Totenschiff zu sagen weiß.«

Der *Steuermann* war kein Verächter jener goldenen Tropfen, die einem fließenden Feuerstrom vergleichbar sind, und leerte Glas um Glas, während der Steward erzählte: »Es war einstmals eine große Stadt, die lag in einem reichen, mächtigen Land und das Meer bespülte ihre Mauern. In dem weiten Hafen lagen zahllose Schiffe mit seltenen Kostbarkeiten;

[6] Sense und Stundenglas sind Attribute des Todes. Mit dem Stundenglas (einer Sanduhr) mißt er das verrinnende Leben.

[7] Wein von der Insel Madeira stand im Ruf einer ausgezeichneten Qualität.

überall herrschte Wohlhabenheit und Überfluß. Nun aber hatte der König dieses Landes einen seiner Günstlinge in diese Stadt gesetzt, damit er dort die Gerechtigkeit handhabe. Allein das Herz des Günstlings war verhärtet vom Geiz; er kümmerte sich wenig um des Königs Wohl und noch weniger um das Wohl der Bewohner der Stadt, sondern trachtete danach, seine Reichtümer zu vermehren. In der Nähe seines Palastes standen große Magazine, die waren von ebener Erde bis unter das Dach mit den seltensten Schätzen gefüllt; denn der Günstling verstand es, immer neue Vorschriften und Steuern zu erfinden und keiner durfte sich der Küste nahen, der ihm nicht seinen Tribut zahlen mußte. Aber das alles genügte seiner unersättlichen Habgier nicht; er sah mit Neid auf jeden, der etwas für sich behielt, und ingrimmig wälzte er sich auf seinem Lager, wenn er zufällig von dem Glück eines seiner Untergebenen hörte. Jeden Morgen stand er vor der Pforte seines Palastes und schaute giftigen Blicks auf die zu seinen Füßen liegende Stadt, wo auf den Straßen ein lebhafter Verkehr stattfand. Da rief er einst grollend aus: ›Verflucht seid ihr, die ihr es wagt, euren Reichtum so ungescheut zur Schau zu stellen. Dies wünsche ich mir, daß ihr alle nur ein Haupt hättet, und ich führte dann ein Schwert, breit und scharf genug, um es mit einem Hieb von dem ungeheuren Körper zu trennen. Wie ich dann schwelgen wollte in der Fülle, wenn keiner da wäre, der mir das Geringste davon streitig machen könnte.‹
›Das wird nicht schwer sein!‹ antwortete eine krächzende Stimme und der Günstling sah erschrocken auf. Vor ihm stand ein Männchen, kaum drei Fuß hoch und doch völlig ausgewachsen. Das Gesicht war von Furchen durchschnitten, ein langer, weißer Bart hing bis auf den Gürtel herab. Seltsam stach daran das rote, struppige Haupthaar ab, das so borstig emporstand, daß keine Kopfbedeckung darauf haftete. Zwei pechschwarze Augen, aus denen es unheimlich hervorblitzte, waren fest auf den Günstling gerichtet, der die Zwergengestalt mit unwillkürlichem Grauen betrachtete.
›Wer bist du?‹ fragte er zitternd.
›Ein Geschöpf, das jedem Gutes gönnt, sollte ich auch selbst dabei zu kurz kommen. Ich bin ein Handelsmann, der in viele Länder kommt und Geschäfte aller Art zu machen sucht. So hörte ich im Vorbeischlendern Euren Wunsch, und sage Euch nun, daß ich Euch in den Besitz eines Mittels setzen will, alle Bewohner der Stadt da unten zu töten und so unumschränkter Herr ihres Eigentums zu werden.‹
›Und für welchen Preis?‹
›Welchen Preis könnt Ihr für eine Sache bieten, die unbe-

zahlbar ist? Es kostet nur Mut, nur den festen Willen sie erreichen zu wollen und sie ist schon Euer. Meine einzige Bedingung ist, daß Ihr mich auf einige Zeit zum Begleiter annehmt und Euch nicht von mir zu trennen versucht.‹

›Und wann ist das Mittel mein?‹

›Sobald Ihr den Mut habt, es zu nehmen.‹

›Den habe ich stets.‹

›So kommt‹, sprach der Zwerg und wandte sich nach dem Hafen. Überall wich man ihnen aus. Sie stiegen in eine schwarze *Schaluppe* und fuhren damit an ein Schiff, das über und über mit nackten Schädeln bemalt war; auf den Segeln waren Totenköpfe gemalt; die *Stengen*, die *Rahen* und anderes *Rundholz* bestand aus mondgebleichten Knochen. Überall waren Gerippe, die grinsend die Zähne fletschten und die klappernden Knochenhände ausstreckten.

Der Günstling schauderte, als er das Schiff betrat; der Zwerg aber sagte lachelnd: ›Dies ist das Schiff des Todes: unsichtbar jedem Menschenblick und nur dem sichtbar, der sterben muß. Es fehlt diesem Schiff ein Kapitän, aber wir sind nahe daran, diese Stelle wieder zu besetzen. Alle, die du hier Dienste verrichten siehst, waren in ihrem Leben hartgesottene Sünder. Wer zum Dienst auf diesem Schiff gepreßt wird, muß fürs erste alle niedrigen Handreichungen tun und seine Dienstzeit währt ein Jahrhundert. Dann rückt er höher hinauf und so fort durch alle zwanzig Grade und jedes Mal für die Dauer eines Jahrhunderts. Zuletzt wird er zum Kapitän befördert und steht mähend mit der Sense hoch auf der *Galerie*. Gestern standen wir an der Scheide eines Jahrhunderts und das erlöste Skelett, das hier bisher befehligte, brach zusammen und stürzte ins Meer. Nun ist die Besatzung unvollständig und das Schiff kann seiner eigentlichen Bestimmung nicht folgen. Bis dies wieder geschieht, steht es zu unseren Diensten.‹

Damit ergriff der Zwerg das *Steuer* und bald flog das Schiff des Todes durch die scheu zurückweichenden Wellen.

Nach einiger Zeit erreichten sie eine hohe Felsenküste, und das Schiff lag plötzlich still wie angekettet. Der Zwerg ging mit seinem Begleiter an Land und beide schritten nebeneinander über enge, seltsam gekrümmte Pfade. Der Weg wurde immer schauerlicher. Aufgescheuchte Nachtvögel streiften vorüber, seltsames Getier huschte am Gestein vorbei; es knarrte und prasselte, es barst und krachte in den alten morschen Bäumen; ringsumher vernahm man lautes Gekrächz und Gestöhn. Aber plötzlich hörte alles Leben auf; die Wanderer standen vor einer nackten Öde, kein Laut unterbrach die Grabesstille. Den Günstling ängstigte dies dumpfe Schweigen,

er wollte es brechen, aber seine Zunge war wie gefesselt. Entsetzt horchte er auf seine Tritte, er vernahm ihren Schall nicht; er griff nach dem Arm seines Begleiters, aber er faßte in die leere Luft.
Da stieg eine Nebelgestalt aus dem Boden herauf und fragte mit dumpfem Ton: ›Wer seid Ihr?‹
›Dein namenloser, aber treuester Diener, der einen Sterblichen zu deinen Füßen führt.‹
›Was will er von mir?‹
›Saat, die dem Tode entgegenreift in derselben Minute, da sie ausgesät wurde. Er haßt alle, die auf Erden besitzen, und will sie vernichtet sehen. Gib ihm das Mittel, Engel des Todes.‹
›Welchen Lohn bietet er?‹
›Fordere, du Unersättlicher, vom Unersättlichen.‹
›Er übernehme das Amt, das heute in meinem Reiche erledigt ward.‹
›Er wird gehorchen.‹
›So gib ihm dieses Kästchen. Alle Dünste der Hölle sind darin verborgen. Öffnet es in der Nähe der Menschen und sie sinken erbleichend hin.‹
Der Engel des Todes versank und der Zwerg trat mit seinem Begleiter den Rückweg an.
Erst als sie das gespenstische Schiff wieder betraten, und es durch die Flut zurückraste, fand der Günstling seine Sprache wieder. Seine Züge hatte die Angst verzerrt, sein Auge blickte stier und er rief mit bebenden Lippen: ›Scheußliches Ungeheuer, der du durch verfluchten Zauberspruch meine Zunge gefesselt hieltest: rede! Was gelobtest du in meinem Namen? Welches Amt soll ich übernehmen?‹
›Den untersten Dienst auf dem Totenschiff. Eine Lumperei von zwanzig Jahrhunderten. Hast du doch das Mittel in deinen Händen, der reichste Mann auf Erden zu heißen.‹
›Heimtückischer Satan! Ich will dein Geschenk nicht! Es ist eitel Gaukelei und zu nichts nütze.‹
›Du kennst den Teufel und weißt, daß er zu klug ist, um für eine so verlorene Seele, wie die deinige, noch etwas zu geben.‹
›Betrug! Nichts als Betrug! Bringt mich an den Ort zurück, woher wir gekommen sind, und nehmt Euer Teufelsgeschenk wieder.‹
Er warf das Kästchen mit solcher Heftigkeit zu den Füßen des Zwerges nieder, daß es klirrend in tausend Stücke zersprang, die weit umher flogen. Aber in demselben Augenblick stieg ein fürchterlicher Pestgeruch von unten herauf und verbreitete sich über das ganze Schiff.

›Weh mir!‹ rief der Günstling. ›Das ist der Tod! – Ich bin hin! – Rettung! – Erbarmen! – Gnade! – Wehe mir!‹
Er stürzte tot zu Boden. Sofort schmolz das Fleisch von seinen Knochen und er stand als Gerippe wieder auf. Da eilten die übrigen Gerippe herbei, stellten ihn an den untersten Platz, rückten jeder einen Grad höher hinauf und der älteste von ihnen sprang auf die *Galerie* und schwang die schreckvolle Hippe. Es war auf diesem furchtbaren Schiff der einzige Freudenmoment in dem Lauf eines Jahrhunderts.«
»Das ist eine grauenhafte Geschichte, Meister Steward«, sagte der *Steuermann,* als er das letzte Glas leerte. »In welcher Spinnstube habt Ihr, während Eures Treibens auf dem festen Lande, diese Dummheiten gehört?«
»Dummheiten?« sprach der Steward und sah den *Steuermann* groß an. »Habt die Güte, Herr, und sagt mir, ob das dort, ostwärts von uns, nicht derselbe feurige Schein ist, den der Kapitän vorhin bemerkte, als er Euch den seltsamen Segler beschrieb? Gebt acht, er kommt näher und wir haben binnen einer Stunde eine Leiche an Bord.«
Und aus dem formlosen Dunkel der Nacht trat mit scharfen Umrissen der gewaltige Rumpf des geisterhaften Schiffes, das seine Kanonenpforten mit Totenköpfen geziert hatte. Die weißen Segel blähten sich und rabenschwarz glänzte das Symbol des Todes in ihrer Mitte. Auf der *Galerie* stand ein gigantisches Skelett mit der Hippe und holte zu einem furchtbaren Schlag aus.
In demselben Augenblick tönte die Glocke in der *Kajüte* lang und hell. Erschreckt stürzten der *Steuermann* und der Steward die Treppe hinab.
Jack kam ihnen trauernd entgegen: »Ihr kommt zu spät! Ein plötzlicher Schlagfluß hat seinem Leben ein Ende gemacht. In dem Augenblick, als er seinen letzten Atemzug tat, hörte ich die Worte: ›Der Führer des Totenschiffes läßt die Sense fallen! Es ist aus mit mir!‹«
»Und mit dir und mit Euch!« sagte der Steward ernst zum *Steuermann;* »denn wir haben gesehen, was der ganzen Mannschaft unsichtbar blieb. Gute Nacht, Kapitän; ich komme bald nach.«
Er sah ruhig vor sich hin. Der *Steuermann* flog zur Treppe zurück, sein Haar sträubte sich; – als er das Deck erreichte und scheu umherblickte, war das Totenschiff verschwunden.

Die frommen Schläfer

Paul war ein munterer Bursche und von Jugend auf mit dem Meer vertraut. Wenn es glatt wie ein Spiegel vor ihm lag, schaute er träumend darüber; wenn der Sturm die aufgeregten Wellen peitschte, steuerte er mutig in den Schwall hinein. Von einer langen Reihe von Seefahrern abstammend, hatte er selbst die Matrosenjacke angezogen und war an Bord eines Schiffes gegangen, das nach Indien bestimmt war.

Ehe er sich für lange Zeit von der Heimat trennte, eilte er nach dem Hafendamm, an dessen Ende ein unscheinbares Haus lag. Er klopfte an die Tür, und ihm entgegen trat ein wunderliebliches Mädchen mit blauen Augen und goldenem Ringelhaar. Gladie hieß ihn freundlich willkommen und führte ihn in ein reinliches, mit niederländischer Sorgfalt aufgeputztes Stübchen, wo eine alte Frau am Spinnrad saß.

»Grüß Euch Gott, Mutter Jantzen!« rief Paul und Gladie setzte hinzu: »Mutter! der Paul geht nach Ostindien und will vorher von Euch Abschied nehmen.«

Die Alte zog ein schiefes Maul und sagte: »Schon gut. Seid fein ordentlich, betragt Euch wie ein vernünftiger Mensch und haltet Euer Geld zusammen.«

»Ihr seid ja verdammt kurz«, brummte Paul und Gladie setzte schmeichelnd hinzu: »Aber, Mütterchen, ist denn der Paul nicht einen freundlicheren Abschied wert?«

»So freundlich er will, mit Handschlag und Segen, aber dann soll er machen, daß er an Bord kommt. – Er ist mir ohnedies schon viel zu lange im Wege.«

Das letzte murmelte sie vor sich hin.

»Nun gut«, sagte Paul. »So will ich denn gehen, aber vorher seid Ihr mir noch etwas schuldig.«

»Was?« fuhr die Alte auf. »Ich Euch etwas schuldig? Habe ich jemals einen Stüver[1] von Euch geborgt? Seht doch! Was so ein Bursche sich herausnimmt!«

»Ich habe nicht gesagt, daß Ihr mir Geld schuldig seid; ich bekomme etwas anderes von Euch, Gladies Hand.«

»Ei, seht mal! Das ist nicht wahr!«

»Ihr habt meinem armen Vater versprochen, daß Gladie und Paul ein Paar werden sollten. So beruhigt ist er gestorben.«

»Das war damals!«

»Es ist heute um kein Haar anders. Wir sind beide arm, und

[1] 28 Stüver hatten den Wert eines Niederländischen Guldens.

wenn Gott kein Wunder tut, werden wir es wohl zeitlebens bleiben. Das schadet auch nicht, denn wir haben ein frohes Gemüt und Lust zum Arbeiten –«

»Gewöhnlicher Bettelmanns-Sang«, unterbrach ihn die Alte.

»Macht ein Ende, Mutter Jantzen!« rief Paul dringender. »Morgen darf ich nicht mehr an Land. Ruft einige unbescholtene Nachbarn und erklärt uns als Brautleute. Dann reise ich fröhlich ab und wenn ich von Batavia wiederkomme, bauen wir den eigenen Herd. Wind und *Flut* warten auf keinen Menschen, darum macht schnell!«

Gladie streckte bittend die Hände aus, aber die Alte rief ein barsches »Nein!«

»Das heißt also, Ihr nehmt das meinem Vater gegebene Wort zurück?«

»Kann wohl sein.«

»Ich weiß auch, warum. Ihr habt einen reichen Freier zur Hand. Ihr wollt sie dem alten buckligen Vanbeest geben; aber den mag sie nicht und zwingen dürft Ihr sie nicht, dafür bin ich noch da!«

»Was?« kreischte die Alte im Zorn. »Willst mir drohen? Das soll dich teuer zu stehen kommen! Also Gladie soll Mynheer Vanbeest nicht heiraten? Das wollen wir sehen! Geh deiner Wege, oder ich kratze dir die Augen aus!«

Der junge Mann, von Gladies bittenden Blicken besänftigt, faßte sich: »Ihr seid gegen mich, eine arme Waise, die Eurem Schutze anvertraut war, wortbrüchig geworden. Ihr wollt Eure Tochter verkuppeln, und zwei Herzen durch Eure Grausamkeit brechen. Diese dreifache Sünde wird Gott schon an Euch rächen! Wir werden uns wiedersehen, aber wahrlich nicht zu Eurem Heil.«

Er stürmte fort. Gladie folgte ihm mit großer Angst: »Beschließe nichts Böses! Laß mir in meiner Einsamkeit den Trost, daß du ein braver Mensch geblieben bist.«

Paul zog sie an seine Brust: »Sei ohne Furcht! Aber fort kann ich nicht, ohne mit dir verlobt zu sein. Darum schicke ich noch heute das Handgeld zurück. Ich werde zwar für einen wortbrüchigen Mann gelten, aber du gehst mir über alles.«

»Tue, wie du willst, Paul! Laß mich nur nicht die Frau dieses schrecklichen Vanbeest werden, der wie ein Teufel in Menschengestalt aussieht. Und nun geh in Frieden; ich will für uns beten.«

Sie kehrte in das Haus zurück, Paul aber rannte weiter und stieß bald darauf mit dem Hafenkommandanten Mynheer Vanbeest zusammen, der darüber sehr ungehalten wurde.

»Entschuldigt, Mynheer!« rief der junge Mann, aber jener hielt ihn fest: »Aha! Seid Ihr es, Meister Paul? Noch an

Land und sollt mit Tagesanbruch unter Segel? Dafür werdet Ihr die Katze fühlen, denke ich.«
»Laßt mich los, Mynheer!«
»Bei Mutter Jantzen gewesen? Ist der Abschied schwer geworden? Wenn Euch das gelbe Fieber nicht würgt, werdet Ihr bei Eurer Wiederkehr vieles anders finden. Packt Euch an Bord, junger Taugenichts, und dankt es meiner Milde, daß ich Euch nicht als mutmaßlichen Ausreißer auspeitschen und gebunden an Bord bringen lasse.«
Er ging höhnisch lachend weiter, und Paul lief in seine Wohnung, schickte mit einem schläfrigen Bootsführer das Handgeld an Bord und harrte nun mit klopfendem Herzen der Ereignisse der nächsten Tage.
Gladie und Paul sahen sich allabendlich. Einst kam sie ihm mit verweinten Augen entgegen: »Übermorgen soll die Hochzeit sein!« schluchzte sie. »Wenn das geschieht, sterbe ich. Darum rette mich, Paul! Ich folge dir, wohin du immer willst.«
»Ich will alles tun, was ich vermag. Versuche dir eine Matrosenjacke zu verschaffen und erwarte mich morgen abend an dieser Stelle. Lebe wohl.«
Noch war Paul nicht hundert Schritte weit gegangen, als ihm Vanbeest den Weg vertrat und nach der Hafenwache schrie, die den Deserteur[2] binden sollte. Beide rangen miteinander; der Alte schwankte und fiel rücklings von der Hafenmauer. In demselben Augenblick nahten Tritte. Paul entfloh.
Doch ein baumlanger Kerl hielt ihn in seinem Lauf fest: »Welcher Teufel heißt Euch so laufen? Hatte trotz meiner langen Beine Mühe, mit Euch Schritt zu halten. Habe alles gesehen! Ihr habt den Hafenkommandanten tüchtig gepackt!«
»Schweigt!«
»Warum denn? Hier hört uns ja niemand.«
»Ich habe mich nur meiner Haut gewehrt. Er strauchelte und fiel. Das ist nicht meine Schuld.«
»Schon gut. Damit habe ich nichts zu schaffen. Ich sah nur, daß Ihr Mut habt, solche Leute kann ich brauchen. Es fehlt noch an Leuten auf meiner *Fregatte*.«
»Ich gehe mit Euch, ganz gleich, was ich bekomme, wenn ich nur bald von Rotterdam weg kann.«
»So schnell wie möglich.«
»Dann bin ich Euer! Aber eine Bedingung habe ich noch.«

[2] Fahnenflüchtiger, der sich von der Truppe (oder von dem Schiff, auf dem er durch Annahme von Handgeld sich verpflichtet hat, zu fahren) ohne Erlaubnis entfernt.

»Fordere, mein Junge.«
»Ich habe einen jungen Kameraden, der noch nie zur See war und sich von mir nicht trennen will. Wenn Ihr den auch annehmt und ihm eine besondere Hängematte zuweist –.«
»Er soll seine eigene Hängematte haben. Aber du mußt dich versteckt halten, damit sie dich nicht finden, ehe du zu mir an Bord kommst. Ich will dich an einen Ort bringen, wo der Teufel selbst dich nicht finden soll.«
Nach vielen Umwegen führte ihn der Fremde in ein hell erleuchtetes Haus: »Hier wohne ich. Du wirst hier den größten Teil deiner künftigen Kameraden finden. Bleibe bis morgen nacht hier und komme dann mit deinem Kameraden an Bord. Da ist Geld. Ein Seemann muß an Land großzügig sein!«
Paul trat in einen hellen Saal. Musik brauste ihm entgegen, Tänzer drehten sich im Kreis. An langen Tischen saßen fröhliche Zecher, von üppigen Mädchen bedient. Paul stand wie erstarrt, denn er war nie an einem solchen Ort gewesen. Sein linkisches Betragen fiel allgemein auf und bald sah er sich von zischelnden Weibern umringt.
Plötzlich sprang eines aus der Menge hervor und hängte sich an den Arm des schüchternen Paul. Dieser aber, seiner züchtigen Gladie gedenkend, riß sich los und warf die Zudringliche beiseite, deren Schimpfworte von dem Gelächter der anderen übertönt wurden.
»Recht, Kamerad!« rief ein kleiner, untersetzter Kerl dazwischen. »Mußt dir von diesem Weibsvolk nichts gefallen lassen. Komm du lieber mit mir zu dem flotten Volk dort am Tisch. Wir wollen eins trinken!«
Die Trinker empfingen den sich Sträubenden mit lautem Gebrüll und zwangen ihn, aus einer großen Kanne Branntwein zu trinken. Bald begann er zu taumeln und schalt auf die, die ihn verleitet hatten, zu trinken. Man hieb aufeinander ein, bis es blutige Köpfe setzte. Er sank betäubt zu Boden und erwachte erst am hellen Morgen unter den heftigsten Schmerzen. Noch nie hatte er während seines ganzen Lebens so geschwelgt, wie in dieser kurzen Zeit. Hader und Zank hatte er nie gehabt. Zitternd sprang er auf, als ihm der Kapitän mit einem barschen »Wohin?« entgegentrat.
»Hinaus muß ich! Hinaus! Mein Kopf brennt!«
»Das geht nicht! Vor einer Stunde starb Vanbeest, und man ist auf deiner Spur.«
»Ich bin schuldlos.«
»Das glaubt niemand. Du bleibst hier zur Nacht und gehst dann mit deiner Dirne an Bord!«
»Es hausen fürchterliche Menschen auf Eurem Schiff. Ich will nicht an Bord bei Euch!«

»Dann liefere ich dich aus.«
Paul blieb unter den grauenhaftesten Gewissensqualen zurück. Als die Nacht einbrach, führte der Kapitän ihn an den Ort, wo Gladie auf ihn wartete. Das Mädchen warf sich an seine Brust: »Paul, mein Paul! Du bist kein Mörder! Und ich gehe mit dir, wohin du willst!«
Der Kapitän drängte. Die Hafenwache zeigte sich und mit innerem Widerstreben wurden sie in ein Boot gebracht, das rasch dem Schiff zustrebte.
»Wie heißt Euer Schiff?« fragte Paul mit halblauter Stimme einen Ruderer.
»Der Teufel und seine Großmutter!« antwortete dieser mit schallendem Gelächter, und Fieberschauer ergriff die beiden schuldlosen Kinder, als sie in das *Zwischendeck* geschickt wurden. Am anderen Morgen befand man sich auf offener See, und als Paul fragte, was er zu tun habe, wurde ihm geantwortet, das werde sich alles finden.
Mit Grauen erkannte Paul, daß er sich an Bord eines Seeräubers befand, der die empörendsten Grausamkeiten beging.
»Ich werde mich blind weinen«, schluchzte Gladie, »um nur eure Greueltaten nicht mehr zu sehen.«
Paul weigerte sich beharrlich, irgendwo Hand anzulegen. Man lachte über ihn und drohte, ihn totzupeitschen, samt seiner Dirne, wenn er sich nicht bis zum folgenden Morgen besonnen habe.
Aber ehe diese Frist zur Hälfte verstrichen war, erhob sich ein mächtiger Sturm, der von Stunde zu Stunde wuchs. An Bord herrschte eine gräßliche Verwirrung: Einer betete, ein anderer fluchte, die meisten tranken sich um ihr Bewußtsein. Paul und Gladie beteten laut um Rettung aus dieser Not.
Vergebens beriet sich der Kapitän mit den erfahrensten Seeleuten. Keiner wußte Hilfe, bis die Reihe an einen langen, hageren Kerl mit struppigem Haar und verworrenem Bart kam, der mit gellendem Gelächter rief: »Ihr müßt alle das Abendmahl nehmen und die Hostie, statt sie hinunterzuschlucken, ins Meer werfen, dann wird der Sturm sogleich beschworen!«
»Du hast gut Rat erteilen, Bursche! Woher nehmen wir das Zeug?«
»Wollt Ihr mir tausend Gulden zahlen, wenn ich den Sturm besänftige?«
»Das gelobe ich dir!«
»So hört! Beim letzten Streifzug an der Küste guckte ich aus Neugier in eine Kirche. Da fand ich zwei große silberne Leuchter, einen vergoldeten Kelch und eine goldene Dose mit Hostien. Ich nahm das alles fein sauber unter meine Jacke

und der Pfaffe, der dazu kam und mich nicht hindern konnte, schwor, die heiligen Gefäße würden mein Verderben sein. Nun bin ich daran, den Pfaffen Lügen zu strafen.«
Er stieg hinab. In diesem Augenblick ward der Sturm heftiger, die Wellen wuchsen höher, aber keiner achtete darauf; sie empfingen den aus dem *Zwischendeck* zurückkehrenden Kameraden mit lautem Jubelgeschrei.
Der Kirchenräuber stellte die geweihten Leuchter auf und dazwischen die ebenfalls geraubte Monstranz. Dann trat er, den mit Branntwein gefüllten Kelch in der einen, die Schachtel mit den Hostien in der anderen Hand, hervor, ließ jeden aus dem heiligen Gefäß trinken und gab jedem eine Hostie. Die rohen Gesellen nahmen, wie ihnen vorhin gesagt worden war, diese wieder aus dem Mund und warfen sie mit lauten Flüchen in die See. Paul und Gladie aber sanken vom Jammer überwältigt in die Knie und beteten eifrig.
Aber in demselben Augenblick, als die Hostien die Fläche des Meeres berührten, erblickte man in den Wolken eine gigantische blutrote Hand, die auf das Schiff deutete. Der Sturm schwieg, die Wellen sanken, kein Hauch bewegte die Luft. Die Menschen waren verstummt und sanken regungslos zu Boden. Es war ein Bild des Todes.

Hundert Jahre waren verstrichen, da trieb ein Schiff ohne Segel und Steuer in den Hafen von Rotterdam. Alle betrachteten es mit neugierigem Staunen, und erst als sich stundenlang kein lebendes Wesen an Bord zeigte, stiegen einige Beherzte hinauf. Sie erschraken heftig, als sie das *Deck* mit Gebeinen bedeckt fanden und mitten darunter die Monstranz und die heiligen Gefäße. Seitwärts aber erblickten sie zwei jugendlich-schöne Gestalten, die sanft und ruhig zu schlafen schienen. Noch betrachtete man diese mit stiller Verwunderung, als sie erwachten und mit einem seligen Lächeln sich umarmten.
»Wir haben nur geträumt«, flüsterte Gladie. »Preis sei Gott!«
Man bestürmte sie mit Fragen. Erstaunen und Grauen erfaßte die Umstehenden bei Pauls Bericht. Keiner wollte Gladies Mutter kennen, niemand von einem Hafenkommandanten Vanbeest etwas wissen. Da entsannen sich einige ältere Männer, daß sie von ihren Großeltern eine ähnliche Geschichte gehört hätten; auch erinnerte man sich, daß einstmals ein berüchtigter Seeräuber sein Schiff ›Der Teufel und seine Großmutter‹ in den Hafen von Rotterdam unter neutraler Flagge gebracht und Seevolk angeworben habe.
»Das ist über hundert Jahre her!« rief ein alter Hafenknecht. »Und wie mein alter Großvater, der damals lebte,

versicherte, lag es auf derselben Stelle, wo jetzt dies *Wrack* liegt.«
Mit scheuer Ehrfurcht sah das Volk auf die beiden jugendlichen Gestalten, die der Herr beschirmt hatte in der Stunde der Not und die er jetzt aus hundertjährigem Schlaf erweckte, damit sie von seiner Größe, Macht und Herrlichkeit ein redendes Zeugnis ablegten. Sie gingen zu der Kirche, die jener Verwegene einst bestahl, setzten die heiligen Gefäße ehrfurchtsvoll auf den Altar und sanken betend nieder. Der Geistliche schloß die wunderbar Erhaltenen in seine Arme.
Die ganze Gemeinde betete mit ihnen; die vollen Töne der Orgel klangen hell und feierlich. Paul und Gladie aber sanken mit dem Ausruf »Vater im Himmel, in Deine Hände befehle ich meinen Geist!« zu Boden.
Erschrocken sprang der Geistliche zu: er hielt zwei Leichen im Arm. Sie waren nun wirklich gestorben. Am Fuß des Altars wurden sie begraben und ihr Grab wird noch heute gezeigt.
Als man aber später nach dem Hafen zurückging, um das gespenstische Schiff näher zu untersuchen, war es verschwunden.

Der Geister-Lotse

Wild brauste das Meer.

Der pfeifende Nordweststurm trieb die schäumenden Wogen vor sich her und kaum hatten sie das zischende Haupt erhoben, so schleuderte er sie wieder in den Abgrund zurück.

Inmitten der aufgeregten Fluten schwankte eine *Brigantine* auf und nieder. Verheerend hatte der Sturm an Bord gewütet, die Segel waren zerrissen, die Stangen zersplittert. Weit von seinem gewöhnlichen Kurs verschlagen, trieb das Fahrzeug fast *wrackmäßig* zwischen Himmel und Erde: selbst die sicherste Hand wußte nicht das zerbrochene Steuer zu regieren.

Ein wildes Gelächter erscholl aus der *Kajüte*; rohes, wüstes Geschrei ertönte unter dem *Deck*. Um den mit Flaschen besetzten Tisch saßen dort die *Offiziere;* um ein gefülltes Faß, dem die Decke eingeschlagen war, lagen hier die Matrosen. Rohe Zechlieder ertönten aus rauhen Kehlen, heidnische Flüche kamen aus verworfenen Herzen; die Würfel klapperten unaufhörlich, Gold flog hin und her – Lärmen, Toben, Fluchen nahm überhand.

»Alles ein Teufelholen!« brüllte ein alter, bärtiger Matrose. »Wir sind ganz vom *Fahrwasser* abgekommen. Das *Besteck* stimmt nicht mehr; *Oktant, Sextant* und Kompaß sind über Bord! Ein Glück, daß die Schiffsladung aus Wein und Branntwein besteht, nun können wir doch mit Sang und Klang zum Satan fahren! Lustig, Jungens! Lustig!«

»Wo ist mein Schiffsvolk?« erscholl die lallende Stimme des Kapitäns von der *Kajüte* aus. »Sind die Kerle schon alle toll und voll, oder kann sich noch einer von ihnen regen und bewegen? Ich will sehen! Reißt die *Scheerwand* ein!«

Mit lautem Gekrach brach diese unter den Schlägen schwerer Äxte zusammen, und *Kajüte* und *Zwischendeck* bildeten ein weites Zechgemach.

Da stieg ein Jüngling aus dem untersten Raum, der sah mit steigendem Schmerz auf das wüste Treiben. Das goldene Lockenhaar hing unordentlich auf die Schultern herab, die großen blauen Augen waren matt vom vielen Weinen, er hob die Hände flehend zu dem Kapitän empor und bat mit rührender Stimme: »Mach ein Ende!«

Laut lachte der Kapitän, lauter die *Offiziere*; am ausgelassensten gebärdeten sich die Matrosen. Sie höhnten den Jüng-

ling und wollten ihn zwingen, mit ihnen zu trinken und in ihre Lieder einzustimmen.
Gewaltsam riß er sich von ihnen los und stürzte zu Füßen des Kapitäns: »Hilfe! Rettung!« rief er. »Beschütze mich vor diesen Wüterichen, die mich verderben wollen!«
»Ist der Junge toll?« lallte der Kapitän und stieß den Knaben mit dem Fuß fort. »Aber warum ist denn alles auf einmal so still? Kann keiner ein lustiges Schelmenlied? Hier ist ein Maß des ältesten Madeiras, und auf dessen Boden liegen zehn Goldstücke! Das alles gehört dem, der den kräftigsten Fluch ausstößt.«
Alle Greuel der Unterwelt wurden genannt und mit schallendem Gelächter aufgenommen. Der alte *Bootsmann* gewann den Preis.
Bleich, heftig zitternd, mit schlotternden Knien hatte der Jüngling diesen neuen Frevel vernommen. Er stürzte abermals dem Kapitän zu Füßen und rief: »Stoße mich nicht wieder zurück: ich flehe dich um deines Seelenheiles willen an! In dem tiefuntersten Raum deines Schiffes verborgen, komme ich während der ganzen langen Fahrt heute zuerst vor dein Angesicht. Sieh mich genau an, und du wirst mich erkennen. Hast du nicht ein unschuldiges Mädchen aus dem Schoße seiner Familie gerissen, hast du es nicht der Schande preisgegeben und dann böswillig verlassen? Sie lag vor dir auf den Knien, sie küßte den Staub von deinen Füßen und flehte: ›Bring mich wieder zu Ehren!‹ Aber du hörtest mich nicht und jagtest mich von der Schwelle deines Hauses!«
»Was zum Teufel!« rief der Kapitän überrascht. »Mimi! Bist du es?«
»Ich bins! Mit dem festesten Entschluß kam ich an Bord deines Schiffes. Du solltest mich vor der Schande retten, oder ich wollte dich ermorden. Aber Gott hat mich erleuchtet, daß ich diesen sündigen Gedanken fahren ließ, und jetzt bitte ich um weiter nichts, als daß du von diesem wüsten Leben abläßt, damit du dich vor dem zeitlichen und ewigen Verderben rettest.«
»Oh nein!« rief der Kapitän höhnisch. »Bist du mir bis hierher gefolgt, so will ich auch dein Mann werden. Frisch, Jungens! Räumt das Gerät beiseite! Wir wollen Gottesdienst spielen und am Schluß soll uns der Pfaffe trauen! Wer will der Pfaffe sein?«
»Ich!« rief ein langer, verwegener Kerl, rollte ein Faß in die Mitte und stellte sich darauf, ein Spiel Karten in der einen, eine volle Flasche in der anderen Hand.
»Gut! Wer will der Küster sein?«
»Ich!« rief ein anderer und stellte sich in die Nähe des Fasses.

»Auch das gut! Wer will die Orgel sein?«
»Ich!« rief ein dritter und stellte sich zur Linken des Küsters, indem er den Klang des Instrumentes mit dem Mund nachzuahmen versuchte und mit den Würfeln rasselte.
»So ist alles recht!« lachte der Kapitän laut auf. »Nun komm, Mimi! Es geht zur Trauung, worauf du so lange gehofft hast. Halt das Maul, Dirne, und greine nicht. Hörst du nicht, daß der Gottesdienst beginnt?«
Der Priester tat einen Zug aus der Flasche und mischte die Karten. Der Küster schwankte dem Brautpaar entgegen, und die Orgel versuchte eine Melodie, während die übrigen in ein wieherndes Zotenlied ausbrachen. Mimi sank ohnmächtig zusammen. Die Zeremonie ward unter grauenhaft lächerlichen Gebräuchen vollzogen.
»Es ist vollbracht!« rief der, der den Pfaffen vorgestellt hatte und taumelte vom Faß herunter, dem Küster und der Orgel in die Arme, mit denen er zu Boden fiel.
Da trat plötzlich eine seltsame, fast grauenhafte Stille ein. Der Sturm schwieg, die Wellen rauschten nicht mehr auf, das Schiff lag unbeweglich. Bei diesem überraschenden Wechsel verstummten alle und stiegen langsam, mit innerem Widerstreben, zum *Deck* hinan.
Auch oben herrschte lautlose Stille. Der Himmel war schwarz umzogen; einzelne Wolken hingen so tief, daß sie fast die Spitzen der *Masten* berührten; das Meer glich einem stehenden Sumpf, keine sich leise hebende Welle, keine Furche war zu schauen, so weit das Auge reichte.
Unfern vom Schiff erhob sich ein furchtbares Felsenriff aus der schwärzlichen Flut und ragte in die Wolken; keiner konnte seinen Gipfel entdecken.
Unbeweglich blickten die kühnen Frevler auf das schreckenvolle Schauspiel. Kein Laut trat über ihre Lippen, ihre Augen blickten stier, ihr Haar sträubte sich empor.
Mimi irrte angstvoll umher; sie sank in die Knie und betete um Rettung zum ewigen Vater.
Umsonst!
Immer näher trieb das Schiff der verhängnisvollen Felswand: fest und unbeweglich stand die Mannschaft. Grabesstille herrschte.
Da steuerte hinter den *Klippen* ein Boot hervor und hielt gerade auf die *Brigantine* zu. Es führte weder Segel noch Ruder und flog mit der Schnelligkeit eines Vogels heran. Darin stand ein Mann, barhäuptig, mit todbleichem Angesicht, mit stieren, glutlosen Augen und fliegenden Haaren. Er trug ein eng anliegendes, dunkelfarbiges Gewand, das ein blutroter Gürtel umschloß. Er gab ein Signal, wie es die

Lotsen zu machen pflegen, wenn sie den Schiffen bis auf die See entgegen fahren, aber keiner von der Mannschaft hatte die Kraft, dies Signal zu erwidern. Da stürzte Mimi zum Vorderteil der *Brigantine* und winkte angstvoll dem unheimlichen Fremden: denn immer grauenerregender trat die *Klippenreihe* heraus und drohte auf das Schiff herabzustürzen. Der Fremde nickte mit dem Kopf und stand in demselben Augenblick an Bord.

Das Boot war verschwunden.

Mit höhnischem Grinsen ging der Fremde an den regungslosen Schiffern vorüber und nahm sogleich das Steuer zur Hand. Sofort wendete sich das Schiff und schoß mit Blitzesschnelle längs der *Klippenreihe* hin. Plötzlich öffnete sich ein riesiges Felsentor und der Geister-Lotse fuhr dort hinein.

Die *Brigantine* befand sich in einem furchtbaren Felsenkessel, dessen Ausgang nicht zu sehen war. Von allen Seiten schlug die schäumende Flut hoch empor. Mimi wandte sich schaudernd ab und sank, von einer tiefen Ohnmacht umfangen, zu Boden.

Immer rascher führte die Strömung das Schiff dahin; enger rückten die Felsufer, sie wurden schroffer und abschüssiger. Der dampfende Gischt flog höher und höher.

Ein banger, heiserer Schrei zerriß die Luft. Da flogen von allen Seiten riesige Nachtvögel auf; sie umflatterten das Schiff, umschwirrten die Regungslosen, berührten sie mit ihren Flügeln, und hackten mit den Schnäbeln nach ihnen. Schmerz und Todesangst malten sich auf den verzerrten Gesichtern, aber sie vermochten nicht, die Ungetüme zu verscheuchen; sie konnten nicht schreien, um den Druck zu mildern, der ihre Brust belastete.

Ein langer nachhallender Donner rollte, ein zischender Blitz folgte und erhellte die grausige Szene. Die Felsen schienen im Feuer zu stehen. Inmitten der Glut saß allerlei seltsames Getier; eines fraß das andere und wimmerte dabei vor Schmerz. Andere liefen am Strand umher. Aus ihrem Hals hing eine glühende Zunge; sie stürzten sich in die schäumenden Wellen, um ihre Glut zu kühlen, aber die Wellen wichen zurück und die Gequälten rannten weiter.

Rastlos ging die Fahrt. Die hohen Felsen wurden allmählich zu Glutöfen und aus der Flut sprangen knisternde Funken empor. Durch die glühenden Wände der Felsen sah man in ihr Inneres und erblickte dort halb tierische, halb menschliche Gestalten, die ein höllisches Bacchanal[1] hielten und wie sinnlose Teufel durcheinander rasten. Furien[2] aber liefen mit

[1] Ausschweifendes Festmahl, Orgie.
[2] In der Antike Rachegöttinnen.

Ruten und Stangen umher und geißelten und zwackten alle, die von ihrer Fröhlichkeit abließen. Aber von all diesen hundert grauenerregenden Gestalten waren keine so fürchterlich, so schrecklich anzuschauen, wie die unbeweglich dastehenden Männer der *Brigantine*. Der Geister-Lotse stand regungslos am Steuer. Mit einem Lächeln des tödlichsten Hohnes sah er auf die neuen Opfer, die er mit sicherer Hand dem Untergang entgegenführte. Er zog einen langen Stecken hervor, der mit tausend scharfen Nagelspitzen besetzt war; den trieb er in das Schiff hinein, als wollte er es anspornen, rascher auf der feurigen Bahn fortzueilen.

Da bewegte sich das junge Mägdlein. Ihre Augen blieben geschlossen, aber ein Traum beschäftigte ihre Seele und über ihre Lippen glitten die Worte: »Nicht weiter! Vater des Himmels! Laß mich eine weiße Taube sein.«

Und kaum hatte sie dies gesagt, als sie die Lippen wieder schloß und tiefer Schlaf sie umfing.

Der Geister-Lotse ließ das Steuer fahren und streckte die Hand aus. Augenblicklich stand die *Brigantine* fest. Die funkensprühenden Wellen rauschten heran, sie schlugen als helle Flammen empor und schlängelten sich bis zu den Mastspitzen; die in Feuer stehenden Segel fielen herab und umhüllten die erstarrte Mannschaft mit glühenden Mänteln. Plötzlich ertönte ein Donnerschlag, der die Erde bis in ihre Grundfesten erschütterte. Hoch auf wirbelte die Glut und verzehrte die *Brigantine* in einem Moment.

Der Geister-Lotse stand aufrecht am Strand und heftete den starren Blick auf die Flut. Da teilte sich diese plötzlich und aus ihr stieg eine zarte, weiße Taube empor in die Luft; ihr nach flog eine Schar unheimlich krächzender Raben.

Aber die Wolken teilten sich: der Glanz des Himmels ward sichtbar. Getragen von silbernen Flügeln schwebte ein Engel herab und nahm die schüchterne Taube in seinen Schutz; er trug sie in das Heiligtum und der Himmel schloß sich. Die Raben aber schossen mit lautem Gekrächze niederwärts, sie flatterten in einen glühenden Käfig, und vor dessen Tür stellte sich ein Wächter, der sie peitschte, so oft sie einen Augenblick zu ruhen wagten.

Der Geister-Lotse aber bestieg wieder sein Boot und fuhr, ohne Steuer und Segel, abermals auf das Meer hinaus.

Die Rose von Seeland

Die Wogen des baltischen Meeres[1] stürmten an Seelands[2] grünenden Ufern vorüber.

Wenn um die frühe Morgenstunde der erste Sonnenstrahl auf den bewegten Wellen zittert, dann blitzt es auf wie Perlen und Diamanten, eine leuchtende Purpurröte bedeckt die wallende Fläche; die hüpfenden Wellen scheinen einen Blätterkranz zu bilden, aus dessen Mitte seltsame Zauberblumen hervorsprießen.

Der Fischer steht mit übereinandergeschlagenen Armen an der Küste; er beschaut sinnend das herrliche Naturspiel und murmelt vor sich hin: »Das ist die Rose von Seeland.«

Die Rose von Seeland war ein junges Mägdlein, die Tochter eines Fischers. Sie ist schon längst verstorben, aber noch immer lebt ihr Andenken im Munde des Volkes. Der Küstenbewohner jener stolzen Insel ist nicht unempfindlich für die Reize der Jugend und Schönheit; er preist, er bewundert sie, wenn er ihnen begegnet; aber im stillen setzt er hinzu: »Es ist doch nicht die Rose von Seeland!«

Rose war noch nicht ganz sechzehn Jahre alt; leicht und zierlich gebaut wie eine Nymphe, in ihrem Kopf zwei blaue Augen, feuchtschimmernd wie zwei hellglänzende Seesterne, eine vollkommene Tochter des Meeres. Des Vaters Auge ruhte voll unaussprechlicher Wonne auf ihr, die Blicke der Liebhaber folgten ihr mit Entzücken. Wer einmal einen recht frohen Tag haben wollte, der klopfte an ihre Hütte und sagte: »Schöne Rose, lächle mir zu!« Das tat sie und kein Mißgeschick rief im Lauf des Tages eine Wolke auf seine Stirn. Wer eine große Herzensqual erduldete, der trat ihr in den Weg und sprach: »Schöne Rose, sieh mich an!« – dann richtete sie einen Blick des unnennbaren Mitleids auf den Unglücklichen, und alsbald versiegten seine Tränen.

Rose war der Schutzengel von Seeland.

Die Jünglinge entbrannten in unsäglicher Liebe für sie, aber ihr Herz blieb ungerührt. Von allen Seiten strömten reiche und schöne Freier herbei, die ihr den Himmel auf Erden verhießen, aber Rose schlug alle aus, und der Vater konnte nichts tun, als die Verschmähten bedauernd zu entlassen.

Rose fühlte sich glücklich in ihrer Freiheit; sie wollte selbst

[1] Die Ostsee.
[2] Hauptinsel Dänemarks.

eine goldene Fessel nicht dulden. Die Blume, die ohne Zwang in freier Gottesluft erblüht, duftet und leuchtet am schönsten.

Die Leidenschaft ist aber mächtiger als der Wille des Menschen, denn die Leidenschaft bricht diesen Willen. Auch Rose mußte sich dieser mächtigen Tyrannei beugen. Von dem Augenblick an wurde sie still und verlegen; sie zog sich von ihren Gespielinnen zurück; ihre Augen füllten sich mit Tränen, ihr Lächeln war verschwunden: sie blickte seufzend zu dem gestirnten Himmel auf, und wenn die erregten Wellen gegen das Ufer brandeten, breitete sie sehnsüchtig die Arme aus. – An dem entferntesten Ende der Insel hatte ein furchtbarer Sturm gewütet; die Wellen zerstörten ein ganzes Dorf und verschlangen die geringe Habe der Einwohner, die nun händeringend die Stätte des Jammers verließen und nach allen Himmelsgegenden auswanderten, um eine neue Heimat zu suchen.

Rolf, ein kräftiger Jüngling, schritt über den mit Kies und Muscheln besäten Strand. Auf seinem Rücken trug er die wenige Habe, die er aus dem Sturm gerettet hatte; an seinem rechten Arm hing eine alte Frau mit verweinten Augen – seine Mutter; zu seiner Linken wankte sein Vater – ein lebensmüder Greis; aber Rolf schritt ungebeugt mit dieser dreifachen Last die freudlose Bahn und erreichte endlich das Dorf, worin Rose wohnte. Er klopfte an ihre Hütte, weil diese zunächst lag, um Aufnahme für seine Eltern zu erbitten; als sie aber heraustrat und den Jüngling anblickte, schlug sie verwirrt die Augen nieder und rief den Vater.

Die Verirrten fanden hier eine neue Heimat. Sie erhielten eine Hütte und ein Boot; man gab ihnen Netze, worüber der Pfarrer den Segen sprach. Rolf steuerte mit den jungen Leuten des Dorfes auf das Meer hinaus; er teilte ihre Arbeiten wie ihre Freuden, und bald war es ihm, als habe er nie eine andere Heimat gehabt.

Rolf und Rose sahen sich täglich, aber sie blickten sich nur verstohlen an und hatten füreinander noch keine Worte. Er kam mit vollem Herzen zu ihr, aber die Lippen versagten ihm den Dienst; sie eilte ihm voll seliger Erwartung entgegen, aber wenn sie vor ihm stand, schlug sie die Augen zu Boden.

Eines Tages fuhr Rose mit ihrem leichten Boot auf das Meer hinaus; sie war eine kundige Schifferin und wußte Bescheid mit dem Lenken des Steuers. Rolf stand am Ufer und sah, wie der *Kiel* die Fluten durchschnitt.

»Soll ich dir helfen, Rose?« rief der Jüngling. »Nimm mich zum Geleitsmann!«

Sie aber schüttelte mutwillig den Kopf und flog hinaus auf den glatten Spiegel der See.
Niemand außer Rolf hatte das Wagestück der Jungfrau gesehen. Er blickte ihr seufzend nach und blieb mit seinen Träumen allein. Das Boot schwamm in der Ferne, einer rasch fliegenden Möwe nicht unähnlich; die Sonne glühte und ihre Strahlen spiegelten sich auf der Fläche des Meeres, das goldbesticktem Purpur glich.
Aber plötzlich bezog sich der Himmel mit schwarzen Wolken; die Fische sprangen unruhig aus der Flut empor, die Möwen flogen krächzend dem Ufer zu. Rolf schreckte aus seinen Träumen auf, er warf einen forschenden Blick umher, aber das Boot des Mägdleins war nicht mehr zu erspähen.
»Heiliger Gott!« rief er erschreckt. Weiter vermochte er nichts hervorzubringen. Aber blitzschnell war er in ein Fahrzeug gesprungen, hatte die Segel gesetzt und flog auf die bereits erregte Flut hinaus. Der herannahende Sturm rief die Gefährten des jungen Fischers aus ihren Hütten; sie sahen die nahe Gefahr, der er sich preisgab; sie schrien ihm nach, aber er schaute sich nicht um, er hörte ihre warnenden Stimmen nicht mehr, er wollte sie nicht hören.
Er steuerte auf die See hinaus. Immer reißender wurde die Strömung, immer höher stiegen die Wellen, immer undurchdringlicher starrte ihm die Finsternis entgegen. Der Sturm heulte und pfiff, die schäumende Flut rollte hoch über ihn hinweg. Da sah er das Boot, mit dem sich Rose hinausgewagt hatte; der Mast war gebrochen, das Segel verschwunden. Auf dem Boden ihres Fahrzeugs lag das liebliche Mädchen, ohne Bewußtsein. Es gelang ihm mit großer Anstrengung, sie aus ihrer schrecklichen Lage zu befreien, und mit wehem Herzen trat er die Heimfahrt an.
An der Küste herrschte Verwirrung über Verwirrung. Die jungen Leute hatten von Rolfs Fahrt gesprochen; die Alten schalten diese unüberlegt, töricht. Aber bald darauf wurde auch Rose vermißt. Ihr Boot fehlte, samt den zierlichen Netzen und Angeln, und nun erriet man alles. Der Vater des Mägdleins flehte seine Freunde um Beistand an, aber auch dem Beherztesten fehlte der Mut, sich in eine so offenbare Gefahr zu stürzen.
Die Nacht brach herein, man trug große Haufen von Reisig zusammen. Die Flammen wirbelten in den dunklen Nachthimmel empor: sie sollten den Irrenden auf dem Meer als sicherer Wegweiser dienen.
Plötzlich vernahm man vom Strand her lautes Freudengeschrei. Rolfs Wagestück war gelungen, er sprang, die willkommene Beute im Arm, an das Ufer. Rose erholte sich all-

mählich und überbot sich in den lebhaftesten Ausdrücken des Dankes; ihr Vater empfing sie aus seinen Händen und rief den Segen des Himmels auf den Retter seines Kindes herab.
Von diesem Augenblick an galt Rolf als der begünstigte Freier der schönen Rose und die gutmütigen Fischer konnten nicht begreifen, daß das Mägdlein noch immer mit dem Jawort zögerte. Drang er auf endliche Entscheidung, lief sie laut lachend davon. Wandte er sich dann verdrießlich von ihr, kehrte sie plötzlich zurück, zog ihn schäkernd mit sich fort zum Strand und sie ruderten mitsammen auf das Meer hinaus. Waren sie nun weit genug von der Küste, um nicht beobachtet werden zu können, zog sie die Ruder ein, und indem sie den schönen Jüngling mit gefalteten Händen ansah, und einen demütigen Blick auf ihn richtete, sprach sie: »Mein Freund! Mein Retter! Ich liebe dich über alles! Ich bleibe dein für das Leben! Aber sei barmherzig und laß mir noch einige Zeit die Freiheit meiner Jugend. Wenn du es befiehlst, so folge ich dir in der nächsten Stunde zum Altar, denn ich erkenne dich als meinen Herrn und Gebieter. Aber bei unserer Liebe beschwöre ich dich, befiehl es nicht, denn die Stunde unserer Verbindung wäre auch die Stunde unseres Todes. Lache nicht! Du weißt nicht, was ich weiß.«
Und Rolf verlangte nichts. Beide fuhren schweigend zur Küste zurück.
So blieb es lange Zeit.
Der Herbst kam heran. Das junge Volk, Knaben und Mädchen, war beschäftigt, lange und schmale Kanäle zu graben, worein sie das Seewasser leiteten. Wenn sie gefüllt waren, dämmte man sie gegen die See ab, das Wasser trocknete ein oder verdampfte, und die kleinen Fische, die sich hierher verirrt hatten, blieben auf dem Sand zurück. Lachend und schäkernd bemächtigte man sich der Beute: Es war mehr ein Spiel als eine Arbeit.
Gewöhnlich nahten sich dann die rüstigen Buben den jungen Dirnen und baten um einen Kuß. Doch die Überlieferung wollte es bei diesen Spielen, daß die Mädchen verweigerten, was sie zuweilen gern gegeben hätten. Sie liefen davon, aber nicht allzu schnell; es gelang den Jünglingen fast immer, sie zu erhaschen. Dann ergriffen diese die willkommene Beute und trugen sie ins Meer, immer weiter hinein, sie mit starken Armen zwischen Wasser und Luft schwebend haltend, bis die erschreckten Mädchen sich mit einem Kuß auslösten.
Die ganze Küste war mit jungem Volk bedeckt, das sich auf diese Weise vergnügte; die Alten sahen aus der Ferne mit stillem Lächeln zu. Da nahte Rolf sich der schönen Rose und sagte: »Willst du nun endlich deinen Eigensinn fahren lassen

und mich küssen als meine Braut, so sollst du auch meine herzliebe Rose sein!«
Sie aber schüttelte mit dem Kopf und sagte kurz ab: »Ich will nicht! Und wenn du nicht aufhörst, mich zu quälen, gehe ich dir künftig aus dem Wege.«
»Nein!« rief er ärgerlich, »so gehe ich nicht wieder von dir. Alles junge Volk hänselt mich und schilt mich einen dummen Jungen, der nicht mit solchem Dirnlein fertig zu werden weiß. So soll es nicht ferner heißen, und darum frage ich, ob du dich jetzt gleich mit einem Kuß von mir auslösen willst?«
»Nein, du garstiger Mensch! Nie und nimmer!«
Und ehe sie noch ein Wort hinzusetzen konnte, hatte Rolf sie ergriffen und eilte mit ihr der See zu. Alle stürzten jauchzend hinterdrein, denn sie gönnten der spröden Rose diese Neckerei.
Rose schwebte in Todesangst, denn sie sah ihren und des Freundes Untergang vor Augen. Was bis dahin nur sie allein gewußt hatte, mußte sie jetzt offenbaren, und flehte Rolf an, nur einen Augenblick still zu stehen.
»Ich darf dich nicht küssen«, rief sie in geflügelter Eile, »wie sich auch mein Herz danach sehnt. Als ich einst des Nachts am Strand ging, erhob jenes furchtbare Ungeheuer, das wir den Riesen des Sundes[3] nennen, sein ungestaltetes Haupt, grinste mich an und rief mit gellender Stimme: ›Röslein von Seeland! Du bist mein Bräutlein, und wenn in meinem unterirdischen Palast alles zu deinem Empfang bereit sein wird, hole ich dich ab. Bis dahin genieße deine Freiheit, aber bewahre dein Herz, denn gibst du es einem andern, seid ihr beide verloren.‹«
Rolf lachte laut auf: »Das war ein gutes Märchen! Aber ich fürchte deinen Sundriesen nicht und frage dich nochmals, ob du mich küssen willst oder nicht?«
»Nimmermehr!« rief Rose.
»So nehme ich ihn mit Gewalt, allen Wasserriesen zum Trotz. Und damit er sieht, wie wenig ich mich vor ihm fürchte, will ich ihm näher gehen.«
Tiefer schritt er in die wogende Flut; die Arme hoch emporgestreckt, hielt er die Jungfrau schwebend über sich. Man schrie ihnen vom Ufer zu, den Spaß nicht zu weit zu treiben, aber sie hörten die warnenden Stimmen nicht mehr.
Da vernahm man einen gellenden Schrei. Alle standen am Ufer starr vor Schrecken. Ein furchtbares Haupt tauchte aus den Wellen auf: es war weiß wie die schroffe Wand eines Kreidefelsens; ein weiter Riß deutete den Mund an, zwei

[3] Wasserstraße zwischen der Insel Seeland und der Halbinsel Skandinavien (Schweden).

glühende Karfunkelsteine bezeichneten die Augen; statt der Haare ringelten sich unzählige buntbefleckte Seeschlangen auf die Schultern herab.

»Schöne Rose! Schöne Rose!« rief das Ungetüm. »Habe schon auf dich gewartet. Bist nun mein für immer!«

Mit lautem Geprassel tauchte er unter. Mit ihm zugleich waren Rolf und Rose verschwunden.

Niemand hat sie wieder gesehen.

Aber wenn das glühende Frührot vom klaren Himmel sich auf die Meerflut herabsenkt, dann hüpfen die flüchtigen Wellen auf und nieder, und auf ihren schaumbedeckten Rücken tanzt die Rose von Seeland.

Insel Neuwerk

Dort, wo die Wellen der Elbe und der Nordsee gegeneinander rollen, liegt Neuwerk mit den flachen Ufern, dem hohen Leuchtturm und den einfachen Häusern der nur wenigen Bewohner. Diese unterhalten karge Verbindung mit dem Festland oder der Felseninsel Helgoland, und noch seltener setzen Fremde ihren Fuß auf diesen öden Strand.

Vor tausend Jahren – so erzählt mancher der märchenkundigen Fischer – war das anders. Das Eiland erhob sich von allen Seiten stolz und kühn aus der wogenden Flut empor; es war mit üppigen Gärten und schattigen Hainen bedeckt; goldene Früchte hingen an silbernen Ästen, und aus dem smaragdenen Boden blitzte es auf wie Sonne, Mond und Sterne. Ein balsamischer Duft strömte von dem lebensglühenden Strand auf das offene Meer hinaus.

Eine mächtige Königin lebte hier, nur mit der Erziehung ihrer Tochter und dem Wohle ihres Volkes beschäftigt. Und das gelang ihr, denn keine glücklicheren Sterblichen waren zu schauen als die Bewohner dieser Insel. Was sie wünschten, ward ihnen gewährt. Darum liebten sie auch ihre Gebieterin sehr; wenn sie sich mit ihrem Töchterchen zeigte, war große Freude im Lande und alle riefen: »Es lebe unsere Mutter, die gute Königin und die huldreiche, schöne Prinzessin!«

Ja, sie war schön, schön, wie noch niemals ein irdisches Geschöpf, schön wie ein Wesen aus vollkommenen Welten. Wer sie anblickte, und wäre er noch so unglücklich gewesen, dessen Angesicht leuchtete und Seligkeit lachte aus seinen Augen. Darum nannte man sie auch Augentrost, und wer einmal einen guten Tag haben wollte, der suchte sich der Prinzessin zu nahen und blickte ihr in das hellstrahlende Auge.

Aber was allen Bewohnern des Eilandes Glück und Ruhe gewährte, das war auch bestimmt, zu ihrer Vernichtung beizutragen.

Die Schönheit der Prinzessin war nicht allein in ihrer Heimat bekannt. Auch jenseits der Wellen, die diese glückliche Insel umrauschten, vernahm man davon, und das tausendzüngige Gerücht erzählte Wunder über Wunder. Und kaum war dies geschehen, als es nicht an Prinzen fehlte, die herbeieilten, um die Prinzessin für sich zu gewinnen. Aber keiner unter allen, die kamen, vermochte es, das Herz der jungen Schönheit zu rühren, und die Mutter hatte nichts zu tun, als die Bewerber

einen nach dem andern mit einem zierlich geflochtenen Korb nach Hause zu schicken.
Endlich ward es wieder still auf der Insel, denn die hochgeborenen Freier wurden es müde, um nichts die Gefahren des Meeres zu bestehen. Alles ging seinen gewohnten Beschäftigungen nach, bis ein unerwartetes Ereignis die ganze Insel in Angst und Schrecken setzte.
Die Prinzessin hatte sich eines Morgens kaum von ihrem Lager erhoben und die einfache Toilette vor dem hellgeschliffenen Diamantspiegel beendigt, als sie plötzlich gestört wurde.
»Prinzessin Augentrost! Prinzessin Augentrost!« rief es vor dem Fenster. »Gönne mir doch einen Augenblick die Wonne deines Anblicks, denn mein Herz ist traurig und ich will schier vergehen vor Schmerz.«
Mitleidig, wie die Prinzessin immer war, eilte sie sogleich, dem Bittenden seinen Wunsch zu erfüllen; aber als sie auf den Balkon trat, schrie sie laut auf, denn unerwartet stand ein mächtiger Riese vor ihr. Er stützte sich mit beiden Ellenbogen auf das Geländer des Balkons und das große, unförmlich gestaltete Haupt ruhte zwischen beiden Händen.
»Grüß dich Gott, schönes Prinzeßchen! Betrachte mich einmal genau und sage mir dann, ob ich nicht ein stattlicher Freiersmann bin? Du siehst in mir den Wasserkönig von Wangerooge und ich komme hierher, um eine Königin für meinen Palast und ein Weib für mein Bett zu werben. Für beides bist du mir gut genug; darum schlage ein und folge mir in deine neue Heimat.«
Die Prinzessin, auf das äußerste erschrocken, wagte kaum, die Augen aufzuschlagen und lispelte nur, daß Seine Majestät sich mit seinem Gesuch an die Königin-Mutter wenden möge: denn so sei es in diesem Lande Sitte, und kaum hatte der Riese sich dem Wunsch gefügt, als die Prinzessin voll Angst und Schrecken das Schloß verließ, und in dem entferntesten Teil des Gartens ihrer Lieblingslaube zueilte.
Aber als ob der heutige Tag dazu bestimmt sei, sie fortwährend in Aufregung zu halten, wich sie auch hier vor Erstaunen zurück, als sie ihren Lieblingsplatz bereits besetzt fand. Diesmal war es aber nicht banges Grausen, was ihren Schritt hemmte, sondern ein süßes Staunen bemächtigte sich ihrer, und eine leichte Röte färbte ihre Wangen. Ein holdseliger Jüngling, der so fein gebaut war, daß er aus Morgenluft und Rosenschein gewebt schien, stand vor ihr und verneigte sich bescheiden: »Wolle mir nicht zürnen, daß ich es gewagt habe, dich in deinem Heiligtum aufzusuchen; aber schon lange belausche ich dich von ferne, und mein Herz ist in heiliger Lie-

be zu dir entbrannt, das kann ich nicht länger verschweigen. Ich bin der Beherrscher der Blumeninsel Terschelling, und wenn du mich für würdig hältst, mein reiches Erbe mit dir zu teilen, hast du mich für immer glücklich gemacht.«
Der Prinzessin schienen diese Worte so viel Vergnügen zu bereiten, daß der Prinz dadurch ermutigt wurde, seine Bewerbung fortzusetzen, und beide wurden einig, daß der Prinz bei der Königin-Mutter feierlich um die Prinzessin anhalten sollte. Darauf trennten sie sich mit den heiligsten Versicherungen ihrer Liebe und gingen auf verschiedenen Wegen dem Schloß zu.
Unterdessen hatte sich der Wasserkönig von Wangerooge bei der alten Königin melden lassen, und da er wegen seiner ungewöhnlichen Länge nicht durch das Schloßportal in das Innere gelangen konnte, war die hohe Dame genötigt, ihm die Audienz in dem großen Hofraum zu gewähren. Zum Erstaunen und Schrecken des ganzen Hofes brachte nun der Riese seine Werbung an; aber ehe noch die Königin irgend etwas von dem erwidern konnte, was man bei solchen Gelegenheiten zu sagen pflegt, trat die Prinzessin zu ihrer Mutter, und sie leidenschaftlich an sich pressend, schrie sie: »Ich will ihn nicht! Ich will ihn nicht!«
»Nicht?« schrie der Wasserkönig und tat einen Schritt vorwärts, daß die Erde ringsum erbebte. »Und warum nicht?«
Da trat der Blumenprinz von Terschelling hervor und sagte keck: »Aus vielen anderen Gründen und auch darum nicht, weil wir bereits einig sind, und ich gerade im Begriff bin, um ihre Hand anzuhalten.« Und damit trat er zur Königin; Prinzessin Augentrost aber rief: »Der ist es, den ich liebe und den ich mir vor allen anderen auserwählte.«
Als die Hofleute und das Volk das vernahmen, erhob sich allgemeines Beifallsjauchzen, der Riese aber schlug eine so helle Lache an, daß er alles betäubte. Zugleich hob er den schönen Prinzen vom Boden auf und sagte: »Jetzt sollt ihr sehen, daß Wasserkönig nicht allein ein mächtiger Riese, sondern auch ein gewaltiger Zauberer ist. Ich nehme dieses Bürschlein aus eurer Mitte, und damit dieses Männlein mir meine Freude nicht fernerhin verderbe, will ich ihn unschädlich machen.«
Er fuhr mit seiner gewichtigen Hand über die zarte Gestalt des Prinzen hin, so daß alle vor Angst laut aufschrien, und als der Prinz die Arme ausstreckte, sich zu verteidigen, verwandelten sich diese in zwei Flügel, zu derselben Zeit wuchs aus seinem Gesicht ein langer Schnabel hervor, ein hellglänzender Busch von farbigen Federn bedeckte den Kopf, und die Füße gestalteten sich zu Klauen. Er war dabei so zu-

sammengeschrumpft, daß er nicht größer als ein Papagei erschien; aber die Pracht seines Gefieders übertraf alles, was man bis dahin gesehen hatte.
»Ich gehe jetzt!« rief der Wasserkönig, »aber bald kehre ich wieder und dann fürchtet meinen Zorn, wenn ihr euch nicht besonnen habt.«
Der Riese hielt Wort. Er schritt mit dem so unglücklich verwandelten Prinzen durch das Meer zu seiner Insel, sperrte ihn in einen kunstvoll vergitterten Käfig, und kehrte darauf zu dem Reich der Prinzessin Augentrost zurück.
Seinen Zweck erreichte er aber nicht, denn beharrlich wurde er mit schnöden Worten abgewiesen und wegen seines Frevels hart angefaßt. Darüber erboste er sich sehr und rief mit zornglühenden Augen: »So sei es denn! Ich lasse von meiner Werbung ab, aber von diesem Augenblick an ist auch euer Verderben von mir beschlossen. Liebt nur immer euren unbärtigen Prinzen, der jetzt in seinem Bauer hin und her flattert, aber ihr sollt ihn und das Sonnenlicht nicht wiedersehen.«
Mit diesen Worten sprang er rücklings ins Meer und tauchte unter. In demselben Augenblick verfinsterte sich der Himmel, ein fürchterlicher Sturm erhob sich und wühlte die tiefste Tiefe des Meeres auf. Die armen Insulaner erhoben ein lautes Wehklagen, aber ihr Jammerton verschmolz bald mit dem Heulen des Windes und der Flut. Als aber nach vielen Stunden der Tag anbrach, sah man mit Grausen, welche Zerstörung das Unwetter angerichtet hatte. Die Wellen hatten den Boden des Meeres aufgewühlt, diesen stückweise auf die Insel der Prinzessin Augentrost geschleudert, so daß diese samt ihrer Mutter und allen ihren Untertanen, samt allen Schlössern und Gärten darunter begraben lag, und ein hoher Sandhügel sich aus der unruhig hin und her wogenden Flut erhob.
Der Riese tauchte aus den Wellen auf, näherte sich dem Hügel und schrie: »Jetzt jammert in Eurem Grab darüber, schöne Prinzessin, daß Ihr mich verschmäht habt, und macht, daß Ihr Euch eines Besseren besinnt, damit dieser Zustand ein Ende nimmt. Am Schluß jeden Jahres will ich den Prinzen zu Euch senden, der mag Euch fragen, sich selbst zur Schmach, wie Ihr gegen mich gesinnt seid, und sobald Ihr mich mit Eurer Einwilligung beglückt, löse ich den Zauber, der Euch und ihn gefangen hält. Bis dahin träumt in Eurem finsteren Kerker von eitel Sonnenschein!«
Er entfernte sich schnell und in seinem Reich angekommen, trat er zu dem verwandelten Prinzen, der traurig in seinem Käfig saß und die Flügel hängen ließ: »Harre in Geduld, bis das Jahr endet, dann öffne ich deinen Käfig. Du fliegst zu

dem Reich der Prinzessin Augentrost und fragst, ob sie ihre Gesinnung geändert hat. Glaube aber nicht, dich meiner Macht zu entziehen; ich weiß dich zu finden!«
Da freute sich der verzauberte Prinz sehr, und als das Jahr um war, flog er über die See, setzte sich auf den Sandhügel, der den Kerker seiner Geliebten deckte und rief: »Ich frage dich nicht, wie du denkst, denn das weiß ich vorher. Traue meinen Worten, ich befreie dich aus deinem Gefängnis. Treue Liebe vermag alles. Jetzt aber ruft mich mein tyrannischer Gebieter zurück und ich darf nicht länger weilen. Lebe wohl!«
Er flog weg, indem er seinen Schnabel mit Erde füllte, die er von dem Grab seiner Geliebten aufpickte, und weit davon ins Meer fallen ließ.
So geschieht es Jahr um Jahr und indem er seinem Herrn dieselbe abschlägige Antwort bringt, trägt er immer mehr Erde weg, hoffend, die schuldlos eingekerkerte Geliebte endlich zu befreien. Und wonach er strebt, das wird ihm gelingen, denn schon ist der Hügel verschwunden, und nur eine glatte Fläche ist sichtbar. Wenn aber hohe Sturmfluten kommen, decken sie bereits einen großen Teil davon mit ihren rollenden Wogen.

Dies sind die Worte, mit denen ich die Sage aus dem Munde eines alten Fischers empfing. Als ich aber ein ungläubiges Lächeln nicht unterdrücken konnte, sprach er verweisend: »Es steht geschrieben: Und wenn ein Vogel der Wildnis käme, und flöge zu dem Gipfel des höchsten Berges in Mesopotamien und trüge jedes Jahr nur ein Sandkorn hinweg, das er ins Meer senkte, so würde endlich der Berg von der Erde verschwinden, aber Gottes Gnade und Güte bleibet ewiglich. Die höchste Gnade und Güte aber, die Gott uns erzeigte, ist, daß er die reine und uneigennützige Liebe in unser Herz pflanzte, und wer sie im kindlichen Geiste empfangen und erkannt hat, der wird an sie glauben in der Einfalt seines Herzens.«

Der Elbgeist

Die Dichter haben Sagen und Märchen erzählt von dem Meer. Die Tiefe des Ozeans und des Mittelmeers haben sie entschleiert und die phantastischen Riesengebilde der Nordsee in den engen Rahmen des Wortes gebannt. Die goldene Leier[1] in der Hand sind sie in die Berge geflohen und folgen der Quelle, bis sie ein Bach wird, dem Bach, bis er zum Strom anschwillt. Dann ziehen sie mit ihm durch das Land, singen von Feen und Rittern, die an seinen Ufern hausten, und von den Geistern, die auf seinem Grund herrschen. Das Reich der Poesie blüht bis zu ewigen Tagen an den Ufern der Mosel und des Rheins.

Und nur die Elbe allein, die der Nordsee ihre gelben Wogen zusendet und auf ihrem Rücken nichts als Dampfboote oder Segelschiffe trägt, wäre nichts als ein langweiliges Wasser? Ihr irrt. Freilich zeigen die Ufer der Niederelbe keine stolzen Ruinen, keine verfallenen Klöster, keine romantischen Höhen und melodisch flüsternden Kaskaden[2]. Ihre Höhen flachen sich, im Gegenteil, bald ab, und zu beiden Seiten ziehen die Ebenen in unabsehbarer Ausdehnung weiter, bis sie, der Mündung nahe, endlich dem Blick des Beschauers entschwinden. Aber in der Tiefe ruht die Poesie der Elbe, und wem es vergönnt ist, sie zu heben, der wird das goldene Zeitalter heraufbeschwören in diesen Gegenden, und wo jetzt die Dampfschiffe die Flut durchschneiden, eine lange Rauchsäule hinter sich lassend, da wird der goldene Muschelkahn des Elbgeistes einherziehen; die Segel werden aus Rosenblättern zusammengefügt sein und der Kompaß wird nach dem Land der ewigen Glückseligkeit zeigen.

Ich habe einen Greis gekannt im Dorf Neumühlen, jener lieblichen Perle, die am Ufer des Stroms in der Sonne aufleuchtet. Dieser Greis hatte ein vom Wetter gebräuntes Gesicht und die Furchen auf seiner Stirn deuteten an, daß er der Jahre viele gesehen und in diesen Jahren manche Abenteuer erlebt und Mühseligkeiten ohne Ende erduldet hatte. Er sprach von allen Dingen dieser Erde mit Verstand; die Leute im Dorf sagten, er sei so klug wie ein Buch. Aber als er älter wurde, und die Schmerzhaftigkeit, die das Alter begleitet,

1 Altes Saiteninstrument; die Antike kannte keinen Unterschied zwischen Dichter und Sänger.

2 Stufenförmige Folge von Wasserfällen, wie sie als Wasserspiele in Parkanlagen beliebt waren.

über ihn hereinbrach, öffnete sich sein Herz, und die lange verschlossenen Erlebnisse der Jugend traten an das Licht. Er sprach viel von den geheimnisvollen Tiefen, von den reichen Schlössern und prachtvollen Gärten, die von den Wellen des Stroms verdeckt würden, so wie von der Liebe des Elbgeistes zu ihm, den er im jugendlichen Übermut von sich gestoßen habe, und der nun in einer schwarzen Kiste schlafe, bis ihn ein frommer Knabe aus seinem Gefängnis erlöse.

Als der Greis dies und mehreres andere erzählte, änderten die Leute ihre Meinung von ihm; sie sagten nicht mehr, daß er klug und verständig sei, sondern kamen dahin überein, er sei kindisch geworden, und es wäre wohl gut, wenn der liebe Gott ihn zu sich nähme. Ganz besonders meinten dies seine Verwandten, die ihn beerben sollten. – Aber ich habe daran nicht geglaubt. Als Knabe habe ich oft auf seinen Knien gesessen und ihm in die klaren, gutmütigen Augen geblickt. In den Augen eines Irren kann solche Kraft und Milde nimmer wohnen. Was er erzählte, mußte auch wahr sein, denn es klang zu wunderbar und doch wieder so natürlich, daß man es nicht hätte erfinden können. Mich hatte er liebgewonnen und erzählte mir alles, was er von dem Elbgeist und seinen Reichen wußte. Und was er mir anvertraut hat, das sollt ihr wieder von mir hören und so viel wie möglich mit seinen eigenen Worten.

Es war gegen Abend, als ich in meiner *Jolle* saß und, wie tolle Buben es wohl zu tun pflegen, hin und her schaukelte. Die Elbe war spiegelglatt, und die Sonne streute ihr flüssiges Gold darüber hin. Es war schön, wunderschön, aber ich dachte – ich weiß nicht, wie es kam – es müsse unter dem Wasser noch schöner sein, und trug großes Begehren, mich dort einmal umzusehen. Da schwamm mit dem letzten Zug der sanft einsetzenden *Flut* ein majestätischer Schwan von Westen her so dicht bei meiner *Jolle* vorüber, daß ich nur die Hand auszustrecken brauchte, um ihn zu greifen; aber ich wagte es nicht, denn das Tier sah so vornehm aus, daß ich Respekt vor ihm empfand. Seine klugen Augen waren auf mich gerichtet; er kehrte wieder um und blieb hart am *Backbord* meiner *Jolle* stehen.

Nicht lange dauerte es, daß der Abend hereingebrochen und der letzte Strahl des Lichtes im Westen völlig verschwunden war. Es fing an zu dunkeln und aus dem Bett des Stromes stiegen die Abendnebel auf. Da erhob sich plötzlich ein Singen und Klingen, das leise durch die Luft zitterte, und als ich genau achtgab, entdeckte ich, daß der Schwan diese Töne erklingen ließ. Das wunderte mich sehr, denn ich hatte nie vernommen, daß ein Schwan singen könne. Bald war aus der Bewunderung ein stilles Entzücken geworden, denn die Musik klang so freundlich, sie füllte mein Herz mit namenloser Wonne und süße Tränen strömten meine Wangen herab. Aber wie ward mir, als ich plötzlich entdeckte, daß es in mir lebendig wurde, daß Ton um Ton sich bildete und Gesang auch aus meiner Kehle zu den Sternen am blauen Himmel emporstieg.

»Hilf mir Gott, was ist das?« sprach ich zitternd zu mir selbst. Dabei blickte ich den Schwan fragend an, der eben jetzt den Hals höher emporstreckte als früher. Da sah ich, daß von ihm ein seltsamer Glanz ausströmte, der das ganze Stromgebiet erleuchtete und dabei wuchs er zusehends. Zitternd schlug ich die Augen nieder und wagte nicht aufzusehen. Aber der Schwan bewegte die Flügel und ich vernahm ein leises Flüstern: »Fürchte dich nicht. Du hast gewünscht, die Wohnung des Elbgeistes zu sehen, die er sich im Bett des Stromes erbaut hat. Dir ist es vor allen Sterblichen vergönnt, jene Räume zu betreten, denn du bist reinen Herzens und hast eine Stimme voll des zarten Wohllauts, die dir die geheimnisvoll verschlossene Pforte seines Palastes öffnen kann.«

»Ach, lieber Vogel«, antwortete ich zitternd, »wie geht es zu, daß ich vor allen anderen Menschenkindern eines solchen Glückes teilhaftig werden soll?«

»Ich will es dir sagen«, entgegnete der kluge Schwan. »Deine Stimme ist hinabgedrungen und der Elbgeist hat sie gehört. ›Ein solcher Ton‹, sagte unser weiser Herrscher, ›kommt nur aus einem schuldlosen Herzen, und ein solches ist berufen, große Dinge zu tun. Darum rudere aufwärts und lade ihn zu einem Besuch ein.‹«

»Ist es denn wirklich möglich?« fragte ich ungläubig lächelnd. »Hat das der Elbgeist gesagt?«

»So ist es.«

»Und wie willst du es anfangen, seinen Auftrag auszurichten?«

»Das ist meine Sorge. Ich habe ein Paar schöne Ruder, das sind meine Füße, und ein Paar blendend weiße Segel, das sind meine Flügel. Wenn ich die ausspanne, geht es mit Sturmeseile davon. Wir wollen keine Zeit verlieren.«

Da breitete der Schwan die stolzen Flügel aus und ließ eine glänzende Furche zurück, die gleich einer Strömung zischte und brauste. Da hinein glitt mein Boot und flog dem Schwan nach, ohne daß irgendein Ruder bewegt wurde.

Anfangs belustigte mich diese Fahrt, aber bald ergriff mich

ein ängstliches Gefühl, daß ich hätte weinen mögen, denn ich wußte nicht, wie die Reise enden sollte. Zuletzt aber wurde ich von all dem Ungewöhnlichen so betäubt, daß ich in einen tiefen Schlaf sank.

Der Gesang des Schwans weckte mich, und als ich munter geworden war, sagte der Vogel: »Du bist am Ziel und brauchst mich nicht mehr. Steige getrost hinab, und wenn dir's wohl geht, denke an mich.« Nach diesen Worten wurde er immer kleiner, bis er zuletzt einer leichten Schaumblase glich, die sich in einem Augenblick auf dem Rücken einer Welle bildet, um in dem nächsten wieder zu verschwinden.

Als ich mich ganz allein sah, ergriff mich eine große Furcht. Ich sah nichts als die breite Fläche des Stroms, worin der Mond sich spiegelte. Was sollte ich hier beginnen?

Da reckten ein paar kluge Seehunde die Hälse aus der Flut empor und warfen ein Geflecht von Seetang über die *Duchten* meines Bootes. Ich entdeckte bald, daß es eine Strickleiter war, setzte einen Fuß darauf und blitzschnell ging es hinunter.

Anfangs ängstigte ich mich, weil ich glaubte, die Leiter würde reißen; auch war mir das Wasser zuwider, das mich von allen Seiten umrauschte. Aber bald war jede Besorgnis verschwunden. Tageshelle verbreitete sich, als ich den Fuß auf festen Boden setzte. Ich fühlte, daß ich von Wasser umrauscht wurde, aber es hinderte mich nicht, und ich vernahm nur eine leise Musik, die durch das Vorüberfließen hervorgebracht wurde.

Ich war allein. So weit das Auge reichte, sah ich nichts als eine gleichmäßige Fläche, die in allen Farben schimmerte. Erst glaubte ich, es wären Blumen, fand aber bald, daß es Muscheln, Seesterne und andere Wassergewächse waren. Sie sahen so allerliebst aus, daß ich einige aufzusammeln begann, als ein naseweiser Stint[3] mich umschwamm, und mit seinem Schwanz mir ins Gesicht schlug. »Was machst du da?« piepte er und war auf und davon. Ich war darüber so erschrocken, daß ich alles von mir warf und geradeaus lief, so schnell ich nur konnte. Während dieses angestrengten Laufens sah ich wohl rechts und links Scharen von Fischen ziehen, aber sie ließen mich gehen, bis endlich eine rotgefleckte Elbbutte[4] mir gerade entgegensteuerte und anzuhalten befahl.

»Wenn du auf diesem Weg weiter fortwillst, gelangst du in die salzige See und marschierst aus dem Reich des Elbgeistes

[3] (Osmerus eperlanus), niederdeutscher Name für eine Gattung der Lachse, die, bis 26 cm lang, an Küsten und in Haffen Nordeuropas und des östlichen Amerikas lebt.

[4] Butt ist die niederdeutsche Bezeichnung für Schollen.

hinaus. Er kann dich dann nicht weiter schützen und du bist dem grausamen Nordseefürsten verfallen, der dich zum nächsten Frühstück verzehrt.«

Erschrocken stand ich still und fragte zitternd, wohin ich mich wenden müsse, um einem solchen Unglück zu entgehen, worauf die Butte recht freundlich erwiderte: »Du kannst einfach mir nachfolgen, so gelangst du an den Ort, wo man dich erwartet. Die Robben haben denselben Auftrag gehabt, aber sie haben ihn vergessen und gehen noch heute als Tribut für die Küche des Nordseefürsten ab, obgleich die ganze Familie, die sehr reich und mächtig ist, sich für sie verwendet hat, und eine Million Fischschuppen als Strafe zahlen will.«

Ich ging neben der Butte her, die mir so viele Neuigkeiten erzählte, daß ich nicht bemerkte, wohin ich gelangte. Mir lag das Schicksal der beiden Robben am Herzen, nicht minder das des Stints, der mir einen Schlag ins Gesicht gegeben hatte. Er sollte, zugleich mit zwei Heringen, die sich auf dem gestrigen Hofball eine Unart hatten zuschulden kommen lassen, in einen wasserleeren Topf gebracht werden und dort jämmerlich sterben.

»Wir sind am Ziel«, sagte die Butte und entfernte sich, als wir uns vor einem Palast befanden, der aus Muscheln und Pflanzen erbaut war. Unschlüssig stand ich da und die Pforte war fest verschlossen. Da fiel mir ein, was der Schwan von meiner Stimme gesagt hatte, und ich begann sofort ein Lied, das von dem Glück eines unbefleckten Gewissens handelte. Die Töne drangen leicht aus meiner Kehle hervor, und wie Ton auf Ton erscholl, öffnete sich die hohe Eingangspforte, so daß ich ungehindert eintreten konnte.

Ich stand in einer großen Halle, die von einer doppelten Säulenreihe gebildet ward und ein seltsames Licht von sich strahlte. Eine der Säulen war rot, eine andere blau, eine dritte grün, eine vierte gelb und von jeder ging ein anderer Lichtstrom aus, bis diese Ströme sich in der Mitte miteinander vermengten. Im Hintergrund der Halle aber erblickte man einen goldenen Thron und darauf eine zusammengekauerte, eingeschrumpfte Gestalt, die sich bei meinem Eintritt erhob und mir zuwinkte.

Ich darf gestehen, daß ich bei dem Anblick jenes seltsamen Wesens nicht wenig erschrocken war. Es wurde häßlicher, je näher ich kam. Gern wäre ich zurückgeblieben, und doch war eine geheime Macht in oder neben mir, die mich bis zu den Stufen des Thrones trieb, wo ich dann das seltsame Wesen näher betrachten konnte. Es war weder die Gestalt eines Menschen noch die eines Fisches oder die eines Krebses, sondern von allen dreien etwas und in solcher Zusammenstel-

lung, daß es komisch war und entsetzlich zugleich und man weinen und lachen konnte durcheinander.
Eine geraume Zeit verging, während deren mich dies Geschöpf von oben bis unten betrachtete; endlich aber sagte es mit einer zitternden Stimme: »Ich danke dir, daß du gekommen bist, denn wie groß auch meine Macht hier unten ist, kann ich doch keinen Bewohner der Oberwelt zwingen, mich zu besuchen. Tote kommen genug zu mir, namentlich zur Zeit der Frühlings- und Herbststürme, die kann ich aber nicht gebrauchen und lasse sie wieder fein sauber auf den Strand legen.«
Ich faßte mir nun ein Herz und sagte: »Mächtiger Geist, der du hier unten gebietest, sage, wo der Elbgeist haust, damit ich ihm meine Ehrfurcht bezeige.«
»Dieser Elbgeist bin ich selbst«, sagte jener und setzte nach einer Pause hinzu: »Du bist erstaunt, daß ich so wenig dem Bild entspreche, das man dir von mir entworfen hat, denn man hält mich für das schönste und vollkommenste Wesen. Doch die Zeiten sind leider vorüber. Ebenso schön wie mein Leib war vormals meine Stimme. Aber das ist alles vorbei und wenn ich jetzt singen wollte, würde vor Schrecken alles Lebende in meiner Nähe versteinern. Aber wenn du aufmerken willst, so werde ich dir erzählen, wie ich in diese trostlose Lage geraten bin.«
Ich nickte mit dem Kopf und der Geist fuhr fort: »Weit und breit bin ich geachtet. Meine Brüder, die Geister der Maas, des Rheins, der Eider und so vieler anderer Flüsse sind mir treue Genossen gewesen. Wir haben uns öfter Besuche abgestattet und fröhliche Feste gefeiert. Aber auch an unserem Lehnsherrn, dem mächtigen Nordseefürsten, hatte ich mehr einen Freund als einen Gebieter und war öfters an seinem Hofe. Einst unterhielt ich mich dort auf eine angenehme Weise. Es ging diesmal besonders vornehm zu und zwar deshalb, weil der Beherrscher der Themse seine Tochter an den Hof des Nordseefürsten gesandt hatte. Sie führte einen glänzenden Hofstaat mit sich und dieser plauderte aus, der Themsegeist sei überaus stolz und habe den Gedanken gefaßt, seine Tochter mit dem Nordseefürsten zu vermählen. Dies wäre wohl möglich gewesen, denn die Prinzessin war sehr hübsch, und ihr Vater besaß einen unermeßlichen Reichtum, zu dem er auch die Städte rechnete, die an seinen Ufern standen; denn, sagte er, ich brauche sie nur zu untergraben, so fallen sie mir von selbst zu. Dies machte mich sehr neugierig auf die Prinzessin, die ich auf dem nächsten Hofball sah, der ihr zu Ehren mit einer Anglaise[5] eröffnet wurde, und auf dem

[5] Französischer Name für in England entwickelte Formen des Gesellschaftstanzes, der auch in Deutschland im 19. Jahrhundert gebräuchlich war.

sie durch ihre schöne Gestalt und ihr liebenswürdiges Benehmen alle bezauberte, am meisten aber mich. Dabei tat ich alles, was ich nur vermochte, um in ihre Nähe zu gelangen und ihr die Gefühle meines Herzens zu offenbaren. Das Glück war meiner Kühnheit hold. Zwischen zwei malerisch gelegenen Sandbänken führte ein einsamer Pfad zu einem Seetangwäldchen. Hier spazierte sie, während ich im Wald eine Serenade für sie komponierte, und was war natürlicher als eine Begegnung? Sie nahm meine Huldigungen wohlgefällig auf, schwieg anfänglich, sagte dann zögernd, sie habe mich recht gern und beteuerte zuletzt, sie fände mich weit interessanter als den Nordseefürsten. Es ist leicht begreiflich, daß dies Geständnis meiner Eitelkeit schmeichelte, denn es wäre doch nichts Geringes gewesen, wenn die Themse und die Elbe durch ein solches Bündnis hätten vereinigt werden können. Aber mein Glück sollte nicht von langer Dauer sein. In einer der beiden Sandbänke, die den Pfad bildeten, worauf wir wandelten, befand sich ein verdeckter Einschnitt, und hier lag lauernd ein alter Rochen[6], der mit den Jahren aus der Mode gekommen und deshalb nicht wenig grämlich war. Er hatte uns belauscht, und da er alle Verhältnisse genau kannte, wußte er nichts Eiligeres zu tun, als zum Hof zu eilen und dem Fürsten alles zu erzählen. Dieser war außer sich vor Zorn und leistete einen heiligen Eid, er wolle uns jämmerlich vernichten und seiner Rache freien Lauf lassen. Treue Freunde warnten uns, aber zu spät. Die fürstlichen Gefolgsleute, zusammengestellt aus einer unabsehbaren Schar von Heringen, hatten das ganze Gebiet besetzt und jede Flucht unmöglich gemacht. Wir wurden von unseren Freunden getrennt und in ein finsteres Gefängnis gebracht, wo man uns genügend Zeit ließ, über unser Geschick nachzudenken. Endlich ward ich vor Gericht gefordert und ein bleicher Schellfisch, der mein Kerkermeister war, sagte mir, sämtliche Notabilitäten[7] wären eingeladen, der Sitzung beizuwohnen.

Beim Eintritt in den Saal entsetzte ich mich sehr. Der Nordseefürst hat nämlich, mit Hilfe eines Talismans, die Macht, jede beliebige Gestalt anzunehmen, und um uns recht zu imponieren, erschien er als mächtiger Hai, den alle mit Furcht und Zagen erblickten. In einer Ecke aber bemerkte ich die Prinzessin mit ihrem Vater. Der Fürst hielt erst eine lange Rede, die aus dem Hairachen doppelt entsetzlich klang und sagte dann zur Prinzessin: ›Glaubt nicht, daß Ihr meiner

[6] Rochen, eine Ordnung der Haifischartigen, mit meist stark abgeplattetem Körper. In der Nordsee vertreten durch den bis zu 50 kg schweren Glattrochen oder Fleten (Rajidae batis) und den bis zu 200 kg schweren Dorn- oder Nagelrochen (Raja clavata).

[7] Angesehene Bürger, Prominenz.

Macht entflohen seid. Nach der Beleidigung, die Ihr mir zugefügt habt, liebe ich Euch nicht mehr; aber dennoch müßt Ihr noch heute abend meine Frau werden, denn so haben es Euer Vater und ich beschlossen.‹ Nun wandte sich der Fürst zu mir und tat den Rachen so weit auf, daß ich glaubte, er würde mich sogleich, ohne Urteil und Recht, verschlingen. Aber er tat es nicht, sondern brüllte mich mit folgenden Worten höchst unfürstlich an: ›Niedriger Knecht, dem Wir stets Liebes und Gutes erwiesen, von dem Wir nie mehr als den doppelten Tribut erhoben und den Wir an Unserem Hofe mit Wohltaten überschüttet haben, du hast es gewagt, Uns so sehr zu beleidigen, daß alles Wasser, worüber Wir gebieten, nicht hinreichend ist, diese Beleidigung von Uns abzuwaschen. Darum wird die Strafe, die Wir dir auferlegen, so unerhört sein, daß selbst der grausamste Bewohner des Meeres, der scheußliche Krake[8], Mitleid mit dir fühlen wird.‹ Mein Gemüt erfüllte Angst und Furcht, aber ich hatte zugleich die Genugtuung, meine Freunde zu erkennen; denn die edlen Geister der Weser, der Maas und der Eider warfen sich dem grollenden Fürsten zu Füßen und flehten um Schonung für mich. Es half ihnen nichts. Das Urteil wurde gesprochen und klang so fürchterlich, daß ich es nicht über die Lippen bringen kann. Fast tot vor Schrecken krümmte ich mich am Boden. Doch die Flußprinzen richteten mich auf und erklärten, da ihre Bitten und Tränen nichts gegen den Zorn des Königs vermocht hätten, so würden sie mich jetzt mit Gewalt verteidigen. Der Weserprinz aber ging einen Schritt weiter und rief unerschrocken: ›Ja, durchlauchtigster Herr, wir flehen Euch nochmals an, die schreckliche Strafe von dem Haupt unseres ebenbürtigen Elbbruders zu nehmen. Beharren Euer Durchlaucht aber bei Ihrem Willen, so kündigen wir Ihnen den Gehorsam auf und lassen Ihnen keinen Tropfen Wasser mehr zufließen, wenn wir auch in unserem Überfluß ersticken müßten. Mögen Euer Durchlaucht zusehen, was aus Ihnen wird, wenn Sie keinen Tropfen süßes Wasser als Zuschuß erhalten und Gefahr laufen, im eigenen Salz zu sterben.‹

Diese Drohung schien dem Fürsten zu imponieren. Er blähte sich vor Wut auf und fiel dann wieder zusammen. Am liebsten hätte er uns allen den Kopf vor die Füße gelegt, aber, unsere Übermacht erkennend, lenkte er ein. Er warf die Gestalt des Hais von sich, nahm seinen goldenen Schärpenmantel um und sagte nach einer Pause mit holdseligem Lächeln: ›So recht, meine Prinzen! Möge der Bedrängte stets solche

[8] Kraken (Oktopoden) sind eine artenreiche Ordnung der Kopffüßler mit acht Armen, in einer Größe von oft mehr als 1,50 m.

Beschützer in euch finden, dann werden eure Reiche glücklich und meine Vasallen[9] die Blüte der Ritterschaft sein. Um euch einen Beweis meiner Hochachtung zu geben, ziehe ich mein Urteil zurück und heiße die Folterknechte sich entfernen.‹ Während dies geschah, erbebte der Palast vom Jubelgeschrei, zu dem die Prinzen das Signal gaben und das in der Brust des ärmsten Herings ein Echo fand.

Der Fürst nahm alle diese Huldigungen äußerst gnädig auf und geruhte zu versichern, daß diese Stunde die schönste seines Lebens sei. Dann aber wandte er sich zu mir und sagte sehr ernst: ›Unseren strengen Urteilsspruch haben Wir zwar zurückgenommen, doch ist dein Verbrechen zu groß, als daß es ungestraft bleiben dürfte. Wir legen dir also folgende Buße auf. Kehre in dein Reich zurück. Du bist der Schönste aller meiner Vasallen, sobald du aber die rote Tonne[10] passierst, wirst du zu einem Wechselbalg zusammenschrumpfen und deine Stimme dem Gekrächz einer Möwe ähnlich sein. Dies Ereignis wird dein Reich und seine Bewohner in einen Zustand der Trauer versetzen, der so lange anhält, bis der Sohn eines sterblichen Menschen zu dir hinabsteigt. Er muß eine so heitere Glockenstimme haben, daß er damit alle Gemüter fesselt, die Wellen ehrfuchtsvoll vor ihm zurückweichen und statt zu schaden, ihm dienen. Zugleich muß er eine solche Uneigennützigkeit an den Tag legen, daß er die Schätze der Welt um sich aufgehäuft sehen kann, ohne nur das Geringste davon zu begehren. Wenn dies geschieht und er jeder Versuchung standhaft widersteht, ist er würdig, dein Ritter zu sein. Kann er sich dann entschließen, dich zu umarmen und einen Kuß auf deine Lippen zu drücken, so ist dein Leiden beendet. Du erhältst deine frühere schöne Gestalt wieder, erscheinst an Unserm Hofe und vermählst dich mit der schönsten Prinzessin, über deren Hand Wir gerade zu verfügen haben.‹

Ich entfernte mich schweigend aus dem Palast des noch immer zürnenden Fürsten und schritt der Elbmündung zu. Als ich die erste rote Tonne über mir sah, ging die entsetzliche Verwandlung vor sich. Alle meine Untertanen wichen scheu vor mir zurück und der Weg in die Heimat war so einsam, als ob ich ein büßender Einsiedler sei.«

Dies war die Geschichte, die der unglückliche Elbprinz erzählte und dann mit folgenden Worten schloß: »Viele Jahre

[9] Auch Lehnsleute, Gefolgsleute, die nach Empfang eines Lehens (Leihe von Boden, Ämtern oder ähnlichen Einnahmequellen) Treue und Gefolgschaft zu leisten hatten.

[10] Schwimmende Seezeichen: Rote Tonnen bezeichnen die linke Seite des Fahrwassers, von See kommend in alphabetischer Reihenfolge gekennzeichnet. Das Passieren der ersten roten Tonne bedeutet demnach das Verlassen der offenen See.

– wer hätte sie zählen mögen! – sind seit jener verhängnisvollen Stunde vorübergegangen, ohne daß sich ein Hoffnungsschimmer zeigte. Du bist der erste lebende Mensch, der meine Staaten betritt, also begreifst du, welche Empfindungen dein Hiersein in mir erregt. Nur meine Geschichte durfte ich dir erzählen und darf mich jetzt deines Anblicks nicht mehr erfreuen. Sei wie ich selbst in diesem Land! Es wird alles aufgeboten werden, dir deinen Aufenthalt so angenehm als möglich hier zu machen, also ziehe in Frieden!«

Dies alles hatte der Knabe, dessen Name Georg war, von dem Elbgeist erfahren und ging dann still vor sich hinschauend aus dem Thronsaal, dem Schloßgarten zu. Er war sehr verwundert über das, was er sah. Die Bäume schienen wirkliches Laub, die Blumen Farbe und Duft zu haben; darüber blaute der Himmel und die Strahlen der Sonne vergoldeten ihn.

»Ach!« rief er aus. »Hier ist es schön! Ja, das lasse ich mir gefallen! Einen solchen Garten möchte ich auch haben.«

Da trat ein alter Gärtner zu ihm: »Wenn du es wünschst, so ist dieser Garten zu deinen Diensten. Wünsche nur künftig nie mehr.«

Georg besann sich einen Augenblick und sagte dann rasch: »Was sollte ich wohl mit einem solchen Garten anfangen? Behalte ihn nur! Ich danke für deinen guten Willen.«

Bald stand er, im Weiterwandeln, am Ufer eines Flusses, der durch Blumenbeete floß. Das Wasser war so durchsichtig, daß man deutlich sah, wie auf dem blauen Grund rote, grüne und gelbe Fische umherschwammen. Ein glänzendes Boot lag da, Steuer und Ruder waren von Elfenbein und daneben lagen silberne Netze ausgespannt. Georg, der an das schwarz angestrichene Boot des Vaters dachte, seufzte sehnsüchtig auf und sagte: »Das lasse ich mir gefallen! Wenn ich ein solches Boot hätte, wäre ich bald ein gemachter Mann!«

Kaum hatte er das gesagt, als ein alter Fischer, den er vorher nicht bemerkt hatte, sich in dem Boot erhob, und sagte: »Wenn du es wünschst, so ist dies Boot zu deinen Diensten. Wünsche nur künftig nie mehr.«

Georg hatte keinen geringen Kampf mit seiner Bescheidenheit zu bestehen, denn das reizende Fahrzeug hatte ihm ausnehmend gefallen, aber er unterdrückte den Wunsch und sagte: »Ach nein! Was soll ich mit einem solchen Boot wohl anfangen? Ich danke für deinen guten Willen! Behalte es nur.« Und als er dies gesagt hatte, stimmte er ein fröhliches Lied an und ging weiter.

Alles schien gutzugehen, als plötzlich das Unheil sich von einer Seite erhob, von der man es am wenigsten erwartet hatte. Man erinnert sich des Stintes, der wegen seines Übermutes in dem luftleeren Topf erstickt war. Das ganze Geschlecht schwor dem armen Georg Rache, und der Schlaueste von ihnen eilte ohne Zögern nach dem Palast des Nordseefürsten, dem er meldete, was vorging, und hinzusetzte: »Bleibt der dumme Junge bei dem Entschluß, stets bescheiden zu sein, so nimmt der Elbprinz seine frühere Gestalt an und entführt die schönste Prinzessin deines Hofes. Darum, o Fürst, sei klug!«

Das leuchtete dem Fürsten ein, und er zog seinen Hofastrologen[11] zu Rate. Dieser überlegte einige Zeit und sagte dann lächelnd: »Wir beugen dem Unheil sehr leicht vor, wenn wir dem dummen Jungen etwas von meinem Hochmutstrank einflößen.«

Unterdessen ruhte Georg im Schatten eines dichtbelaubten Baumes von seiner langen Wanderung aus. Der Durst quälte ihn sehr, und er spähte umher, ob er nicht irgendwo eine Quelle entdecken könne. Da sah er plötzlich nicht weit von sich ein freundliches Häuschen mit einem Garten und hohen Bäumen vor der Tür, unter der sich ein angenehmer Ruheplatz befand. Der Besitzer des Häuschens trat zu ihm, hieß ihn willkommen und sagte: »Wenn dir die Hütte gefällt, so will ich sie dir gern geben.«

»Die Leute sind überaus gastfrei hier«, sprach Georg vor sich hin. »Wenn ich alles hätte nehmen wollen, was mir heute angeboten worden ist, wäre ich ein reicher Mann. Nein! Ich will Euer Eigentum nicht haben, wenn Ihr aber so gut sein wollt, so gebt mir einen Trunk Wasser, denn ich sterbe vor Durst.«

»Augenblicklich, mein lieber junger Herr!« rief der Mann und brachte einen schönen Pokal. Georg trank gierig, die Augen des Mannes aber funkelten hell, denn der war kein anderer als der verkleidete Astrologe des Nordseefürsten. Bald waren die verderblichen Folgen jenes Trankes zu spüren. Georg blähte sich auf wie ein Truthahn, warf den Kopf in den Nacken und rief: »Höre Er mal! Ich nehme Sein Angebot an! Haus und Garten sind mein! Schere Er sich anderswohin!«

Mit einer tiefen Verbeugung und ohne ein Wort zu reden, zog sich der Wirt zurück, aber wer recht hinsah, bemerkte gleich, daß aus dem dumm-ehrlichen Gesicht des Bauern die pfiffig-boshaften Augen des Hofastrologen hervorblitzten.

[11] Sterndeuter, versucht, aus der Stellung (Konstellation) von Sonne, Mond und Planeten zueinander Wesen und Schicksal der Menschen zu deuten. Dazu gehört auch die Zukunft. Astrologen haben im Mittelalter an den Fürstenhöfen eine große Rolle gespielt und oft Einfluß auf politische Entscheidungen genommen.

»Das wäre vorerst mein!« rief Georg sich brüstend, »und so gut hätte ich's längst haben können. Aber die Leute sollen mir nur noch einmal etwas anbieten, ich werde gewiß nicht so dumm sein, und es ausschlagen. Vater und Mutter sollen sich wundern, was aus ihrem Sohn geworden ist, und das übrige Volk im Dorf sehe ich dann gar nicht mehr an.«

Zunächst ging er zu dem Fischer zurück und nahm das Fahrzeug samt den Netzen, darauf lief er zu dem Gärtner, von dem er den Garten bekam. Mit den empfangenen Gaben wuchs die Sehnsucht nach mehr. Er freute sich nicht über das, was er besaß, sondern trachtete nur danach, sein Besitztum zu vergrößern, und wurde dabei von Minute zu Minute aufgeblasener und hochmütiger.

Jetzt näherte er sich wieder dem Palast des Elbgeistes. Der saß auf seinem Thron und weinte die reinsten Perlen, die man nur irgendwo sehen konnte. Er hatte anfangs die schönsten Hoffnungen gehegt, denn seine Boten, die insgeheim Georg begleiteten, hinterbrachten ihm alles. Aber nur zu bald war dieser Schimmer von Freude verschwunden, und ein tiefer Schmerz zog sein Herz krampfhaft zusammen.

»Es war ein so guter Knabe!« jammerte der Elbgeist. »Aber meine Feinde haben sein Herz verdorben, und ich kann nichts tun, um das Werk ihrer Bosheit aufzuheben.«

Georg begehrte Einlaß. Aber die Pforte öffnete sich nicht, kein Diener ließ sich sehen, und nur ein Weheruf ward zu hören. Er schlug mit Händen und Füßen gegen die Pforte und rief immer wieder: »Aufgemacht!« aber alle seine Anstrengungen blieben vergebens.

Da fiel ihm plötzlich ein, was ihm der Schwan, der ihn bis hierher geleitete, gesagt hatte: »Wie bin ich doch dumm, so etwas zu vergessen! Ich besitze ja den untrüglichsten Schlüssel, der jede Pforte öffnet, nämlich meine Stimme. Möge sie denn nochmals dieses Tor aufsprengen, damit ich eintrete und den nachlässigen Pförtner strafe.«

Er wollte singen; aber er brachte nur einzelne Töne hervor, so rauh und kreischend, daß er selbst sich die Ohren zuhielt.

»Ich kann nicht mehr singen«, sprach er vor sich hin, und die hellen Tränen stürzten ihm aus den Augen. Der Rausch, in den er durch den Trank des Hofastrologen versetzt worden war, wich. Er erkannte seine Fehler, und das Unheil, das er dadurch verursacht hatte. »Ich kann nicht mehr singen«, wiederholte er erschüttert, »und fortan werde ich stets unglücklich sein!«

Da vernahm er eine Stimme, die aus dem Innern des Palastes hervortönte und ihn mit Beben erfüllte: »Ja, du wirst nie mehr singen! Diese Gabe ist nur schuldlosen Gemütern gegeben, als ein Vorgeschmack der Wonne in höheren Sphären[12]. Wir prüften dich, aber du bestandest nicht. So sinke denn in Staub zurück, und deine Strafe sei, daß die Abenteuer, die du hier unten erlebtest, niemals deinem Gedächtnis entschwinden, und du von der steten Sehnsucht nach hier verzehrt wirst.«

Den armen Georg verließ die Besinnung, und er fiel mit einem Angstruf ohnmächtig zu Boden.

Als er erwachte, war er nicht wenig erstaunt, sich am Strand zu Neumühlen in dem Boot seines Vaters und genau an derselben Stelle zu finden, wo am Abend vorher der Schwan zu ihm gekommen war. Er glaubte anfangs, sein Erlebnis sei ein Traum gewesen, aber er wurde bald vom Gegenteil überzeugt, als der Vater erschien und ihn mit einer harten Züchtigung bedrohte, weil er die Nacht außer dem Hause und im Freien zugebracht hatte.

»Nun bist du ganz heiser, Junge, und kannst am Sonntag in der Kirche nicht zum Altarsingen gehen. Das ist ein Schimpf für die Familie!«

Der arme Georg hat nie wieder singen können. Von seinem nächtlichen Abenteuer durfte er nicht erzählen, wollte er dem Gespött entgehen, und er verschloß den endlosen Gram, sein Glück und das des armen Elbgeistes für alle Zeiten verscherzt zu haben, in seine Brust.

Georg ist tot. Ich habe an seinem Sterbebett gestanden und seinen letzten Seufzer gehört. Aber der Elbgeist schmachtet noch immer und wartet vergebens auf seinen Erlöser. Wo lebt am weiten und reichen Strand der Niederelbe ein Knabe, dessen Herz schuldlos und rein genug ist, um den unseligen Zauber zu lösen? Er steige hinab und breche den Bann, damit das Reich der Poesie und der Liebe aus der Tiefe emporsteige an das Licht und allen Menschen ein seliges Wohlgefallen sei.

[12] Himmelsgewölbe, Wohnort Gottes bzw. der Götter und »Gefilde der Seeligen« in den verschiedensten Religionen.

Der Schiffbrüchige

Auf einer schroffen, kaum zugänglichen *Klippe* stand ein Mann. Er zitterte vor Frost und Hunger. Vor ihm, um ihn brandete das Meer, in weiter Ferne lag die schneebedeckte Küste von Norwegen.

Schon zweimal war die Sonne aufgegangen, seit er auf diesem Felsen stand; jetzt sank sie abermals blutig rot dem Westen zu, und bald drohte die Nacht ihn aufs neue mit ihrem Trauermantel zu verhüllen. Der Unglückliche sank in die Knie und sprach mit ersterbender Stimme: »Mein Herr und Gott! Hast Du mich darum aus dem furchtbaren Schiffbruch, der alle meine Brüder das Leben kostete, gerettet, damit ich hier eines noch jämmerlicheren Todes sterben soll? Erbarme Dich meiner Jugend und sende mir ein Fahrzeug, damit mir Hilfe zuteil werde, so lange sie mir noch nützen kann.«

Wie furchtbare Giganten[1] ragten die schwarzen Felsen in den bewölkten Himmel hinauf. Ihr Haupt war mit weißglänzendem Schnee bedeckt; um ihren Fuß brauste das Meer und *brandete* hoch daran empor. Tausende von Möwen mit ihrem weißschimmernden Gefieder schlugen mit den Flügeln und krächzten vor Hunger. Ein prächtiger Seeadler schwebte hoch über allen; plötzlich stürzte er in die scheue Vogelschar, packte mehrere mit seinen Klauen und flog zu seinem Horst[2] zurück. Ein ungeheurer Walfisch tauchte aus den Wellen auf und blies einen furchtbaren Wasserstrahl von sich. Aber kein Fahrzeug ward sichtbar, das sich rettend der Klippe genähert hätte, auf welcher der Schiffbrüchige stand.

»So muß ich umkommen«, jammerte er, »fern der Heimat, fern von einem menschlichen Wesen, das meinen letzten Atemzug hört. Ich kann nicht sterben! Ich bin ja noch so jung, habe noch so wenig meine Jugend genossen. Alle Entbehrungen will ich tragen, arbeiten will ich vom frühen Morgen bis zum späten Abend, und während der Nacht, wenn alle schlafen, will ich Netze stricken und ausbessern; ich will nicht mehr lachen, tanzen und springen: ich will nur leben.«

Der obere Rand der Sonne berührte den Horizont und umhüllte das brandende Meer mit einem rosigen Schleier. Da trat aus einer Felsspalte ein kleines, freundliches Männchen

[1] Riesen der griechischen Sagenwelt.
[2] Nest der Raubvögel.

mit einer roten Mütze auf dem Kopf und stellte sich dem Schiffbrüchigen mit einem heiteren Lächeln gegenüber.
Ihr kennt sicherlich Niß! Ihr wißt von diesem nordischen Schutzgeist, dem gutmütigen Hauskobold, der in Skandinavien herrscht. Dort hat jeder Palast, jede Hütte, jede Höhle seinen Niß-Puck, und wehe dem Haus, das einen solchen entbehrt. Dort haben die Netze so weite Maschen, daß alle Fische durchschlüpfen, dort hat das Boot einen unsicheren *Kiel* und geht mit Mann und Maus zugrunde. Niß facht das Feuer an und spricht den Segen über den Kessel, damit sein Inhalt sich verdreifache.
»Tritt ein, du armer Mann, in meine Höhle«, sagte Niß mit freundlichem Grinsen. »Deine Mutter hat meinen Bruder viele Jahre in ihrem Haus beherbergt und ihm stets ein tüchtiges Stück Butter in seine Grütze gesteckt; dafür will ich dich an ein Feuer setzen, das dich trocknet und dir Speise und Trank reichen, damit du dich erquicken kannst. Nur eines beachte wohl: Du wirst manches bei mir hören und sehen, was du bis jetzt noch nicht kanntest. Sieh dich vor und strekke nicht vorwitzig die Hand danach aus; denn wer das eine hat, und das zweite begehrt, ist auch mit dem dritten und vierten nicht zufrieden, und du hast eben erst gesagt, daß du nur leben und nichts als leben wolltest. Werde also nicht habsüchtig und hochmütig.«
»Ach, du mein guter Niß«, sagte der Mann, Krake geheißen, demütig. »Wie sollte ich solch Sträfliches tun? Du willst mich an ein Feuer setzen und mir Speise und Trank reichen, mehr brauche ich nicht.«
»So kommt«, sprach Niß und führte Krake durch die Felsenspalte. In demselben Augenblick war der Geist verschwunden.
Krake wollte seinen Sinnen nicht trauen, als er sich plötzlich in einen Raum versetzt sah, der mit einer Schiffskajüte die größte Ähnlichkeit hatte. Auf der langen Tafel in der Mitte stand eine tüchtige Mahlzeit, und in dem Kamin brannte ein hochaufloderndes Feuer.
»Setzt Euch, Freund«, sprach ein freundlicher Mann, der wie ein Schiffer gekleidet war. »Ihr habt wahrscheinlich Euer Fahrzeug verloren, und solche Leute sind hier immer willkommene Gäste. Geht zum Feuer und trinkt aus der Kanne, das wird Euch wohltun.«
Krake tat, wozu er aufgefordert wurde, und fühlte sich von wonnigen Schauern durchrieselt. Da traten von verschiedenen Seiten mehrere Seeleute ein und ließen sich an einem wohlbesetzten Tisch nieder, Krake mitten unter ihnen, der viel auf seine *Backsgenossen* horchte, die ihre Reiseabenteuer erzähl-

ten. Dann gingen sie wieder fort, und Krake streckte sich behaglich auf sein Lager.
Anfänglich gefiel es Krake in dieser Gesellschaft gar gut, als er aber sah, daß seine Gefährten alle um vieles besser gekleidet waren, fing er an, sich zu schämen und äußerte laut, daß er ebenso gut wie die übrigen behandelt zu werden wünsche. Der Wirt deutete schweigend auf eine Tür, und diese führte in eine geräumige Kammer, an deren Wänden so viele gute und zum Teil prächtige Kleider hingen, daß dem armen Krake die Wahl ordentlich schwer wurde. Als er nachher stattlich angetan zu den Gefährten zurückkehrte, die bereits mit der Mahlzeit warteten, konnte er ein gewisses Wohlbehagen nicht verbergen und suchte die allgemeine Aufmerksamkeit auf sich zu lenken.
Aber auch dieses Glück war nur von kurzer Dauer; das ewige Einerlei ward ihm höchst langweilig. Er legte sich nieder, um nach einigen Stunden wieder aufzustehen, aß mit den bekannten Gefährten täglich dieselben Speisen und hörte sie täglich dieselben Abenteuer erzählen.
»Leben ist jedenfalls besser als sterben«, sprach er vor sich hin. »Und hier in dieser *Kajüte* ist es behaglicher als draußen auf der *Klippe,* aber man muß auch etwas zu tun haben, sonst stirbt man doch zuletzt vor Langeweile.«
Aber die Tage flossen in großer Einförmigkeit vorüber, und er rief eines Morgens völlig außer sich: »Soll ich mein Leben in dieser kleinen *Kajüte* verbringen? Die anderen kommen doch heraus, warum ich nicht? Zeigt mir den Weg ins Freie!«
Statt einer Antwort deutete der ernste Wirt auf eine Tür. Krake ging hinaus und stand mitten auf dem Markt einer dem Anschein nach sehr wohlhabenden und lebendigen Stadt; Menschen, Wagen und Karren streiften an ihm vorüber, und in dem nahen Hafen wehten auf den zahlreichen Schiffen die Flaggen aller Nationen.
»Ho! Ho!« rief Krake überrascht. »Was ist denn das?«
Der unerwartete Anblick aller dieser Herrlichkeiten verwirrte ihn so sehr, daß er ganz vergaß, sich den Ort zu merken, von dem er ausgegangen war, und mit dem Menschenstrom träumend weiter schritt.
»Grüße dich Gott, junger Gesell!« sprach ein ansehnlicher Mann zu ihm. »Warum gaffst du Menschen und Häuser an? Du scheinst mir nicht allzuviel Arbeit zu haben, darum magst du an Bord meines Schiffes gehen, wo du alles vollauf findest, was du brauchst.«
Krake war damit zufrieden und erwarb sich bald die Gunst des Schiffsherrn, der ihn, als sie zusammen in See gingen, immer um sich haben wollte. Das gefiel dem Krake anfangs

nicht schlecht, aber auf die Dauer wurde es ihm doch zur Last.

Krake führte zwar ein angenehmes Leben, aber der Kapitän hatte es noch besser und ward reichlicher bezahlt. Das bemerkte er schon längst mit Unmut und sagte es endlich frei heraus.

Der *Eigner* des Schiffes sah ihn eine Zeitlang ernst an und sagte darauf: »Das gefällt mir nicht, daß du mit dem unzufrieden bist, was ich dir so reichlich gewährte. Aber ich habe dich lieb gewonnen, und wenn du darauf bestehst, der erste nach mir zu sein, so soll es geschehen.«

Der Kapitän ward nun von dem Schiff entfernt, und Krake zog als Befehlshaber auf das wogende Meer hinaus. Bald darauf erblickten sie ein sanft ansteigendes Ufer und darauf eine große Stadt mit prächtigen Türmen und glänzenden Häusern. Die Seefahrer konnten sich gar nicht daran satt sehen.

»Hier wollen wir Anker werfen«, sagte der *Eigner* des Schiffes, »denn hier wohnen mein Weib und mein Kind, die ich lange nicht gesehen habe. Steuern wir in den Hafen hinein.«

Sein Gönner behandelte Krake mit Auszeichnung. Er ließ ihn in seinem prachtvollen Haus wohnen, und alle seine Angehörigen benahmen sich freundlich gegen ihn. Aber trotz aller Aufmerksamkeiten, die ihm erzeigt wurden, fühlte er sich doch bald unbehaglich. Er sah seinen Herrn weit mehr geachtet als sich selbst und galt nur als dessen erster Diener; auch sollte er sich vor den Reicheren und Mächtigeren bücken, was ihm noch weniger gefiel. Am meisten aber ärgerte es ihn, daß er die holdselige Tochter des Hauses als Gebieterin ehren sollte, obwohl er sie doch zum Weibe sich wünschte. Weil ihm nun seit seiner Befreiung von der Felsenklippe alles geglückt war, trat er keck an den Vater heran und forderte dessen Tochter von ihm. Da brach der Zorn des Hausherrn los; er befahl dem übermütigen Buben, sich sogleich zu entfernen und seine Schwelle nicht wieder zu betreten.

Aber Krake gab seine Wünsche nicht so leicht verloren. Er wußte, daß seine jugendlich schöne Gestalt einen tiefen Eindruck auf das Mädchen gemacht hatte; er gewann sie heimlich für sich und beide entflohen. Diese Flucht brach dem armen Vater das Herz. Aber als er sein Ende herannahen fühlte, ließ er die Flüchtlinge zu sich kommen, reichte ihnen die zitternde Hand zur Versöhnung und starb.

Nun hatte Krake den Gipfel des Glücks erreicht. Er besaß das schönste Weib und alle Güter der Erde. Aber immer wurde ein neuer Wunsch in ihm rege, wenn er bei irgendeinem Freunde etwas erblickte, was ihm noch fehlte, und er spannte alle Kräfte an, um es für sich zu erreichen. –

Seine Kinder wuchsen heran und machten allen Menschen Freude, nur dem eigenen Vater nicht. Dem waren sie zu still und einfach; sie strebten viel zu wenig nach äußerem Glanz. Darum verachtete er sie, und seine Frau, der er alle Schuld daran beimaß, durfte ihm schon seit langem nicht mehr unter die Augen kommen.
»Nein!« rief Krake einst voll Ingrimm. »Es ist nicht länger zum Aushalten. Ich bin hier nun der Erste und kann mich doch meiner Herrlichkeit nicht freuen. Hier ist es oft Monate lang kalt und tot; Schnee und Eis bedecken die volle Blumenpracht meiner Gärten. Ich will hinaus in jene Länder, wo, wie meine Schiffer mir erzählen, ein ewiger Sommer glüht und das Glück des Lebens einzig und allein zu finden ist.«
Er sammelte seine Reichtümer und kümmerte sich wenig um die Tränen, die seine zurückbleibende Gattin und die Kinder um ihn weinten.
Ein günstiger Wind führte ihn der glücklichen Zone entgegen, und als er eines Morgens die Augen aufschlug, lag das Wunderland vor ihm in voller Pracht und Herrlichkeit.
»Nun habe ich, was ich wünsche!« rief er, als er das Ufer betrat. »Nun bin ich für mein ganzes Leben zufrieden. Nun soll kein Wunsch mehr über meine Lippen kommen, und wenn es dennoch so ist, will ich wieder auf der eisigen Felsenklippe liegen, von der mich der Niß erlöst hat.«
»So sei es!« ertönte eine feierliche Stimme und vor ihm stand ein ehrwürdiger Greis mit glänzendem Silberbart. Er trug ein schneeweißes Gewand, um den Leib eine goldene Binde, und einen Perlenreif um das ehrwürdige Haupt.
»Wer bist du?« fragte Krake, den Greis scheu von der Seite anblickend.
»Ich bin der Herrscher dieses Landes und habe mein Leben hier friedlich zugebracht. Weil du aber den Wunsch geäußert hast, hier zu wohnen, sollst du König sein an meiner Statt. Das Schicksal hat es so gefügt, darum bist du mir keinen Dank schuldig und ich nehme nur deinen Eid mit mir hinweg.«
Krake schlich träumend weiter. Bei jedem Schritt erblickte er neue Reize und pries sich glücklich. Zuletzt trat ihm die hohe königliche Burg entgegen mit ihren silbernen Mauern und Türmen und der goldglänzenden Eingangspforte. Er wurde von einer zahlreichen Dienerschaft empfangen und zu einem erlesenen Mahl geführt. Wohlbehaglich ließ er sich auf den Königssitz nieder und war fröhlich und guter Dinge, als sich ihm ein Mann von hohem Alter nahte.
»Ich bin dein erster Minister, der vom Schicksal dazu ausersehen ist, alle Sorgen und Lasten für dich zu tragen, und darauf zu sehen, daß dir keine Annehmlichkeit des Lebens

fehle. So genieße denn, was ein günstiges Geschick dir bestimmte.«

Das tat Krake redlich. Aber als er seine Städte, Schlösser und Gärten mehrfach durchwandert und sein Gold mehr als hundertmal gezählt hatte, war er es überdrüssig, und er sprach voll Mißmut: »Was soll mir das alles? Ja, wenn ich noch meine früheren Bekannten hier hätte! Aber so lebe ich hier mit fremden Menschen, die nichts weiter können als gehorchen, und bin mit all meiner Pracht allein.«

Da erschien der Minister und sah ihn mit ernstem Vorwurf an. Aber er achtete nicht darauf, sondern sprach in seinem Unmut weiter: »Wofür wäre ich König, wenn nicht alles nach meinem Willen ginge? Man soll mir sogleich gehorchen! Es sollen Schiffe ausgerüstet werden, denn ich wünsche endlich –«

Da tobte und raste es durch die Luft, als sollte die Erde bis in ihre Grundfesten erschüttert werden. Dichte Finsternis senkte sich herab und die Gestalt des königlichen Greises hob drohend den Stab: »Zurück mit dir in das Nichts, dem du entstiegen bist! Wer nicht ein zufriedenes Herz mitbringt, für den bemüht sich das Glück umsonst. Lebe fortan der Reue!«

Mit diesen Worten verschwand der Greis und Krake sah nur noch, wie Niß-Puck mit der roten Mütze in der Hand zu ihm trat – dann sank er bewußtlos zusammen.

Die Sonne tauchte hell und glänzend aus dem Meer, und die Wellen sprangen, vom Ostwind gepeitscht, gegen den Felsen auf. Da erhob sich ein Mann und blickte mit weit aufgerissenen Augen umher. Das Alter hatte tiefe Furchen in das Gesicht des Mannes gegraben, sein langer Bart war silberweiß, der Scheitel kahl, und nur wenige Fetzen deckten die zusammengeschrumpfte Gestalt. Er faßte nach seinem Haupt und Bart und fuhr erschrocken zurück.

»Hilf, Herr und Gott! Wie manches Jahr muß ich auf dieser Klippe verträumt haben! Ein ganzes Leben verträumt! Lasse es mit mir enden, Du starker und fürchterlicher Gott, denn was wäre ich nun noch nütze und wie unglücklich würde ich sein, wenn die Wünsche meines Herzens nochmals erwachten. Darum laß mich sterben, damit ich nicht aufs neue so fürchterlich träume!«

Als am anderen Morgen ein Boot an der Klippe anlegte, fanden die Fischer, die ihre Netze hier trocknen wollten, den Leichnam eines unbekannten Greises. Sie nahmen ihn mit sich und begruben ihn in geweihter Erde.

Meerkönigs Töchterlein

Das Meer reicht von einem Weltteil zum anderen. Es ist die Straße von Norden nach Süden und von Osten nach Westen. Wenn es an stillen Abenden ruhig und majestätisch daliegt, und die Sonne beleuchtet es mit ihren untergehenden Strahlen, dann ist es anzuschauen wie ein großer mächtiger Spiegel, dessen Rahmen die verschiedenen Küstenländer sind und in dessen Glanz sich der Himmel, nebst Sonne, Mond und Sternen spiegelt. Es ist auch der stärkste Riese, der mit Leichtigkeit auf seinem Rücken die größten Lasten trägt, und wenn er böse wird, nimmt er die gewaltigsten Schiffe in die hohle Hand und zerdrückt sie.

Aber das sind nur die Wunder des Meeres, die obenauf liegen, und die jeder sehen kann, bei Tag oder bei Nacht, wenn er an das Ufer tritt und die Augen weit aufreißt. Ganz anders sieht es aus in der Tiefe, und die Herrlichkeiten nehmen dort kein Ende.

Ein weites Feld dehnt sich aus auf dem Meeresgrund. Kein Auge kann es überschauen, kein Fuß hat es durchschritten. Auf diesem Feld grünt kein Gras und blüht keine Blume. Und doch ist der Boden mit einem zierlichen Grün bedeckt; es ist ein hellstrahlender Sandgrund, auf dem die Farbe der See sich widerspiegelt, und darum sieht es aus, als wäre es Gras, mit bunten Blümlein durchwirkt. Die Blümlein aber sind purpurne, himmelblaue und goldgelbe Muscheln, die ein neckischer Seebold auf gut Glück dazwischen gestreut hat. Und am Ende dieses Feldes liegt ein ebenso langer Wald mit großen, seltsam gewachsenen Bäumen. Aber die Bäume tragen keine duftenden Blüten, keine erquickende Frucht; es sind mächtige Korallenstämme, die in allen Farben strahlen, und auch Blätter hängen daran, die weithin leuchten; allein diese Blätter sind nichts anderes als kleine lebendige Seetierchen. Freilich hüpfen in diesem Wald keine bunten Singvögel von Zweig zu Zweig, in seinem Schatten ruht nicht das Reh, und aus seinem Quell trinkt nicht der dürstende Hirsch; aber er ist dennoch von Tieren belebt, und dichte Scharen von Fischen steuern durch die verschlungenen Waldpfade hin, alle einem Ziel zu, das sie mit ungestümer Hast aufsuchen und sich nicht links noch rechts verlocken lassen.

Und wohin eilt dieser Fische große Zahl? Sie schwimmt dem Ende des Waldes zu, wo der Palast des Meerkönigs liegt.

Dort müssen sie allmorgendlich zusammenkommen und sich in Reih und Glied aufstellen. Es sind lange, dichtgedrängte Reihen und kein Menschenauge wäre imstande, sie zu übersehen. Aber das Auge des Meerkönigs leuchtet wie eine Sonne, und wenn er ans Fenster tritt, sieht er sie vom ersten bis zum letzten, und wenn sich auch mancher niederduckt oder hinter seinem größeren Nachbarn verkriecht, er sieht ihn doch.
Dann sagt er zu seinem Mundkoch, der ihm zur Seite steht: »Zu meinem Frühstück will ich jene beiden, zu meinem Mittagessen den und den und ihre drei Nachbarn, zu meinem Abendessen aber genügen die beiden Flügelmänner dort unten.«
Der Mundkoch macht eine tiefe Verbeugung und winkt den bezeichneten Fischen, die folgsam zu ihm in die Küche schwimmen; die andern aber ziehen ruhig weiter.
Was hat doch der Meerkönig für einen schönen Palast! Rund herum geht die breite Säulenhalle, die den Bewohnern des Schlosses zu einem Spaziergang dient, und jede einzelne Säule leuchtet sanft und mild wie der Mond. Dann kommt eine Grotte, ganz lichtblau, als ob es der Himmel wäre, die ist überall mit schönen Silberstickereien bedeckt, so daß es aussieht, als leuchte hier das Firmament[1] mit allen seinen Sternen. Und daneben gibt es eine andere Grotte, die ist rosenrot und durch den roten Schimmer blitzen einzelne goldene Strahlen, so daß man meint, es wäre der purpurne Abendhimmel, und die goldenen Streifen, die zwischendurch blitzen, wären die letzten Strahlen der untergehenden Sonne. Was man aber zuletzt sieht, das ist die Herrlichkeit des Herrn: eine weite Grotte mit silbernen Wänden und goldenen Säulen. Den Fußboden ziert ein kunstvolles Mosaik von kostbaren Edelsteinen und die Decke ist ein großer Spiegel, worin sich alles noch einmal widerspiegelt. Im Hintergrund steht ein Thron, der leuchtet so sehr, daß man ihn kaum ansehen kann, denn er ist von puren Diamanten. Da sitzt der Meerkönig in all seiner Pracht und Herrlichkeit, die Krone auf dem Haupt, das Zepter in der Hand und beherrscht alle seine Untertanen, wie es ihm einfällt, nach Lust und Laune.
Meerkönig hatte eben gegessen, und wer ihn jetzt auf dem Thron sitzen gesehen hätte, der hätte sich gewundert, weshalb er das Zepter stets auf und nieder bewege und wem er eigentlich zunicke, da er doch ganz allein war. Es ging aber ganz natürlich zu, denn er war, vom Essen und vom Regieren gleich ermüdet, eingeschlafen und sah und hörte nichts. Wenn aber der Meerkönig schlief, hatten die Bewohner des Palastes gute Zeit, sie konnten dann machen, was sie wollten.

[1] Sternenhimmel.

Kaum verbreitete sich also die Nachricht, daß der König schlafe, als sich die Tür einer verborgenen Grotte öffnete, aus der die drei Töchter des Königs hervortraten. Es waren drei liebliche Kinder, freundlich anzuschauen wie ihre Mutter, die aber schon längst gestorben war. Sie gingen Hand in Hand durch die strahlenden Gemächer, ohne sie eines Blickes zu würdigen, und betraten die Säulenhalle, die so lieblich im Mondlicht glänzte. Hier weilten sie am liebsten, denn es kam ihnen öfters vor, als ob sie die Stimme ihrer Mutter vernähmen, und wenn ein kühler Hauch durch die Säulen wehte, dann glaubten sie, die Mutter streife an ihnen vorüber.

Heute aber waren die Kinder ganz besonders lustig und dachten nicht daran, daß sie irgend etwas zu beweinen hatten; vielmehr sprachen sie nur von Dingen, die ihnen angenehm waren, und vertrieben sich so die Langeweile aufs Beste.

»Gut«, sprach die Älteste. »Ich weiß etwas. Wir wollen ausreiten, aber nicht zusammen, sondern jede für sich allein und nach einer anderen Richtung. Dann kommen wir hier unten nach einiger Zeit wieder zusammen, und jede soll erzählen, was ihr auf ihrem Spazierritt begegnet ist.«

Die beiden anderen waren damit wohl zufrieden, denn sie versprachen sich viel Spaß davon. Sie wollten sogleich wegreiten.

Meerkönig hatte es gern, daß in seinem Schloß alles möglichst schnell ging, darum mußten auch die fliegenden Fische den leichten Lakaiendienst versehen, und es durfte keiner von ihnen sein Amt bis zum fünfzigjährigen Jubiläum versehen, damit er nicht alt und steif werde, sondern er wurde stets vorher gefressen. Ein solcher dienender Geist wurde nun herbeigerufen, und ihm befohlen, daß er gleich drei stattliche Delphine satteln lasse. Gehorsam entfernte sich der fliegende Fisch und vollzog seinen Auftrag sehr glücklich, was bemerkenswert war; denn es ist bekannt, daß die Delphine die fliegenden Fische fressen, und wenn es hier nicht geschah, so ist das nur ein Beweis, was für ein strenges Regiment der König führte, und daß mit dem Schloßbann[2] nicht zu spaßen war.

Die älteste Prinzessin stieg zuerst auf. Sie drückte ihrem Delphin die großen Rückenflossen nieder, und nun wußte der Bescheid, denn er tauchte gleich unter und schwamm so tief, wie es nur gehen wollte. Sie wollte einmal sehen, wie es in der Tiefe des Meeres aussehe, denn so weit war sie noch nie

[2] Im Mittelalter war der Bann das Recht der Obrigkeit, bei Strafe zu gebieten und zu verbieten; beim Schloßbann, Streitigkeiten der Höflinge untereinander bei Hofe zu »bannen«, d. h. zu verbieten.

gekommen, und die Bewohner der dortigen Gegend waren nicht wenig erstaunt, als sie die Tochter ihres Königs ohne alles Gefolge ankommen sahen. Sie bemühten sich, ihr alle mögliche Ehre zu erweisen, da aber die Leute nicht besonders in den Hofsitten bewandert waren, rümpfte die Prinzessin das Näschen und gab nicht undeutlich zu verstehen, man möge sie in Ruhe lassen. Übrigens wunderte sie sich nicht wenig über das, was sie hier vorfand, denn auf dem Grund des Meeres pflegt das zu liegen, was von oben herunter fällt. Sie sah hier gesunkene Schiffe, einige noch ganz wohl erhalten, vom platten *Kiel* bis zum Oberdeck, mehrere auseinandergeborsten und das kahle, nackte Rippenmark zeigend. Auch lagen große Ballen mit kostbaren Waren umher, die hier unten niemand brauchen konnte und um deretwillen oben an der Küste sich die Bevölkerung eines halben Landes in Bewegung gesetzt hätte. Man fand auch große blinkende Haufen von Gold- und Silbermünzen, ohne die die Menschen nicht glauben auch nur einen Tag lang leben zu können; doch die Fische machen sich nichts daraus und sind doch viel besser daran als die Menschen, denn es heißt schon im Sprichwort: »Wohlig, wie ein Fisch im Wasser«. Daneben sah man die Gerippe von verwesten Leichnamen liegen. Es waren guter Leute Kinder gewesen, aber sie hatten nicht begraben werden können und mußten es dulden, daß die Fische um sie herum oder gar hindurch schwammen und allerlei Kurzweil mit ihnen trieben. Das machte der Prinzessin nicht besondere Freude, deshalb kürzte sie auch ihren Spazierritt sehr ab, und ehe sie es noch selbst glaubte, war sie schon wieder auf dem Heimweg.

Die zweite Prinzessin hatte es nicht der Mühe wert gehalten, ihrem Delphin durch einen Druck auf seine Flossen die Richtung anzugeben, wohin sie wollte. Er schwamm also geradeaus, oder wie sie auf dem Lande sagen: ins Blaue hinein. Das war eine sehr bequeme Straße, denn es gab weder Hügel noch Täler, und mußte man einmal links oder rechts ausweichen, so war es vor einem Walfisch, der zu ungeschlacht war, um höflich zu sein. Nötig hatte er es außerdem nicht, denn er war reichsunmittelbar und durfte selbst vor dem König mit bedecktem Haupt erscheinen. Aber auf dieser ganzen Reise war auch nicht etwas Bemerkenswertes zu sehen. Die Prinzessin ward es daher bald müde und sagte dem Delphin, er möge nach dem Palast ihres Vaters zurückkehren, wo sie fast zu gleicher Zeit mit ihrer ältesten Schwester eintraf. Von der Jüngsten war übrigens noch keine Spur zu sehen.

Wo war sie denn hingekommen?

Sie schwamm auch, wie ihre Schwester, geradeaus, aber nach

der entgegengesetzten Seite und nicht lange. Sie hatte schon früher immer sehen wollen, wie es auf der Oberfläche des Meeres sei, aber bisher hatte sie es noch nicht gewagt, denn der Meerkönig hatte es verboten und dem Übertreter seinen Zorn angedroht. Nun aber wurde in der jungen Prinzessin die Sehnsucht nach dorthin so mächtig, daß sie diese nicht länger unterdrücken konnte. Und von der Stunde an hatte sie den Grund zu ihrem künftigen Unglück gelegt, und sie durfte sich nicht beklagen, denn es war selbst verschuldet. Merkts euch: Ein Seefräulein paßt nicht fürs feste Land, und eine Auster muß nur schmecken, aber nicht singen wollen wie eine Nachtigall. Aber, wie gesagt, Prinzessin Übermut hatte für weise Ratschläge ein taubes Ohr. Freundlich bittend beugte sie sich zu dem Delphin herab und machte ihn mit ihrem Wunsch bekannt. Der aber ließ die Flossen hängen, denn er dachte an den Zorn des Königs und wie er ihn, samt seiner Familie, quälen würde, wenn er der Prinzessin den Gefallen tue. Darum stellte er sich auch, als habe er gar nichts gehört und schwamm unbefangen weiter. Die Prinzessin aber, die ihn nicht durch ihre Bitten zu bewegen vermochte, schritt nun zur Gewalt, indem sie ihn unbarmherzig an den Flossen zog, so daß er fast senkrecht in die Höhe steigen mußte.

Es dauerte auch gar nicht lange, da tauchte die Prinzessin aus der Tiefe empor an das Licht, und der Delphin schwamm in majestätischen Bögen auf der Oberfläche der See umher. Die Prinzessin war wie betäubt, denn zum ersten Mal atmete sie Luft und wärmte sich an der Sonne. Und je länger sie die Luft atmete, je glühender die Sonne sie beschien, desto wehmütiger wurde es ihr ums Herz und sie hätte nun nicht wieder in die Tiefe hinabtauchen mögen. Da fügte es der Zufall, daß ein großes Schiff vorüberzog mit blendend weißen Segeln und bunten Flaggen, die lustig im Wind flatterten. Das *Deck* des Schiffes aber war mit fröhlichen Matrosen bedeckt, die lachten und jubelten, tanzten und sprangen, daß jeder seine Lust daran hatte, der es sah, vor allem aber die Prinzessin und der Delphin. Da rief plötzlich einer von den Schiffsleuten: »Eine Meerjungfer!« Alle reckten die Hälse und konnten doch nichts sehen, denn der Delphin hatte es vernommen und tauchte geschwind unter, aber nicht tief, denn die Prinzessin ließ es nicht zu. Als das Schiff längst seine Straße gezogen war, kamen sie wieder an das Licht, und nun ging es geradeaus, denn auch dem Delphin gefiel es hier oben, und er traute sich zu, den Rückweg zu dem Palast wiederzufinden.

Da bemerkten beide plötzlich etwas, woran sie nicht gedacht hatten, nämlich Land. Es war ein schönes, sonniges Land mit grünen Hügeln, klaren Seen und schattigen Wäldern. Die Prinzessin klatschte vor Freude in die Hände, und der Delphin mußte viele Vorwürfe über seine Langsamkeit hinnehmen. Endlich erreichten sie den Strand, und mit einem Sprung war die Prinzessin von dem Rücken des Delphins auf dem grünen Rasen. Hier sprang sie, außer sich vor Vergnügen, umher, tändelte mit den roten und gelben Blumen und trieb Possen mit einem Schmetterling, der sich nicht von ihr greifen lassen wollte. Lange dauerte aber die Freude nicht; sie war das Gehen und die Luft nicht gewöhnt, darum sank sie bald vor Mattigkeit nieder und fiel in einen tiefen Schlaf.

Der Delphin wartete, aber schließlich merkte sich das Tier genau die Richtung und schwamm schweren Herzens zu dem Palast zurück, weil mit dem Zorn des Königs nicht zu spaßen war. Das spürte man auch bald unter der See und auf dem Wasser, denn als der König das Schicksal seiner jüngsten Tochter vernommen hatte, machte er einen solchen Spektakel, daß alles sich im Wirbel drehte und die Leute am Land sagten, ein so wilder Sturm wäre seit Menschengedenken nicht gewesen. Er konnte es aber nicht ändern, und obgleich er am nächsten Morgen den Delphin samt dessen Weib und Kindern zum Frühstück verzehrte, wurde die Sache dadurch nicht um ein Haarbreit anders.

Die Anwohner der nächsten Küsten waren indessen während der Nacht vor Angst und Schrecken fast umgekommen und als der erste Sonnenstrahl in ihre Fenster fiel, eilten sie hinaus, um zu sehen, was der Sturm für Unglück angerichtet habe. Ein alter Fischer schritt bedächtig über den Rasen hin, auf dem die Prinzessin immer noch arglos schlummerte, und zog mit einem Ruf des Erstaunens den Fuß wieder zurück, denn er hätte beinahe das hübsche Kind getreten.

»Ach, mein Gott«, sagte er. »Ist das nicht ein Anblick zum Erbarmen! Ein so junges Kind und schon so unglücklich.« Er setzte nämlich voraus, daß hier in der vergangenen Nacht während des Sturmes ein Schiff gestrandet sei, und da er ringsumher kein lebendes Wesen weiter erblickte, so schloß er, daß sie ganz allein davongekommen wäre.

Da schlug die Prinzessin die Augen auf und sah den alten Fischer mit einem so freundlichen Blick an, daß er eine tiefe Zuneigung zu ihr faßte und im stillen gelobte, wenn sich niemand zu dem armen Kinde finden sollte, es als sein eigenes aufzunehmen und erziehen zu wollen. Er reichte ihr die Hand, um ihr aufzuhelfen und fragte dann so leutselig wie er nur vermochte, wer sie sei und woher sie komme. Nun aber mußte die arme Prinzessin die Antwort darauf schuldig bleiben, denn sie hatte nie die menschliche Sprache gehört.

»Gott bessers«, dachte der Fischer, »das arme Kind ist nicht von hier, denn sie versteht unsere Sprache nicht.« Aber ein tüchtiger Fischer ist nie um Rat verlegen. Da er mit Leuten aus aller Herren Länder in Berührung kommt, so bleiben ihm auch von jeder Sprache einige Worte kleben, und er fragte sie nun bald englisch, bald französich oder spanisch, so gut er es verstand, doch alles war vergebens, denn jede Antwort blieb aus und er sah nur, wie das arme Kind mit ihren schönen Händen auf das Meer deutete und dann zu weinen anfing. Die Tränen aber, die sie weinte, waren Perlen, die unbeachtet in das Gras fielen, denn der Fischer achtete nicht darauf.
»Nun sehe ich wohl, wo es fehlt«, sprach der alte Mann weiter. »Sie ist entweder stumm geboren, oder sie ist es durch den Schrecken der vergangenen Nacht geworden und das ist kein Wunder. So will ich sie in meine Hütte tragen, da sie zum Gehen viel zu schwach ist. Das andere wird sich finden.«
Er nahm die Prinzessin auf seine Arme und trug sie fort, indem er sie sanft wiegte und ihr gut zusprach. Der Prinzessin gefiel das über die Maßen gut, denn sie war solche Liebkosungen nicht gewöhnt. Der Meerkönig wiegt seine Kinder niemals und wenn es einmal nötig sein sollte, so winkt er einigen gehorsamen Wellen, daß sie diesen Dienst verrichten.
Der Fischer kam mit seiner Last zu Hause an und sagte zu seiner Alten: »Da, Mutter, bringe ich dir etwas in die Wirtschaft.« Sie aber sprach: »Was wirds sein?« Da stellte er die Kleine vor sie hin und erzählte, auf welche Weise er sie gefunden hatte.
Die gute Frau hatte ein weiches Herz und konnte die Tränen nicht zurückhalten. Bei dem Anblick des Kindes regten sich traurige Gedanken in ihrem Kopf, und alte Zeiten, die sie längst vergessen geglaubt hatte, tauchten mit Jugendkraft wieder auf und überwältigten sie. Die Erinnerung ist eine starke Zauberin, die auch das härteste Herz weich machen kann. Darum, als die Alte das Kind der See vor sich stehen sah, dachte sie daran, daß auch sie vor vielen Jahren ein Töchterlein geboren hatte, das in Gesundheit aufgewachsen war und von Jugend und Schönheit strahlte. Sie war schon ein stattliches Mägdlein geworden, als sie eines Tages am abschüssigen Ufer spielte, von dem sie, ohne daß es jemand bemerkte, hinab in die See fiel, und war auch nie wieder aufgefunden worden.
»Guter Gott, Vater«, rief die Alte. »Ist es doch gerade, als ob die Adelgunde wieder ins Haus getreten wäre und wir hätten sie gar nicht verloren. Ich glaube sogar, sie sieht unserem Engel ähnlich.«

Das war nun nicht so. Die kleine Prinzessin war ganz anders geformt, als die Fischerstochter vordem gewesen war. Jana war bleich und hatte seltsam dunkelglühende Augen; das Fischerkind war voll und blühend gewesen, es hatte blaue Augen gehabt, und wenn diese Augen weinten, waren wirkliche Tränen zum Vorschein gekommen, aber keine Perlen. Wie dem nun sei: die Mutter glaubte es, der Vater glaubte es ihr zu Gefallen mit und sagte: »Es soll unser Kind sein.« Die Mutter aber setzte noch hinzu: »Was wird der Gottfried für eine Freude haben, wenn er nach Hause kommt und eine solche schmucke Schwester findet!«

Dieser Gottfried war ihr Sohn, ein stattlicher Bursche von sechzehn Jahren, der dem Vater schon tüchtig zur Hand ging und Netze strickte wie keiner im Dorf. War das ein Leben, als der Gottfried erschien und ihm die Kleine vorgestellt wurde, wobei die Mutter sagte: »Das ist deine Schwester.« Er schrie laut auf, gab dem kleinen Wesen einen Kuß nach dem andern und sagte: »Die soll's gut haben.« Dabei sah er dem lieben Kind so treuherzig in die Augen, daß es sich ganz glücklich fühlte und lächelte, die einzige Antwort, die sie geben konnte; dann aber ergriff sie die Hand des ehrlichen Jungen, und von Rührung überwältigt, weinte sie einige Perlen hinein.

»Gott! Was ist das?« riefen erschrocken die Alten; Gottfried aber sagte fröhlich: »Das ist mir ein artiges Schwesterlein, das so schöne Spielereien hervorbringt. Für die müssen wir ganz besonders sorgen, denn ich sehe wohl, mit ihr ist das Glück zu uns eingezogen. Wir sollten ihr aber doch einen Namen geben, und da sie so glänzend weiß aussieht und so schöne Perlen weinen kann, könnte sie wohl Perlweißchen heißen.« Die Alten waren damit zufrieden, und die kleine Prinzessin wurde fortan so genannt. Aber das ist wahr, die Fischerfamilie hatte mit Perlweißchen ihre liebe Not. Das kleine Wesen war an keine menschlichen Gewohnheiten und Bedürfnisse gewöhnt; alles mußte sie lernen, wie ein neugeborenes Kind. Das Schlimmste aber war, daß sie nicht die menschliche Sprache verstand, so daß man ihr nichts begreiflich machen konnte. Da fand sich endlich eine mächtige Lehrerin, die Liebe, die brachte alles zustande. Der Gottfried hatte das gute Kind gern, weil es so zart und hilflos war; die Großen und Starken aber neigen sich gern den Schwachen zu. Die Kleine dagegen schloß sich fest an Gottfried an und rankte an ihm empor, etwa wie im Garten der Efeu sich um den starken Eichbaum windet. So kam es auch, daß Perlweißchen schnelle Fortschritte machte und sich bald wohl auszudrücken wußte. Nun fehlte nichts mehr zu ihrem Glück

und alle waren zufrieden, besonders aber Gottfried, wenn das artige Kind, aus Rührung über seine Liebe, glänzende Perlen weinte, die er dann auffing und sorgsam verwahrte: denn er hatte seine Freude daran, wie alle Menschen, denen die Liebe zu Gold, Silber und Perlen angeboren ist. Doch muß man es ihm zu seinem Ruhm nachsagen, daß er dem lieben Schwesterchen niemals eine Kränkung bereitete, damit es nur weine, um seinen Reichtum zu mehren.
Nun ging seit einiger Zeit ein Gerücht im Dorf um, das fand je länger, je mehr Erzähler und Hörer. Es hieß, man verneh-me allmorgendlich, wenn der erste Lichtschimmer im Osten sichtbar werde, ein Murmeln vom Meer her, wie man es sonst nie gehört habe. Bald klänge es wie ein entferntes Rufen, bald wieder wie ein banges Klagelied, aber von wem es ausginge, das wußte niemand zu sagen. Auch sollten sich öfters in der Nacht Lichtstreifen auf der See zeigen und Geistergestalten über die Wellen hingleiten. Es war aber alles nur Gerede, denn recht hatte es keiner gesehen, und wenn man beim anbrechenden Morgen genau hinschauen wollte, war es nichts und man mußte sich auslachen lassen.
Es war aber jemand im Dorf, der alles wohl sah und hörte, nämlich Perlweißchen. Das arme Kind hatte zwar alle menschlichen Sitten und Gewohnheiten angenommen; sie wußte sich in alles zu finden, half der Mutter in der Wirtschaft und verstand es so nett einzurichten, daß die Alte öfter sagte, wenn sie nicht dabei war: »Vater, das wird einmal unseres Gottfrieds Frau oder keine.« Aber dennoch konnte sie die Vergangenheit nicht vergessen.
Perlweißchen wußte wohl, was das bedeutete mit den Lichtstreifen. Es waren die hellstrahlenden Men of wars, die ausgesendet wurden, um sie zu suchen und ihr den Pfad zu erhellen, wenn sie geneigt sein sollte, wieder zurückzukehren. Der König hatte wohl sehr gezürnt, als sie entflohen war, und in seinem Grimm alles vernichtet, was in seine Nähe kam, aber allmählich legte sich sein Zorn, und sein Herz sehnte sich nach dem Kind, das er immer am liebsten gehabt hatte. Wenn dann der Vater so betrübt war, daß sein großes Sonnenauge nicht funkelte, und er nicht essen wollte, obgleich die Köche alles herrlich zubereitet hatten, dann grämten sich die Schwestern sehr und sangen Klagegesänge und riefen nach der verlorenen Schwester. Das war das Gemurmel, das die Leute während der Nacht vernahmen und nicht zu deuten wußten.
Als es nun eines Nachts gar traurig vom Meeresgrund herauf klang, verließ Perlweißchen ihr Lager und ging zum Strand hinab. Das war auch eine Eigenschaft, die sie aus ihrer Hei-

mat mitgebracht hatte, daß ihre Augen zur Nachtzeit hell strahlten und weit hinausleuchteten auf die See, wie ein Lichtsignal, wonach der Schiffer steuert und seine Straße findet. Als sie nun ans Ufer kam und ihre Augen auf die See hinausstrahlten, da erkannten sie die Wellen; sie wurden beweglich und streckten die Hälse nach ihr aus. Sie hätten sie gern ergriffen und mit sich fortgeführt, wenn sie nur bis zu dem hohen Ufer hätten hinaufreichen können.

Es ward ihr so wunderseltsam zumute, daß sie sich vor Rührung nicht zu lassen wußte, als sie das Meer vor sich sah, worin ihr Vater herrschte und worin sie geboren war; als sie die lichtstrahlenden Boten gewahrte, die sie oft von einem Ende des Ozeans zum andern gesandt und die Wellen, die sie seit ihrer Kindheit stets so sanft geschaukelt hatten. Sie mußte unaufhörlich weinen und die kostbaren Perlen rollten ihr die Wangen hinab. Aber sie rollten weiter bis an den Rand der See; da griffen die Wellen danach und brachten sie dem Vater mit den Worten: »Das sind die Tränen deines Kindes!«

Diese Tränen überwältigten den alten Herrn ganz und gar, so daß er alle Strenge vergaß und so weich wurde wie Wachs. Da rief er seine beiden ältesten Töchter und tat, was er nie zuvor getan hatte. Er gab ihnen die Erlaubnis, hinaufzusteigen an das Licht, um ihre Schwester zu sehen, und sie zu bitten, daß sie wieder herunter käme.

Darauf hatten die armen Kinder, die schier vergingen vor Sehnsucht und Schmerz, längst gehofft. Keinen Augenblick zögerten sie und als sie nun emportauchten, war es, als ob die ganze See von einem Lichtschein widerstrahle; sie streckten die Arme nach der am Ufer stehenden Schwester aus und winkten ihr, zu ihnen zu kommen. Als Perlweißchen dies sah, wurde sie von Schmerz und Wonne so übermannt, daß sie fast das Bewußtsein verlor und sie mußte sich an dem Stamm einer alten Weide halten, denn sie drohte niederzusinken.

Da erhoben die Schwestern ihre Stimmen:

»Schwesterlein!
Schwesterlein!
Denke des Vaters dein!
Sein Aug' ist tränenleer,
Sein Herz ist sorgenschwer:
Fehlt ihm sein liebes Kind.
Komm geschwind, geschwind!
Sehnt sich nach stiller Ruh',
Drück ihm die Augen zu!«

»Ach, der arme, arme Vater«, schluchzte Perlweißchen. »Was mag er meinetwegen leiden!«

Die Schwestern aber sangen weiter:

»Schwesterlein!
Schwesterlein!
Höre die Schwestern dein!
Schaffe uns Freud' und Glück,
Kehre zu uns zurück;
Kehre zum Meeresgrund,
Lichtweiß und farbenbunt;
Kehre als edler Gast
Ein in den Meerpalast!«

»Ihr guten, lieben Schwestern!« rief Perlweißchen in großer Bewegung. »Wie sehnt sich mein Herz danach, an dem eurigen zu schlagen! Ach, ihr guten Kinder, wie würde ich eilen, zu euch zu kommen, wenn ich nur nicht immer an den Gottfried denken müßte. Es stößt mir das Herz ab, daß ich eure Klagetöne vernehme. Wie seht ihr doch so gut und freundlich aus!«

Und abermals sangen die Schwestern:

»Schwesterlein!
Schwesterlein!
Eile zum Vater dein!
Bleich ist sein goldnes Haar,
Trübe sein Augenpaar;
Willst du nicht heimwärts ziehn,
Tötest du sicher ihn.
Rette den Vater dein,
Herziges Schwesterlein!«

Da wurde das arme Kind so von Schmerz übermannt, daß es nicht mehr zu widerstehen vermochte. Sie breitete die Arme gegen das Meer aus und rief: »Ich komme! Ich komme!«

Nun ward überall Leben und Fröhlichkeit. Perlweißchen warf die irdische Kleidung ab und leuchtete und strahlte wie eine Herrscherin des Geisterreiches. Aber ganz schwand die Erinnerung doch nicht aus ihrem Gedächtnis und mit Schmerz und Angst rief sie laut: »Gottfried! Gottfried!« Dann sprang sie in das Meer. Die Wellen trugen sie im Triumph davon und tauchten mit ihr in die Tiefe hinab.

Gottfried hatte, von einem sonderbaren Gefühl bewegt, nicht schlafen können. Er stand auf, um frische Luft zu schöpfen. Als er über die Schwelle trat, verwickelte sich sein Fuß in etwas, und als er danach faßte, war es ein Tuch, das Perlweißchen gehörte. Das fiel ihm schwer aufs Herz, und er eilte zu ihrer Kammer. Aber diese stand offen, und das Mägdelein war nirgends zu finden. »Ach du mein Gott!« rief er so laut, daß alle es hörten, »Perlweißchen ist fort! Böse Menschen haben sie uns gestohlen!« Er lief allen voraus dem

Strand zu, und nur wenige Schritte hatte er getan, als er den Gesang der Schwestern vernahm. Das Lied klang so fromm und feierlich, und obgleich er kein Wort davon verstand, hatte es doch für ihn Sinn und Bedeutung. Gleich nachher vernahm er den Ruf: »Gottfried! Gottfried!« und nun gab es kein Halten. Mit der Schnelle eines Vogels eilte er dem Strand zu. Trostlos irrte er rufend in der Dunkelheit umher, aber Perlweißchen antwortete nicht. Endlich kamen auch die Eltern und Nachbarn herbei, die trugen brennende Fackeln und allerlei Rettungswerkzeuge, auch Wehr und Waffen. Aber hier war nichts zu retten und auch kein Feind zu besiegen. Einige meinten, das Kind sei durch böse Menschen vom Haus weggelockt; andere meinten, es wäre im eigenen Übermut weggelaufen und in die See gefallen. Keiner wußte das Rechte. Aber jeder begriff, daß hier nichts mehr für ihn zu tun sei und ging nach Hause. Gottfried aber konnte sich gar nicht zufriedengeben, sondern sprach wehmütig vor sich hin:
»Sie war nicht von dieser Erde und ihr war nur vergönnt, kurze Zeit hier zu verweilen. Die Frist ist verstrichen und jetzt ist sie fort. Das sei Gott geklagt, daß ich nun zum zweiten Male ein liebes, herziges Schwesterchen verloren habe, für die ich so gern arbeitete.«
Dann ging er hin, betrachtete den Perlenschatz, den sie ihm hinterlassen hatte, und es dauerte lange, ehe er wieder froh werden konnte.
Das aber war richtig: keiner der Strandbewohner hat mehr zur Nachtzeit das unheimliche Gemurmel gehört und niemand die glänzenden Lichtstrahlen über die dunklen Wogen hinblitzen sehen. Die Leute meinten also, sie müßten sich wohl früher geirrt haben, und es wäre nichts als fernes Donnern und Wetterleuchten gewesen.
Geschrieben steht: »Wenn ein Verirrter wiederkehrt und wandelt fortan auf der Bahn des Rechtes, so ist tausendfache Freude bei den Menschen.« So war es auch bei Perlweißchens Rückkehr. Und freuten sich auch nicht die Menschen, die nichts davon wußten, so freuten sich doch alle Geschöpfe im Meer. Da wurden Feste angestellt, die waren glänzender, als man je gesehen hatte, und wenn man auf Erden sagt, die Leute kamen meilenweit, um dies oder jenes zu sehen, so konnte man hier sagen: sie schwammen Meere weit, um diesen Festen beiwohnen zu können. Von allen Seiten kamen sie herbei, und da waren die vom Roten Meer rot angezogen, die vom Weißen Meer weiß, die vom Schwarzen Meer schwarz und so weiter, alle nach Stand und Würden. Der König war gnädig. Er fraß nicht gleich alle Leute, die zu ihm kamen, sondern war höflich, gesprächig und heftete vielen goldene

oder silberne Schuppen an, zum Zeichen, daß er sie auszeichnen wollte vor den übrigen, wußten sie auch nicht warum.
Anfangs ging mit Perlweißchen alles gut. Aber als die Feste vorüber waren und es still ward im Schloß, wurde auch sie still und stiller. Vergebens versuchten die Schwestern diese Veränderung dem Vater zu verbergen. Der merkte doch, was vorging und grämte sich im stillen.
»Mag sie denn ihren Willen haben«, sprach er zu sich selbst, »und auf die Oberwelt zu den Menschen zurückkehren. Ich will nichts mehr mit ihr zu tun haben und meine Hand von ihr abziehen. Doch will ich großmütig dafür sorgen, daß sie oben nicht in Jammer und Elend vergehen muß, und ihr deshalb die Natur eines Geistes nehmen.«
Darauf sandte er seine Boten nach allen Ecken und Enden. Die fliegenden Fische mußten fliegen und taten es auch, außer daß sie, wenn ihnen auf dieser oder jener Straße ein guter Freund begegnete, den sie lange nicht gesehen hatten, einige Zeit mit unnützem Plaudern hinbrachten. Und darin sind sich die Dienstboten in dem Meer und auf dem Land völlig gleich.
Es kam eine große stachelige Roche[3] angeschwommen mit blitzenden Augen, die steuerte geradewegs zum König hinein und sagte: »Warum hast du mich rufen lassen, Herr König? Willst mich etwa fressen?«
Da lachte der und sagte: »Damit deine Stacheln mir in der Kehle sitzen bleiben und ich gehindert würde zu schlucken? Geh! Du bist zu einem Leckerbissen zu alt!«
»Was willst du denn von mir?« fragte sie kurz, denn es verdroß sie, daß der König sie zu alt fand zum Verspeisen, obgleich sie sich dadurch am Leben erhielt. Und darin sind sich die Landweiber und Seeweiber gleich. Sie haben es nicht gern, wenn man sie alt nennt, lieber haben sie ein neues Kleid, oder einen schönen Schmuck und einen jungen Liebsten.
»Ich will«, sagte der König, »daß du mir beistehst. Du bist eine weise Frau und schickst dich in Zeit und Ort. Meine jüngste Tochter –«
»Erspare dir eine lange Geschichte, die ich schon weiß«, unterbrach ihn die Roche. »Ich weiß, daß du dein Kind nach der Oberwelt senden willst, und dazu soll ich sie tüchtig machen.«
»Es ist erstaunlich«, sprach der König vor sich hin, »wie sehr unsere guten Untertanen von den Verhältnissen bei Hofe unterrichtet sind. Das Bedientenpack plaudert alles aus, dafür will ich es auch später nacheinander fressen.« Alles dieses sagte der König so leise, daß die Alte es nicht verstehen konn-

[3] Rochen, der, siehe Fußnote S. 145.

te, laut aber sprach er: »Du hast ganz recht geraten, liebe Frau, und wenn du Unseren Wunsch erfüllst, so sei Unserer königlichen Huld und Gnade sicher.«
»So schickt die Prinzessin zu mir«, sagte die Roche, und schwamm zum Palast hinaus, und die Prinzessin wurde ihr sofort nachgesandt. Eine alte Meerquappe[4], die früher als Wäscherin bei Hofe gewesen war, empfing die Prinzessin. Die Waschfrauen verstehen das Waschen und Klatschen, darum begann sie sogleich viel von den Eigenheiten der Herrschaft zu erzählen, daß es hingereicht hätte für hundert Ohren. Aber die Prinzessin schlug der geschwätzigen Quappe die Tür vor der Nase zu und brachte ihr Anliegen bei der Roche vor.
»Mag es geschehen«, antwortete diese, »und mögest du es nie bereuen, was du jetzt beginnst. Setze dich dort auf den Stuhl, es wird sogleich geschehen sein.«
Die Alte nahm eine goldene Schere, damit schnitt sie die goldenen Flechten der Kleinen ab und sagte: »So durchschneide ich das Band, das dich an die Unterwelt bindet. Du teilst jetzt das Los der Sterblichen und deine Tage sind gezählt.«
Darauf reichte ihr die Alte einen Trank, den mußte sie trinken, und als das geschehen war, sagte sie: »Mit diesem Trank trankst du zugleich die tausend Bedürfnisse und Leiden, die die Menschen quälen. Du wirst hungern und dursten wie sie, du wirst vor Hitze glühen und frieren, du wirst arbeiten müssen, um dir deinen Unterhalt zu erwerben.«
Die Prinzessin lächelte und dachte bei sich: »Ich wills gern. Komme ich doch zu meinem lieben Bruder Gottfried.«
Nun nahm die Alte ein weißes Tüchlein, das bestrich sie mit einer Salbe und legte es auf die Augen der Prinzessin: »Jetzt«, sagte sie, »schwindet der Glanz aus deinen Augen. Wenn dich in Zukunft Kummer trifft, so wirst du nicht Perlen weinen, sondern bittere und salzige Tränen.« Die arme Prinzessin hörte es und dachte: »Mag es sein, was es will, ich ertrage es um meines lieben Bruders willen.«
»Du bist nun fertig«, sagte die Roche stolz, »und sollst deine Reise antreten. Du wirst dich über die Herrlichkeit freuen, wenn du ein armes Fischerweib geworden bist. Deine Kraft, unter dem Wasser zu leben, ist gebrochen und du kannst umkommen, noch ehe du das Land betrittst. Darum nimm schnell Abschied. Bist du aber oben, so hüte dich, jemals wieder der See zu nahe zu kommen, denn du müßtest dann jämmerlich ertrinken.«
Von Schmerz und Trübsal bewegt, langte Perlweißchen bei

[4] Auch Seequappe, ein den Schellfischen verwandter Fisch, für die Fischerei bedeutungslos.

ihrem Vater an. Jedermann wich vor ihr zurück und die Schwestern weinten. Sie war zu Tode betrübt, und wie Felsen lag es auf ihrer Brust. Sie konnte keine Tränen finden, um sich den harten Augenblick zu erleichtern.

Der König sah sie lange an und sagte endlich: »Es ist nun gut, geh deines Weges! Soviel ich mich um dich gehärmt hatte, so gleichgültig bist du mir jetzt. Tue oder lasse, was du willst, ich bekümmere mich nicht um dich. Damit du aber nicht wie eine Bettlerin aus diesem Hause ziehst, will ich dir eine Aussteuer geben, um dich vor Hunger zu schützen. Heda! Mein Finanzminister soll kommen!«

Da schwamm ein wohlgenährter Fisch heran, mit glänzenden Flossen und Schuppen bedeckt, und eine goldene Feder im Mund. Zu dem sagte der König, daß er seiner gewesenen Tochter eine Summe Gold zu ihrer Reise zahlen solle. Als der Fisch diesen Befehl empfangen hatte, fing er an, sich zu drehen und zu wenden, wie die Geldleute wohl zu tun pflegen, wenn sie auszahlen sollen. Und wie er sich drehte und wendete, fielen ihm die goldenen Schuppen vom Leibe und auf einen Haufen. Wenn man aber recht hinsah, war es eine ziemliche Menge guter Goldstücke.

»Das ist dein Erbteil!« sprach der König kurz.

Perlweißchen folgte dem Befehl des Vaters und raffte das Gold zusammen. Der Finanzminister gab ihr die goldene Feder, damit sie den Empfang quittiere, und als dies geschehen war, schwamm er wieder davon. Der König hatte unterdessen seine beiden anderen Töchter fortgeschickt und sich selbst abgewandt; das war das Zeichen, daß nun alles aufhören mußte. Die Wellen ließen sichs gesagt sein; sie drangen in den Palast und nötigten Perlweißchen auf eine ziemlich unhöfliche Weise, sich zu entfernen. Als sie aber draußen war, ängstigten sie das Kind so sehr, daß es das Bewußtsein verlor. – Als sie wieder erwachte, lag sie auf dem festen Ufersand und hörte nur in der Ferne das Meer toben und grollen, denn ganz gleichgültig war es denen da unten doch nicht, daß sie eine so hübsche Prinzessin verloren hatten; und wenn es dem König verdrießlich war, so stellten sich die Untertanen an, als sei es ihnen noch zehnmal ärgerlicher.

Schnell sprang Perlweißchen vom nassen Sandboden auf und sah sich um, ob es die Gegend kenne. Darauf schlug es wohlgemut den Weg zu dem Dorf ein, wo die guten Alten wohnten, und freute sich schon im stillen darüber, wie die sich wundern würden, wenn sie wiederkäme und zugleich eine ansehnliche Summe Geld mitbrächte. Aber als sie nun weiter auf dem Weg fortschritt, kam es ihr ganz anders vor und es wurde ihr sehr ängstlich zumute, da sie nicht begriff, wie sich in wenigen Tagen alles so verändert habe. Es war noch der alte Kirchturm und das alte Kirchendach, aber oben auf dem Turm war eine neue goldene Wetterfahne, und die Bäume, die sonst den Eingang zur Kirche beschatteten, konnte sie nicht mehr entdecken. Wo ein kahler Sandfleck gewesen war, da prangte jetzt ein duftender Blumengarten, und wo die morastige Wiese sonst lag, war eine stattliche Baumpflanzung zu sehen. Auch die Häuser hatten sich verändert und die Zäune, so wie die Menschen, die davor saßen oder standen. Nur ein einziges Haus fand sie noch ganz so, wie sie es verlassen hatte, und darüber schlug ihr Herz vor Freuden, denn es war das Haus ihrer lieben Pflegeeltern. Aber es war verschlossen und der kleine Hof ganz verwildert, so daß man mit Recht annehmen durfte, hier habe lange keines Menschen Fuß gewandelt. Auch achtete niemand auf ihr Pochen.

Nicht weit von dieser Hütte stand ein stattliches Haus mit hellen Fenstern, das hatte sie vorher auch nicht gesehen. Aus diesem trat soeben ein junger Mann, der sah fast so aus wie der Gottfried und doch auch wieder ganz anders.

Da kam dem armen Kind so große Angst, daß sie kaum zu atmen vermochte. Sie wollte aber aller Ungewißheit ein Ende machen, trat dem jungen Mann also entgegen und sagte: »Wie gehts, Gottfried? Kennst du mich wieder?«

Der Bursche schaute das Mägdlein verwundert an und sagte: »Was will denn das Ding da und aus welchem fernen Lande kommt es her?«

Da bedachte Perlweißchen, daß sie gar nicht nach der Landessitte gekleidet war, sondern noch ihr Gewand von grünem Seetang umhatte. Aber das könnte sie doch nicht so entstellen, daß der Gottfried sie nicht wiedererkennen wollte. Sie fragte also noch einmal: »Kennst du mich denn wirklich nicht, Gottfried?«

»Ich weiß nicht, was die Dirne will!« rief der Bursche ärgerlich. »Ich heiße nicht Gottfried, sondern Anton und habe keine Zeit, denn ich halte heute Hochzeit mit des Bauernvogts[5] Anneliese.«

»Ach Gott, wie unglücklich bin ich, daß sich alles so verändert hat. Wo sind denn deine Eltern?«

»Die sind in der Stube drinnen«, sagte der Bursche und rannte davon. Perlweißchen aber sprach: »Gebe Gott, daß die mich besser wiedererkennen, sonst bin ich verloren.«

Da erschien ein robuster Mann auf der Schwelle, sah das zitternde Mägdlein und fuhr sie an: »Wo willst du hin?«

»Ich will zu den guten Alten, die da drüben wohnten, und

[5] Verwaltungsbeamter, der zum Richteramt berufen war. Im Deutschen Reich bis 1806.

habe auch schon Gottfried gesehen, der mich nicht erkennen will.«

»Du hättest den Gottfried schon gesehen? Das ist nicht wahr, denn der Gottfried bin ich.«

»Nicht doch! Er war hier und sagte, daß er heute Hochzeit machen wolle.«

»Das ist mein Sohn, der Anton, gewesen. Ja, der Junge ist mir recht ähnlich geworden. Aber woher weißt du kleines Ding denn, wie ich in meiner Jugend ausgesehen habe?«

Das arme Kind zitterte. Die Zeit war ihr unter dem Wasser so kurz vorgekommen. Man mißt dort nach einem anderen Maßstab wie hier oben und was dort eine Stunde ist, sind hier Tage. Darum waren in der Zeit ihrer Abwesenheit auch die beiden Alten gestorben. Gottfried, der sich sehr um den Verlust des Kindes gegrämt hatte, vergaß sie nach und nach, heiratete die Tochter seines Nachbarn und hatte nun selbst schon einen Sohn, der Hochzeit machen wollte. Wenn Gottfried das liebliche Kind auch bald vergaß, so gedachte er doch der schönen Perlen, die sie ihm hinterlassen hatte. Er verkaufte sie und baute dafür das neue große Haus, worin er jetzt wohnte, hatte aber dann im Glück alle Träume und Schäume seiner Jugend vergessen.

Jetzt wogte es in ihm auf und nieder. Ein Gedanke ergriff ihn plötzlich und machte es ihm hell im dunklen Gemüt, wie an schwülen Sommerabenden, wenn ein Wetterleuchten die Wolken zerreißt. Er ließ sich alles von dem zitternden Mägdlein erzählen, die sich Mühe gab, es so deutlich zu sagen, wie sie nur konnte und dann erschöpft innehielt.

»Ja, ja«, sagte Gottfried. »Ich besinne mich. In meiner allerfrühesten Jugend hatte ich ein Schwesterchen, das mußte ich aber verlieren. Dann fand sich nach langer Zeit ein Kind wieder, und die Alten sagten, das wäre jetzt mein Schwesterlein. Aber auch das ging verloren. Und nun kommt solch ein Balg zum dritten Male, und nach so vielen Jahren. Das geht nicht mit rechten Dingen zu.«

Perlweißchen verstummte. Sie hatte alle höhere Erkenntnis im Meer zurückgelassen und wußte nichts zu erwidern. Aber ihr Herzchen tobte und pochte, als wolle es zerspringen.

Da begannen die Glocken auf dem Kirchturm zu läuten; es waren dieselben wie damals, und es gab einen guten Klang. Anton erschien mit der Braut, darauf die Musik, dann der Brautvater und die Brautmutter, die zierlich gekleideten Brautjungfern mit dem Myrthenkranz, die jungen Burschen mit mächtigen Blumensträußen, zuletzt alle Nachbarn und Nachbarinnen, die Kinder und Müßiggänger des Dorfes, wie es sich für eine gute Bauern- und Fischerhochzeit schickt. Alle

sahen auf das Mägdlein, das neben dem Gottfried stand und sehr traurig auf all die Lust blickte. Sie fragten, was das bedeuten sollte? Da erzählte Gottfried alles, was er wußte, und die Nachbarn hörten mit offenen Mäulern zu.
Da trat der Bauernvogt, der auch der Vater der Braut war, hervor und sagte: »Das ist Betrug, Gevatter! Laßt nur einmal mich fragen, da wirds anders klingen, denn einer Gerichtsperson bleibt nichts verborgen.«
Das war dumm vom Bauernvogt, denn dem Gericht bleibt vieles dunkel, wie eine stürmische Novembernacht, wenn es auch tausend Verstandeslaternen anzündet. Der Bauernvogt fragte aber doch, kurz und grob, wie es bei Gerichtspersonen üblich ist. Er bekam nur keine Antwort.
Gottfried hatte inzwischen lange nachgedacht und rief jetzt: »Wartet noch einen Augenblick, Gevatter! Mir fällt ein, wie wir der Sache auf den Grund kommen. Das Kind, das uns damals ins Haus gelaufen kam, hatte eine sehr sonderbare Eigenschaft an sich. Wenn es nämlich weinte, so waren die Tränen schöne helle Perlen, die funkelten wie die Sonne, und die Goldschmiede in der Stadt zahlten ein gutes Geld dafür. Da dies Mägdlein nun die Verlorene sein will, so soll sie nur ein wenig weinen, und wir werden gleich sehen, woran wir sind.«
Das fiel Perlweißchen schwer aufs Herz, denn sie wußte ja, daß sie nicht mehr Perlen weinen konnte, sondern nur bittere, salzige Elendstränen, wie sie der Mensch weint; deshalb wurde sie noch einmal so bleich wie vorhin.
»Papperlapapp!« schrie der Bauernvogt. »Die sieht mir auch danach aus, als ob sie Perlen weinte. Wie kommt Euch so närrisches Zeug in den Sinn? Seht nur, wie das Ding zittert und bebt! Hierher, du kleine Landstreicherin! Wo ist dein Paß und was trägst du da unter dem Arm?«
Es waren die Goldstücke, die sie zur Aussteuer empfangen hatte. Der Vogt nahm sie ihr ab und schrie: »Da haben wirs! Pures blankes Gold! Und so viel, daß man unser ganzes Dorf dafür kaufen könnte. Geht das auch mit natürlichen Dingen zu? Eine Diebin ists, eine ganz gemeine Diebin! Wer weiß, wo sie dies Geld mag gestohlen haben!«
Diese harte Anschuldigung überwältigte Perlweißchen ganz und gar; sie sank in die Knie und rief: »Ich bin keine Diebin!« Zugleich stürzte ein heller Tränenstrom über ihre Wangen, die ersten menschlichen Schmerzenstränen, die sie weinte.
»Da habt Ihr Tränen, so viel Ihr wollt!« rief der Bauernvogt triumphierend. »Solches Volk kann lachen und weinen, wenn es will. Schaut nur, Gevatter, obs wirklich kostbare Perlen sind. Ich hätte Euch doch für vernünftiger gehalten!

Nun aber wollen wir uns die Hochzeitsfreude nicht verderben, sondern die Person ins Gefängnis werfen bis morgen. Das Gold legen wir einstweilen in die Gerichtslade.«
Aber im höheren Rat war es beschlossen, daß sie die Trübsal der Erde nicht mehr empfinden sollte. Die Decke des Kerkers öffnete sich: ein Engel schwebte hernieder und geflügelte Genien[6] um ihn her. Er beugte sich zu ihr herab und hauchte einen Kuß auf ihre Stirn.
»Sei glücklich«, sprach er, »die Tiefe hat dich ausgestoßen und die Erde will nichts von dir wissen, aber oben im Licht thront Gott der Vater, der ist die Quelle aller Barmherzigkeit und Liebe. Und weil du fromm warst und gabst alles hin um der Liebe willen, so ruft Er dich zu sich in Sein himmlisches Freudenreich, damit du seist der Engel einer.«
Und der Engel nahm sie in seinen Arm und trug sie aufwärts.
Als nun die Hochzeit vorüber war und das Gericht sich in den Kerker begab, wollte es seinen Augen nicht trauen. Die Leute im Dorf sagten, das könne ein Dummer begreifen, daß alles nur ein böser Spuk gewesen sei, der für die neue Ehe nicht viel Gutes bedeute. Der Bauernvogt aber, der das Geld in der Gerichtslade hatte, wußte besser, daß etwas Wahres daran war. Er ließ aber die Gemeinde bei ihrem Glauben und legte das Gold in seinen eigenen Kasten.

[6] Schutzgeister.

Der Knurrhahn

Auf der Nordsee wiegte sich, unfern der weißen Bank[1], ein Blankeneser Fischer-*Ewer* auf den Wellen. Hinten am Steuer saß der Schiffer und sah gedankenlos in die grüne Flut; am Mast hockte der *Maat* und besserte ein schadhaftes Netz aus, während der Junge vorn auf der *Plicht* herumtanzte und allerlei Possen trieb.

»Junge!« rief der alte Schiffer barsch. »Willst du still sein! Weißt du nicht, wenn die Netze im Wasser liegen, muß der Fischer schweigen, wie die Fische dort unten, sonst werden sie gewarnt und schwimmen vorbei.«

»Ja, Meister Viet!« lachte der Junge. »Stumm wie ein Fisch, aber es sind nicht alle stumm. Ihr wißt doch wohl, was Euch Mutter Köhnsch, das dicke Fischweib, letzthin von der Altonaer Elbbrücke zurief: ›Hans Viet, bringt mir zum nächsten Male ein paar Stiegen[2] Knurrhähne[3] mit.‹ Und weil es allein darauf ankommt, Knurrhähne zu fangen, so kann das Tanzen und Singen auch nichts schaden. Das könnte der Knurrhahn selbst sagen, wenn einer hier wäre, denn der schwatzt so gut wie die Möwe und der Hund. Wir könnens nur nicht verstehen!«

Der Junge begann seinen Tanz aufs neue; aber der Schiffer rief eifernd zu ihm herüber:

»Bleib mir mit deinen Dummheiten vom Leibe, oder es setzt Hiebe! Ein Fisch und ein Hund sollen eine Sprache haben wie ein vernünftiger Mensch! Ist es nicht eine Sünde und Schande, wenn die Alten den Kindern so etwas einreden? Aber mir müßt ihr nur kommen mit eurem Wischiwaschi.«

Da erhob sich der *Maat* und warf das ausgebesserte Netz auf die Seite:

»Mit Verlaub, Hans Viet! Von Wischiwaschi müßt Ihr nicht sprechen, zumal in der Nordsee und vor allem nicht in der

[1] Die Lage dieser Sandbank ist nicht feststellbar, da nicht bekannt ist, welchen Namen sie heute trägt, und ob sie heute überhaupt noch existiert, da sich die Küsten und die Küstengewässer durch Abtragung und Ablagerung ständig verändern.

[2] Altes Zählmaß, 20 Stück.

[3] Knurrhähne (Triglidae) sind eine Familie der panzerwangigen Fische, in der Nordsee vertreten durch den grauen Knurrhahn (Trigla gurnardus), auch Gurnard genannt. Die Knurrhähne können sich aus dem Wasser erheben und eine Strecke weit durch die Luft fortbewegen. Nimmt man sie aus dem Wasser, so geben sie einen merkwürdig knurrenden Laut von sich. Vor den Brustflossen befinden sich drei fingerförmige Anhänge (Tastorgane), mit denen sie sich wie kriechend auf dem Meeresboden fortbewegen.

Nähe der weißen Bank. Ihr seid ein kluger Mann, der seinen Handel versteht, aber ein Seemann seid Ihr nicht, denn Ihr kennt weder das Meer noch seine Tiefen und eine Welle ist Euch wie die andere. Hochmut tut nirgends gut, aber auf dem Meer gereicht er zum Verderben. Ihr habt doch so manchen Knurrhahn gefangen, und nie seine klagende Stimme gehört?«

»Dummheiten«, brummte der Schiffer. »Das ist der Atem, der aus ihm herausgeht, sobald er an die frische Luft kommt, nichts weiter.«

»Das ist nicht wahr«, fuhr der *Maat* ruhig fort. »Ein Klagegesang ist es, den sie von sich geben, die alte Zeit und ihr früheres Glück betrauernd. Ja, Hans Viet, wenn Ihr es wüßtet, es würde Euch jammern, daß die armen Tiere, die von den Raubfischen und von den Menschen verfolgt und gegessen werden, früher ebenso vernünftige Wesen waren wie wir, und Ihr würdet Mitleid mit ihnen haben. Sie wohnten in schönen Häusern und hatten ihre Städte und Dörfer, alles zu der Zeit, als die weiße Bank noch ein großes und mächtiges Land war.«

»Ich habe es Euch wohl angesehen, daß Ihr ein Träumer seid! In dem ersten Augenblick, als Ihr an Bord kamt, habe ich es gewußt!« rief der Schiffer grollend. »Wäre es mir aber in den Sinn gekommen, daß es so schlimm mit Euch stände, wie ich jetzt erfahre, Ihr hättet nie einen Fuß in meinen *Ewer* setzen sollen.«

»So glaubt Ihr wohl auch nicht«, fuhr der *Maat* fort und trat dicht vor den Schiffer hin, »daß die armen Geschöpfe noch immer auf ihre Befreiung hoffen, und daß es einigen vergönnt ist, von Zeit zu Zeit ihre frühere Gestalt anzunehmen und an das Tageslicht zurückzukehren, um zu erspähen, ob die Stunde der Erlösung für sie noch nicht geschlagen hat?«

»Nein!« rief der Fischer im höchsten Unmut. »Das glaube ich nicht und noch vieles andere dumme Zeug auch nicht, und wenn Ihr eine leidlich gute Rückreise haben wollt, so schweigt augenblicklich und laßt nie wieder solche Albernheiten laut werden.«

Er sprang in seine *Koje*, deren Tür er heftig zuschob und der Junge machte sich an den *Maat*.

»Hört, Matthias! Ist es denn wahr, was Ihr da vom Knurrhahn erzählt und daß manchmal welche von ihnen als Menschen auf der Erde herumlaufen?«

»Freilich ists wahr. Aber die armen Dinger dort unten werden wohl noch lange im Salzwasser ausharren müssen, noch sehr lange.«

»Was muß denn geschehen, damit sie wieder frei werden?«

fragte teilnehmend der Junge.
Der *Maat* zog den Jungen auf seine Knie, sah ihm fest ins Auge und sagte:
»Dann müßten die Menschen wieder werden wie früher, still und einfältig in ihrem Tun und Reden, nicht aber voll eingebildeter Weisheit, wie unser Schiffer und viele andere. Zu der Zeit, als die weiße Bank ein schönes, von der Sonne beschienenes Land war, blühte auch die Blumeninsel Terschelling, das Auge von Neuwerk flammte noch und der Arm des Wasserriesen Ligur war noch nicht durch den Felsen von Helgoland gebohrt. Damals war die ganze Nordsee eine Kette von glückseligen Inseln, von den kristallenen Wogen umflutet; jetzt ist sie eine kalte, tote Wüste, die die Menschen mit ihren Schiffen bevölkern. – Ein furchtbarer Dämon hatte sich einst auf seiner Wanderung hierher verirrt und langte auf der weißen Bank an, die damals von einem gütigen und frommen König regiert wurde. Der spielte und sang den ganzen Tag und seine Untertanen konnten ihm keine größere Freude bereiten, als wenn sie mit ihm spielten und sangen. Das wurde ihnen auch überaus leicht, denn da ihr Land alles in Überfluß hervorbrachte, was sie zum Lebensunterhalt brauchten, so hatten sie es nicht nötig zu arbeiten und konnten unaufhörlich neue hübsche Lieder dichten oder neue fröhliche Weisen ersinnen. Kaum hatte der böse Dämon von dieser Unschuldswelt Kenntnis erhalten, als er sich sehr erboste. Neidisch auf das stille Glück der Insulaner, selbst ruhelos und flüchtig, ihnen ihre Freistatt nicht gönnend, suchte er sie zu verderben. Er tat, als ob ihm das lustige Leben gefiele, war mit jedem freundlich und hing sich besonders an solche, deren Lieder am wenigsten gefallen hatten. Wenn er sie dann mißgestimmt fand, stellte er ihnen vor, daß es noch viele andere Dinge in der Welt gäbe, die den Menschen zur Freude gereichten, und überredete sie, es ihm nachzumachen.
Viele folgten ihm, von seinen verführerischen Worten hingerissen. Der eine warf Netze aus und tat einen Zug, wodurch er einen großen Haufen Gold ans Tageslicht brachte; dann kam der Dämon in der Gestalt eines fremden Handelsmannes und bot ihm allerlei artige Spielereien an, die er für das Gold eintauschte, und diese Spielereien weckten den Neid der Nachbarn, die auch gern solche Kostbarkeiten gehabt hätten. Einem anderen hatte der Dämon einige Sämereien gegeben; sie wurden in die Erde gesenkt, und prächtige Pflanzen mit wunderbaren Blüten schossen daraus auf. Da kam ein Unbekannter und gab ganze Hände voll Gold für diese Blumen. Der Mann, der einen so glücklichen Tausch gemacht hatte, stolzierte mit seinem Schatz umher und sah verächtlich auf

seine Nachbarn herab, die dergleichen nicht besaßen. Bald herrschte im ganzen Land eine unselige Verwirrung. Einer zog hier-, der andere dorthin, jeder schätzte seine Freunde gering, denn er hielt sich für etwas ganz Besonderes. Die frühere Glückseligkeit war verschwunden, kein fröhliches Lied erscholl, keine zarte Melodie wurde gehört. Nur wenige wagten es, in der früheren Weise fortzuleben, aber sie verschmachteten im Elend, denn mit der Unschuld der Bewohner war auch der üppige Ertrag des Bodens verschwunden; er ernährte seine Kinder nicht mehr. Die anderen gaben den armen Liedersängern nichts von ihren Schätzen, sondern ermahnten sie nur, nicht so unnütze Possen zu treiben, sondern zu arbeiten, dann würden sie es ebenso gut haben. Zuletzt bauten sie in ihrem Übermut gar Schiffe und fuhren mit ihren Reichtümern von dannen. Das arme Land, das nur noch einer trostlosen, weißschimmernden Sandfläche glich, stand verödet.

Der König hatte mit großer Betrübnis den Untergang seines blühenden Reiches gesehen, aber er vermochte nicht, ihn aufzuhalten. Er versammelte die wenigen Untertanen, die treu bei ihm ausgehalten hatten und sprach: ›Ihr seht unseren Untergang vor Augen. Wollt ihr allmählich verschmachten und der Spott unserer abtrünnigen Brüder sein, oder wollt ihr freiwillig mit mir sterben in den Fluten des Meeres?‹

›Wir wollen mit dir sterben!‹ riefen alle.

Der König ging voran. Das Saitenspiel[4] in der Hand schritt er in die schäumenden Wogen.

Da stieg der böse Dämon aus der Flut empor, und indem er eine heranrollende Welle ergriff und als Mantel um seine Schultern schlug, sagte er grinsend: ›So einfach ist es nicht! Euer Reich ist noch nicht aus; es dauert bis an das Ende aller Tage. Aber ihr dürft nicht ganze Länder besitzen und eure Zeit nur mit Sang und Klang hinbringen. Hinab mit euch in die Tiefe! Aber sterben werdet ihr dort nicht. Seid, was alle dort unten sind, Fische! Und damit ihr euch von den übrigen unterscheidet, behaltet die Sprache; dann könnt ihr im Wasser singen nach Herzenslust. Von Zeit zu Zeit soll es euch erlaubt sein, einen von euch in menschlicher Gestalt herauf zu senden, der dahin arbeitet, daß euer Liederreich wieder hergestellt werde auf Erden. Wenn ein Tag kommt, an dem jeder Reiche seine Schätze verläßt und die Laute spielt, wenn die Ehrsüchtigen sich freiwillig ihrer Pracht entkleiden und Lieder dichten, wenn die Gewaltigen das Schwert von sich werfen und zarten Weisen nachsinnen, dann entsteht auch euer Reich wieder. Bis dahin seid von der Erde verbannt!‹

Sprachs und tauchte wieder in die Wogen. Und mit ihm zu-

[4] Saiteninstrument, wahrscheinlich eine Laute.

gleich versank die Insel, und die wenigen Bewohner, die noch darauf zurückgeblieben waren, samt ihrem König.«
»Das sind verwundersame Geschichten«, sagte der Junge, der aufmerksam dem *Maat* zugehört hatte. »Da werden aber wohl die armen Knurrhähne noch lange warten müssen?«
»Noch sehr lange«, entgegnete der *Maat* mit einem Seufzer.
In diesem Augenblick kam der Schiffer wieder zum Vorschein und befahl, daß die Netze gehoben werden sollten. Sie machten sich an die Arbeit und bald war das *Deck* mit Fischen aller Art bedeckt; jede Sorte wurde in eine besondere Buhne[5] getan, aber vorzugsweise sonderte der Knecht die Knurrhähne mit großer Sorgfalt aus, die man diesmal in ungewöhnlicher Menge gefangen hatte und die der Junge mit besonderer Teilnahme betrachtete.
Allmählich brach der Abend herein und jeder begab sich zur Ruhe. Es war eine laue Sommernacht und der Junge, dem es unter Deck zu heiß wurde, streckte sich beim Mast nieder, den Blick bald auf das wallende Meer, bald auf die leuchtende Sternendecke gerichtet. Er versank in einen Halbtraum und es kam ihm vor, als ob der *Maat* auf das *Deck* kam, sorgfältig um sich schaute, und eine der Buhnen aufzog. Er legte die Fische sauber auf das *Deck* und warf die leere Buhne über Bord. Der Junge sah deutlich, daß es die Knurrhähne waren. Der *Maat* warf sich mitten unter sie, und, o Wunder, seine Gestalt schrumpfte zusammen.
»Unsere Zeit ist noch nicht gekommen«, sprach er traurig.
Da vernahm man einen tiefen Klagelaut, den die Fische ausstießen. Der Leib des *Maat* bedeckte sich mit Schuppen, sein Kopf gestaltete sich zu einem Fischrachen, seine Beine wuchsen zu einem Schwanz zusammen, die Arme schrumpften zu leichten Flossen ein. So scharf der Junge hinsah, vermochte er den *Maat* kaum mehr von den übrigen Fischen zu unterscheiden. Gleich darauf versank er in einen festen Schlaf.
Das Poltern des Schiffes schreckte den Jungen aus seiner Ruhe auf: »Was ist hier mit den Fischen vorgegangen? Und wo ist der Matthias, den ich nirgends finde?«
»Der *Maat* ist zu seinen Brüdern, den Knurrhähnen, zurückgekehrt und liegt dort mitten unter ihnen.«
»Wischiwaschi«, brummte der Schiffer. »Wasch dir die Augen aus, dann siehst du klar. Der Kerl hat mir von diesen Fischen stehlen wollen, und ist dabei über Bord gefallen. Nun sind sie gestorben und der Schaden ist mein.«
Unmutig stieß er die toten Fische auf die Seite und warf die Netze wieder über Bord. Der Junge stand dabei und sprach vor sich hin: »Nur keine Knurrhähne wieder!«

[5] Behälter, in denen Fische lebend transportiert werden.

Lexikon seemännischer Fachausdrücke

Achterdeck, hinterer Teil des → Decks, früher oft höher als die anderen Teile des Decks, über der → Kajüte

achtern, hinten

aufbrassen siehe brassen

aufbrisen, Verstärken oder Erscheinen des Windes (→ Brise)

auswehen der Segel bedeutet, daß sie vor dem Wind gebläht sind

Back, Aufbau auf dem Vordeck, in dem die Mannschaftsquartiere untergebracht sind, auch Eßschüssel, Eßtisch oder Tischgemeinschaft (Backschaft)

Backbord, linke Seite des Schiffes (in Fahrtrichtung)

Backschaft siehe Back

Backsgenossen, Tischgenossen (→ Back)

Backsmaat, Bezeichnung für einen Matrosen (Maat), der zu derselben Tischgemeinschaft (Backschaft) gehört, dem der Sprecher also besonders nahesteht. Sinngemäß: Freund

Backsoffiziere, Unteroffiziere

Bark, ein mit → Rahsegeln getakeltes Schiff, dessen hinterster Mast (→ Besanmast) ein → Schratsegel trägt

Barkschiff siehe Bark

Baum, leichtes Rundholz

Besan, → Gaffelsegel am → Besanmast

Besanmast, hinterster Mast auf → Barken, für den Besan, ein → Gaffelsegel

Besteck, Bestimmung des Schiffsortes durch Beobachtung der Zeit und der Gestirne. Das Besteck wird »gesetzt«

binnen, seemännischer Ausdruck für innen, bezieht sich sowohl auf das Innere eines Gegenstandes, z. B. Schiffes, als auch auf das »Binnenland« abseits der Küste

Blinde Rah, unter dem → Bugspriet angebrachte Rah, hielt ein Segel, das »die Blinde« genannt wurde

Block, Holzgehäuse, in dem ein oder mehrere drehbare Scheiben angebracht sind, über die Taue laufen, Teil eines Flaschenzuges

Bootsmann, älterer Matrose, der unter Anleitung eines → Offiziers die Matrosen bei der seemännischen Arbeit beaufsichtigt. (→ Unteroffizier)

Bord, Außenwand eines Schiffes oder Bootes bzw. deren obere Kante

Bramsahling, Holzkonstruktion, die die → Marsstenge und

→ Bramstenge dort umschließt, wo diese sich überlappen. Mit einer nach vorn gerundeten halbrunden Plattform, auf der der Ausguck stationiert war

Bramsegel, bei → rahgetakelten Masten das dritte Segel von unten. Am Fockmast (→ Mast) Vorbramsegel, am Großmast Großbramsegel, am Kreuzmast Kreuzbramsegel

Bramstenge, dritter Teil des Mastes von unten über der → Marsstenge, mit dieser verbunden durch die → Bramsahling

branden siehe Brandung

Brandung, Überstürzen (Brechen) der Wogen an der Küste

Brassen, Taue, die an den → Nocken der → Rahen befestigt sind. Sie ermöglichen, die Rahen von Deck aus in die gewünschte Stellung zu bringen (brassen, anbrassen, aufbrassen, backbrassen)

brassen, richten der → Rahsegel durch → Brassen mit Hilfe der → Brasswinsch. Beim Aufbrassen werden die Segel so gerichtet, daß der Wind von hinten, beim Backbrassen so, daß er von vorn, also gegen die Fahrtrichtung, in die Segel einfällt

Brasswinsch, Winde zum Anholen der → Rahen mit Hilfe der → Brassen

Brigantine, leichtere → Brigg mit ein oder zwei → Gaffelsegeln

Brigg, Segelschiff mit zwei mit → Rahsegeln getakelten Masten

Brise, Wind

Bug, vorderster Teil des Schiffes

Bugspriet, starke → Spiere am → Bug des Schiffes

Deck, eine Fläche aus Platten und Planken, die den Schiffsraum waagerecht unterteilt und nach oben abschließt

Duchten, Sitzbänke in einem offenen Boot

Dünung, Wellengang

Ebbe siehe Gezeiten

Eigner, Besitzer, der Schiffseigner ist der Besitzer des Schiffes

entern,
a) Übersteigen auf ein fremdes Schiff
b) Ersteigen des Mastes über die → Wanten

Ewer (Ever), flachbodiges Fluß- und Küstenfahrzeug

Fahrwasser, vorgeschriebene Fahrtroute in engen Gewässern und Gewässern mit Untiefen

Fall (Mz. Fallen), Tau zum → Heißen von → Schratsegeln

Fallreep, außenbords hängende Leiter

Fangleine, die Leine, mit der ein Boot festgemacht oder geschleppt wird

Fata Morgana, trügerische Luftspiegelung

floggen, englischer Ausdruck für auspeitschen

Flut siehe Gezeiten
Fockmast siehe Mast
Fregatte, → Vollschiff mit drei Masten, ursprünglich eine nur für Kriegsschiffe benutzte Bezeichnung
Gaffel, → Spiere zur Befestigung der Oberkante eines → Gaffelsegels, dient auch zur Befestigung der Unterkante eines → Gaffeltoppsegels
Gaffelsegel, ein Längssegel, das oben und unten an einem → Baum befestigt ist (Schonersegel, → Schratsegel), siehe Zeichnung auf Seite 187
Gaffeltoppsegel, leichtes Segel über dem → Gaffelsegel
Galerie, Begrenzung des → Achterdecks nach hinten, oft gedeckter Umgang
Gang siehe auch Schlag
geräumt siehe raumen
Gezeiten (Tiden), infolge Anziehungskraft von Sonne und Mond entstehende Schwankungen des Meeresspiegels, die für die Schiffahrt insofern wichtig sind, als sie z. B. in Flußmündungen Strömungen entstehen lassen. Das Steigen des Wassers heißt Flut, das Abfließen Ebbe; innerhalb eines Tages treten meist zwei Hoch- und Niedrigwasser ein
Giekblöcke, → Blöcke zum Bewegen und Befestigen des Giekbaumes (Besanbaum), der unteren Begrenzung des → Besans
Großdeck, mittlerer, tiefer liegender Teil des → Decks
Großmast siehe Mast
Hacke, unterer Drehpunkt des → Steuerruders, wo es mit einem Zapfen auf einem Balken befestigt ist, der eine Verlängerung des → Kiels darstellt
Halbdeck, erhöhtes → Achterdeck
halsen, Wendemanöver, wenn das Schiff mit dem → Heck durch den Wind gedreht wird
Havarie, Beschädigung des Schiffes oder seiner Ladung
Heck, Hinterteil des Schiffes
heißen, das Aufziehen der Segel
Hühnerhocken, Hühnerstall an Bord. Wegen der Versorgung mit Frischfleisch und Eiern auf langen Reisen hatten die Segelschiffe Hühner und Schlachtvieh an Bord
Jacksegel, vermutlich eins der bis zu fünf Vorsegel (Segel vor dem ersten Mast). Der äußerste → Klüver wurde auch Flieger und »Jager« genannt.
Jantje, zärtliche Verkleinerungsform des Namens Jan (Johann), mit dem im Zweifelsfalle die → Maaten gerufen werden
Jolle, leichtes Beiboot, auch Segelboot
Kabel, dickes Tau, wie es z. B. für die Ankertrosse verwendet wird

Kabeltau siehe Kabel
Kajüte, Offizierswohnung im hinteren Teil des Schiffes. Auf älteren Segelschiffen unter dem erhöhten → Achterdeck
Kiel, längsliegender Grundbalken des Schiffes
Kielwasser, die im Wasser sichtbare Spur hinter dem sich fortbewegenden Schiff, dort, wo sein → Kiel durch das Wasser gegangen ist
Klippe, abrupt sich aus seiner Umgebung erhebender Felsen
Klüver, dreieckiges, am → Klüverbaum befestigtes Segel
Klüverbaum, Verlängerung des → Bugspriets zur Befestigung des → Klüvers
Koje, im Schiff eingebaute Schlafstelle
Kreuzen, Zick-zack-segeln gegen den Wind
Kurs, Fahrtrichtung, Reiseweg
laufende Taue (laufendes Gut), bewegliche Taue der Takelage, gegenüber dem »stehenden Gut«
Lee, die dem Wind abgewandte Seite des Schiffes
lenzen,
a) Treiben eines Schiffes vor dem Wind mit geringer oder ohne Segelfläche
b) Auspumpen eingedrungenen Wassers
lichten (den Anker), einziehen, um den Ankerplatz zu verlassen
Linienschiff, größte Klasse der Kriegsschiffe, als Segelschiffe mit 60 bis 130 Geschützen in zwei bis drei übereinanderliegenden → Decks
Lotse, Seemann mit eingehender Ortskenntnis, der in gefährlichem Fahrwasser der Schiffsführung gegen Entgelt als Berater zur Seite steht
Luv, die dem Wind zugewandte Seite des Schiffes
Maat, Schiffsmann, Matrose
Marssegel, bei → rahgetakelten Masten das zweite Segel von unten. Am Fockmast (→ Mast) Vormarssegel
Marsstenge, zweites Stück des Mastes über dem Untermast. Die Verbindung von Untermast und Marsstenge ist Marssahling (siehe auch Bramsahling)
Mast, senkrechtes oder etwas nach → achtern geneigtes Rundholz oder Stahlrohr zum Anbringen der → Rahen. Die Masten heißen bei einem Fünfmast-Vollschiff von vorn nach hinten Fock-, Groß-, Mittel-, Achter- und Kreuzmast, bei dreimastigen Fock-, Groß- und Kreuzmast
Nachtrohr, Fernrohr (Kieker), das bei schlechten Beleuchtungsverhältnissen verwendet wurde
Nock,
a) bei Segelschiffen äußerstes Ende einer → Rah

b) bei Dampfschiffen die äußere Begrenzung der Kommandobrücke (Brückennock)

Obersegel, das → Bramsegel und die darüber befindlichen Segel

Offiziere, Schiffsoffiziere sind die Inhaber nautischer Patente auf dem Schiff, früher Steuerleute genannt, Schiffsarzt, Zahlmeister und Proviantmeister

Oktant, siehe Sextant

Pinne (Ruderpinne), Knüppel zur Betätigung des → Ruders auf kleineren und älteren Schiffen, sonst Steuerrad

Plicht, vertiefter Sitzraum für die Besatzung in Booten

Poller, Pfosten aus Holz oder Stahl zum Befestigen des Tauwerks

Quarterdeck, Oberdeck hinter dem → Großmast

Rah, Rundholz, das nach außen schlanker wird. Es ist am Mast aufgehängt und trägt das → Rahsegel

Rahsegel, die an Rahen angebrachten querschiffs stehenden Segel

Raum, Laderaum

raumen (räumen) des Windes besagt, daß er mehr nach hinten dreht. Ganz raum ist er, wenn er direkt von hinten in die Segel bläst

reffen, Verkleinern des Segels durch Zusammenbinden des Segeltuchs. Von gleicher Bedeutung ist der Ausdruck Reffe einstecken, während Reffe ausstecken die Vergrößerung der gerefften Segel besagen will

Reling, Geländer um das Schiffsdeck, Brüstung

Riemen, Ruder mit einem flachen Blatt zur Fortbewegung von Booten

Ruder,

1. Vorrichtung zum Steuern des Schiffes
2. → Riemen

Rundhölzer, zusammenfassender Ausdruck für → Masten, → Stengen und → Spieren

Sahling siehe Bramsahling. Zwischen Untermast und Marsstenge befindet sich die Marssahling, zwischen Marsstenge und Bramstenge die Bramsahling

Schaluppe, großes Boot mit einem Mast

Scheerwand, Trennwand zwischen → Kajüte und → Zwischendeck

Scheibe, drehbar innerhalb eines → Blocks angebracht, darüber läuft ein Tau

Schiffsmaat siehe Maat

Schiffsraum, Laderaum

Schlag, gerade Strecke beim → Kreuzen zwischen zwei Wendungen

schralen des Windes besagt, daß er mehr nach vorn dreht

Schratsegel, parallel zur Längsrichtung des Schiffes stehende Segel, z. B. → Gaffelsegel

schwajen, drehen der Schiffe an der Ankerkette um den Anker bei Veränderung von Wind oder Strömung (durch → Gezeiten)

Segelmeister siehe Steuermann

Sextant (Sechstelkreis), Navigationsgerät für astronomische Höhenmessungen beim Setzen des → Bestecks. Ähnlich Oktant (Achtelkreis)

Spiegel, quer zum Schiff stehende, das → Heck begrenzende Platte

Spill, Winde zum Heben (Hieven) einer schweren Last, z. B. Ankerspill

Spiere, Rundhölzer geringeren Durchmessers, z. B. → Bugspriet

Stag, Tau oder Trosse zur Abstützung der Masten in Mittschiffsrichtung, zum nächsten Mast, zum → Bug oder → Heck führend. Nach hinten führende Stagen werden Backstagen genannt

Stagsegel, von der → Stag getragenes Segel vor den Masten

Stenge, Teile des Mastes über dem Untermast. Werden durch → Sahlings miteinander verbunden. Von unten nach oben → Marsstenge, → Bramstenge und bei großen Seglern auch Royalstenge

Steuerbord, rechte Seite des Schiffs (in Fahrtrichtung)

Steuermann, Steuerleute siehe Offiziere

Steuerruder, Vorrichtung zum Steuern des Schiffes

Steuertalje, Flaschenzug, um bei großer Belastung die durch die Hand nicht mehr zu regierende Ruderpinne (→ Pinne) zu halten

Topp, Mastspitze, große Topp ist die Topp des Großmastes

Toppgasten, in den → Toppen beschäftigte Seeleute. Die Arbeit in den Toppen, die nicht von Deck aus überwacht werden kann, bedeutet eine Vertrauensstellung für die qualifiziertesten Matrosen. Toppmänner demzufolge auch für Matrosen, die man ohne Bedenken in den Toppen beschäftigen kann

Toppmänner, siehe Toppgasten

Trosse, schweres Tau, aus Hanf oder Stahldraht gedreht, zum Festmachen, Verholen oder Schleppen des Schiffes

Udkiek, Udkieker, Udkiekmann, niederdeutsch für Ausguck usw.

Unteroffiziere, Bootsmann, Schiffszimmermann und Segelmacher. Sie wohnten mit der Mannschaft zusammen in der → Back (vor dem Mast) oder in einem Deckshaus

Untersteuermann siehe Unteroffizier

Verdeck siehe Deck

verpichen, abdichten, wasserundurchlässig machen

Vollschiff, Segelschiff mit mindestens drei → Rahsegeln tragenden Masten

Vorderdecks-Offiziere siehe Unteroffiziere

Vordersteven, Balken, der den → Bug des Schiffes begrenzt

Vortopp, →Topp des ersten Mastes, auch Platz für den Ausguck

Vortopp-Männer, hochqualifizierte Matrosen, die man ins → Vortopp schicken kann

Wanten, Taue zur seitlichen Abstützung von Masten. Bei Segelschiffen waren die Wanten durch eingebundene Wegleinen zu Strickleitern zusammengefaßt

Wasserlinie, die Linie, bis zu der das Schiff eintaucht (Tiefladelinie, bis zu der das Schiff höchstens eintauchen darf)

Wrack, manövrierunfähiges, treibendes, gestrandetes oder gesunkenes Schiff

Zwischendeck, → Deck unter dem Oberdeck